メディアワークス文庫

純黒の執行者

正しい悪魔の殺しかた

青木杏樹

The Darkest Executioner

CHARACTERS

一之瀬朱理

【いちのせしゅり】

警視庁猟奇殺人特別捜査課（奇特捜）の課長代理。妻子を殺害され、自らも犯人に一度殺されかけた。その復讐のため、ベルとある恐ろしい契約を交わして命をながらえている。

ベル

悪魔を自称する見目美しい青年。瀕死の朱理に悪魔契約を持ちかけ、半年前に復讐を果たしたいまもその契約は続いている。朱理のマンションのリビングで時代劇を観ることが好き。

鈴城恵美

【すずしろえみ】

勝ち気な女性警察官。目白署刑事課に所属していたころ、ある事件をきっかけに朱理と知り合い、彼の退廃的な生活を心配する。強い正義感が原因で上司を殴り奇特捜に異動することになった。

浅倉久志

【あさくらひさし】

警視庁捜査一課の捜査員で朱理の元相棒。だらしない言動と無精髭のせいで悪い印象を抱かれがちだが、人情味溢れる頭脳派である。朱理の一番の理解者であり、相棒ではなくなったいまも特別な感情を持っている。

グラシャラボラス

人間をそそのかして殺人を誘発する「黒い悪魔」と呼ばれる凶兆。赤い双眸と長い黒髪はそのままに、なぜか朱理にそっくりの姿でベルの前に現れる。

神宮寺二三子

【じんぐうじふみこ】

浅倉の高校時代の同級生。焼肉屋『天狼』を営みながら、一人で娘を育てている。垂れ目の下にほくろがある、素朴な雰囲気の美人。

目　次

序章

警視庁捜査一課の刑事・浅倉久志《あさくらひさし》は、焼けた肉をトングでひっくり返した。テーブルの上には霜降り牛の肉皿がならぶ。店に入ってメニューを開き「なにが食いたい？」と尋ねても、向かいに座る彼は熱を発する炭を見つめるだけで無言だった。浅倉は仕方なく、顎の髭《ひげ》をぼりぼりと掻《か》きながら、適当に値の張る肉を注文した。

「――……で、その悪魔ってやつが殺したっていうのか？」

目の前にはかつての相棒にして後輩捜査官の一之瀬朱理《いちのせしゅり》が座っている。彼は割り箸を握ろうともせず、どこか虚《うつ》ろな目で焼肉ロースターを見下ろしていた。傍らの生ビールのジョッキはただ汗をかいているだけで一ミリも減っていない。

「おい一之瀬……つぎにこうなっちまったら、おまえだけじゃなくて、連帯責任でオレのクビも飛ぶんだっつったよな」

浅倉はテーブルの上に置いたスマートフォンを操作した。八桁のパスワードを入力すると警察組織が管理する最新捜査情報サーバ・共有ネットワークに繋《つな》がった。

先週、とある殺人事件の参考人が死亡した。十年以上未解決のまま猟奇殺人事件特別捜査課――略して奇特捜の取り扱いとなった事件だった。共有ネットワークには、奇特捜の課長代理にして唯一の捜査官である朱理が直近で閲覧した痕跡が残っていた。

浅倉はスマートフォンのガラス画面を指先でこつんと叩《たた》く。

「誰のお陰でまだ警察官やれてると思ってんだ？」

探るような目を向けてからビールを飲み干した。

「……浅倉さんの嘆願には感謝しています」

彼の唇がわずかに動いた。張りのない、掠《かす》れた声だった。

「まさか復帰できるとは思っていなかったので……本当になにからなにまで──」

「オレは感謝の言葉なんか求めてねぇんだわ。おまえが手ぇつけた事件の参考人がなんでこうも死ぬのか説明しろって訊《き》いてんだ。その悪魔ってのはなんだ？」

弁解を諦めたかのように朱理はふーっとため息をつく。血色の悪い手が、ふと、そのうなじを掻いた。彼の癖だろうか。頻繁に首の左後ろ側を掻いている。かつてバディを組んでいたときには見られなかった気になる癖に、浅倉はいささか引っかかりを覚えた。

「おまえの言う悪魔って存在を百歩譲って信じるとして……。じゃあその悪魔っつーのがおまえに取り憑《つ》いていて、つぎからつぎへと勝手に参考人を殺してんのか？」

「概《おおむ》ね合っています」

「はぁ……。あのなぁ一之瀬……忘れろとは言わねぇ。おまえの復讐《ふくしゅう》は終わったんだ。もう犯人はいないだろ。そろそろ奥さんと娘さんを成仏させてやれ」

「……」──朱理の眉間がぴくりと動く。

「妄想に囚《とら》われてねぇで、もっと前向きに生きる目的を見つけろ、……な？」

浅倉は尋問はこれで終わりだと言わんばかりに語尾を和らげた。話している間にこんがりと焦げ付いた特上カルビのひときれを箸でつまみ、朱理の取り皿に重ねた。一番下に敷かれたタン塩はすっかり冷めて乾いている。

「ひぃちゃん、お待たせ〜。炊きたて大盛りのごはんだよ！」

エプロン姿の幼い少女が大きなお盆を両手で抱えるように持ってきた。どんぶりいっぱいの白米を「よいしょ」とふたつ、テーブルの上にのせる。浅倉は「おぉありがとな、重たかったろ」と満面の笑みを向けて少女の頭をくしゃりと撫《な》でた。

「ひぃちゃんそろそろ生ビールのおかわりいるんじゃない？」

少女は丸い目をきらきらさせて浅倉を見る。

「商売上手だな。じゃあもう一杯もらうわ」

「まいど〜。お母さん、生ビールもういっちょう！」

ひらりと身を翻して少女は厨房《ちゅうぼう》に駆けていった。

虎《とら》ノ門《もん》よりやや新橋《しんばし》寄りのビルの八階にある焼肉屋『天狼《てんろう》』は平日の夕方だからか、浅倉たち以外に客はいなかった。メニューに並ぶ国産の牛や豚の肉はそれなりに値が張る。看板を見て誰もが気軽に入ろうと思える店ではない。テーブル席が四つのこぢんまりとした店は、残念ながら閑古鳥が鳴いていて繁盛とはほど遠い。繁華街から離れていて立地がよくないこともすくなからず影響しているだろう。『天狼』は神宮寺《じんぐうじ》二三子《ふみこ》と、その娘歩未《あゆみ》の母子で切り盛りしており、他に従業員を雇う余裕はなさそうだった。

「ひぃちゃんごめんなさいね、もうすこしで野菜スープができるから」

厨房から柔らかい女性の声がした。

「おぉふみちゃん、ゆっくりでいいぜ」

朱理が不思議そうに目をやっていたので、浅倉は白米をかっこみながら説明する。

「高校んときの同級生なんだ。たまたま病院で会ってな。腹ぁでっかくなっちまって、住む場所もねぇってんで泣いてたからよ。ほっとけなくてな……。ここのテナントの八階と九階を紹介したんだ。上で寝泊まりしてりゃあ子育てしながら店やれるだろ」

「それでやたらと焼肉って言ってたんですか」

「言っとくが飲食代はちゃんと払ってっからな。まぁ贔屓《ひいき》にしてやってくれや」

浅倉は自ら焼いた肉をタレにくぐらせて白米の上にのせ、豪快に頬張った。生ビールで一気に流し込む。ジョッキがカラになると同時に、歩未がおかわりを持ってきた。

「そういや歩未、おまえ今年でいくつだ？」

「六歳だよ。来年から小学校なの」

「もうそんな年か。ランドセル買わねぇとな」

「もしかしてひぃちゃんが買ってくれるの？　やったぁ！　お母さん、ひぃちゃんがねランドセル買ってくれるって！　歩未ね、空色のランドセルがいいなぁ」

「空色ぉ？　いまはそんな色もあんのか……」――浅倉は派手に顔をしかめる。

厨房から娘の図々《ずうずう》しさを諌《いさ》める声がしたが、歩未はぺろりと舌を出しておどけた。

朱理は黙って少女を見つめていた。失ったものを羨ましくも、けれど存在そのものを疎ましく見る目だ。その視線に気づいた浅倉は嫌な予感がした。彼の娘が亡くなったのも六歳のころだ。四年前――血に染まった赤黒い娘のランドセルを「遺品」として受け取った朱理の曇った表情が忘れられない。

「ねぇお兄ちゃんはお腹《なか》すいてないの？」

歩未がテーブルに両手をついて朱理の顔を覗《のぞ》き込んだ。彼は急なことにすこし驚いたのか身体《からだ》をこわばらせた。だが浅倉が止める間もなく、商売上手な少女は腕を伸ばして、彼のビールジョッキの取っ手を摑《つか》み「はいドーゾ」と押し出す。

「お腹すいてないならビールいっぱい飲んでね、原価が安いからとっても助かるの」

「こらっ歩未、お客さんを困らせるんじゃないの！　こっち来なさい！」

「む……、はぁ～い」――歩未は唇を尖《とが》らせる。

少女は短い両腕を前後にぶんぶん振りながら厨房へと戻っていった。

やがてお盆にスープをのせた二三子が申し訳なさそうに出てきた。彼女は髪を茶色に染めてはいるものの、化粧っ気はなく薄幸な雰囲気の女性だ。垂れ目の下にはほくろがあり、客をもてなす表情は穏やかである。ふわりと柔らかく笑う素朴な美人だ。

「ごめんなさいね、手際が悪くて……」

「気にすんなって」

浅倉は率先してお盆の上からスープを受け取る。

「そういえば……ひぃちゃんの部下さん？　警視庁の方かしら」

二三子はもう一杯のスープを朱理の前に置いた。

「オレの後輩で元同僚。いまはこいつのほうが偉いな、課長代理だから」

「あらひぃちゃんってば追い抜かされちゃったの？」——二三子はくすくすと笑う。

「うるせぇ、オレぁもともと出世なんかに興味ねぇんだよ」

「後輩さんの前だからってかっこつけちゃって。ええと……」

「一之瀬です」

それまで母娘《おやこ》を無言で観察するだけだった朱理が自ら名乗ったことに、浅倉は驚く。

「一之瀬さん、生ビール新しいの持ってきましょうか？」

「はい……お願いします」

二三子は朱理ににこりと笑顔を向けて厨房に戻っていった。

すると朱理はおもむろにジョッキを摑み、ぬるくなった生ビールをぐいっと飲み干した。箸を取ってもそもそと肉を食べ始める。浅倉はそんな彼を唖然《あぜん》として見つめた。

「お、おまえ、急にどうした」

食べる速度は増していく。ついに取り皿に積み上げられていた肉がなくなった。

朱理はトングを取って血の滴るレバーを次々と網にのせた。じゅうっと焼ける音とともに白い煙が立ち、それらは表面を軽く炙《あぶ》られただけで白米の上に運ばれた。勢いよく白米をたいらげていた朱理は浅倉からじろじろ見られていることに気づき、箸を止める。

「……なんですか？　奢《おご》りだから腹一杯食えって言ったの浅倉さんじゃないですか」

「あぁ、まぁ、そうだけどよ……」

「肉が足りないんで、カルビとロース追加してください」

四年前に妻子を失って生きることに絶望し、痩せ細った彼に食欲が戻ったことは喜ばしいことだ。だが一瞬よからぬ思いつきから行動しだしたような気がしてならなかった。彼は今年の春に、確かに復讐を果たした。しかしそう感じているのは外野だけで、彼の中にはもしや失ったものを取り戻したいという、渇望に近い欲求が湧き始めているのかもしれない。

それが――「復讐」によく似た「執着」だとしたら、彼がいま生きる目的は……。

「おまえさ……たとえば、再婚、……とか考えてるか？」

朱理は咀嚼《そしゃく》を繰り返しながら首を傾《かし》げた。

「いいえ」

あっさりと否定されたことに浅倉はなぜか安堵《あんど》していた。

第一章　白馬の王子様

†

毒は静かに、女から男へと伝っていった。

人間の脳はシナプスという細胞同士が情報伝達を行うことでネットワークを構築する。細胞の突起を出し入れする燃費の悪いシステムでその伝達の効率は上がっていく。

神経細胞の突起は男で、ナトリウムポンプは女のようだと思ったのは高校の生物の授業のときだ。教科書に書かれていることを教師がつらつらと読み上げるだけの退屈な授業だったけれど、途中、その説明だけがやけにはっきりと自分の耳にこびりついた。いやらしい――と思ってしまったのは、自分が既に「体験」しているからだった。

中学校の保健体育の授業では教師がなにを言ってもみんなニヤニヤしていた。ペニスがヴァギナに挿入される図のページを開いて、チラチラと横目で女子を盗み見る男子が幼く見えた。子作りの工程に興奮したり軽蔑のまなざしを向ける男女には、それを目的としないセックスなんて想像もつかないだろうと当時は思っていた。

授業中にナトリウムイオンをコンドーム、神経細胞の突起を男性器、ナトリウムポンプを女性器と想像して、偉大なる脳科学を穢《けが》す女子は、たぶん自分だけだった。

……あれから何年経《た》っただろう。

田舎の授業風景を脳の片隅に残しながら大人になった自分はいま、大都会にいる。

公衆電話ボックスから出ると、手袋をした手で帽子のツバを深く下げた。

白いマスクに黒縁の伊達《だて》眼鏡。XLサイズの地味な量産品の半袖短パン姿。S駅の男女共用の公衆トイレにさっと入ってリュックサックの中から普段着を取り出した。急ぎ身に纏《まと》う一式を脱ぎ、ゴミ袋に入れた。そうしてスマートフォンを手にする。電源はずっと切っていた。自分はこんな個人情報の塊で犯罪の痕跡を残すほど馬鹿じゃない。

街の至る所に設置された監視カメラの場所は把握済みだった。いまやこの国は皆平等に監視されている。事件が起きたら警察はすぐに監視カメラ頼り——と、そんなことはちょっとニュースを深掘りすれば容易にわかった。効率的であり、かつ決定的な証拠であるようでいて、まったく生きた人間を見ない警察の目を欺くのは簡単だった。

「さようなら」——指がスマートフォンの画面上を滑る。

完璧な男と最高のシチュエーションで、理想の子作りがしたかっただけなのに。

穢れた情報伝達のように腰を振るシナプスは腐るほどいるけれど、自分はそんな非効率的な恋愛にはもう興味がなかった。浮かれるような恋は十五歳までに済ませたからだ。

「やっぱり白馬の王子様なんていないのかなぁ」

絵本のラストみたいにハッピーエンドが約束された人生がいいのに。

その先には絶対的な幸せだけしかない、……——永久の愛は、きっとどこかに。

†

一之瀬家を悲劇が襲ったのは、三月三日。朱理の二十九歳の誕生日の夜だった。

娘の真由《まゆ》が初めて誕生日祝いにケーキを焼く――出がけに妻の明日香《あすか》からそう耳打ちされたので今夜こそ早く帰ると約束した。だがその帰りはいつものように仕事が長引いて深夜になった。きっと娘は寝ている。あぁまた今年も妻に叱られてしまうなぁ、と苦笑して帰宅すると、愛する妻子はおぞましく変わり果てた姿になっていた。

凄惨な現場だった。妻は蹂躙《じゅうりん》され、娘は肉塊にされていた。絶望の悲鳴を上げる間もなく物陰に潜んでいた何者かに首を切りつけられ、朱理自身も――……。

あの悪夢のような事件から四年の歳月が経った。

三十三歳になった今年の春、朱理はようやく妻子を殺された復讐を果たした。

……だが……、すべてが終わったわけではない。


どうしたのパパ、早くあっちに逝こうよ。

睡眠薬の影響で朦朧《もうろう》とした意識の中、娘の真由が手を引いた。ガラス細工で出来たような虹色の花畑が広がっている。遠くでは明日香が穏やかに手招きをする。

あたたかい家族の迎えにも朱理の足は動かない。真由が不安そうに父の顔を見上げた。

まだ逝くわけにはいかない。彼女たちを殺したのは確かにあの男だったが、その「父親」に固執する欲望を刺激し、殺人を誘発した悪魔は野放しになったままだ。

「悪魔を殺したら逝くから」

悪魔……と真由は目を瞬き、やがて諦めたようにするりと手を離した。

「それまでもうすこし待っていてくれるか？」

泣きそうな顔をされたので朱理は屈《かが》んで娘の頬を撫でた。真由は泣き出す前にくるりと踵《きびす》を返《かえ》し、母親のもとへと走っていった。娘を抱き留めた明日香が寂しそうに微笑《ほほえ》む。


朱理くんが遅いのはいまさらだもの……待ってるわ。


ごめん、と朱理が呟《つぶや》くと明日香は小さく首を振った。

ガラスの花がはらはらと砕けていく。細かい花弁の破片が彼女たちを包んだ。それはやがて一陣の風とともに舞い上がり、雲間から光が零《こぼ》れる空へと消えていった。

美しい魂が昇っていくのを見送った……途端、朱理の頭上で電子音が響く。

ピピピピ、ピピピピ――。

「……う……」

七時にセットしていた目覚まし時計がけたたましく鳴っていた。朱理はうつ伏せのままベッドサイドテーブルに手を伸ばす。かわいらしいカエルの目覚まし時計のアラームをオフにし、再び黒い頭をふらりと枕に沈めた。……五分、……十分……。覚醒を逃したまどろみの時間が十五分経過したところで、寝室のドアがバァンと押し開けられた。

「朝であるぞ！」

胸元に桃がでかでかと印刷されたピンクのエプロン姿の青年が飛び込んできた。

「なんだシュリ、最近お寝坊さんであるな」

「……起きてる」——掠れた声で応える。

朱理は首だけのそりと横に倒した。

「よく眠れているのであればよいことだ。どれどれ、……ほう？」

金髪碧眼《へきがん》の美しい青年は、朱理が寝ぼけているのをいいことに人差し指をスウェットの襟首に引っかける。朱理の血色の悪いうなじがあらわになり、ちょうど半分欠けた黒い歯車が見えた。青年は彼の状態を悟ってにやりと口の端を上げる。

「そろそろではないか。早めに準備をしておくのだぞ」

「……うるさい、言われなくてもわかってる。いちいち見るな……」

朱理は鬱陶しそうにその手を払った。

「あいつを殺すまで俺は死ねない……」

寝起きの機嫌の悪さではなく、憎しみの色を濃くさせた声を絞り出した。

「おぉかわいそうに、死にたいのに死ねないのはつらいなぁシュリよ。まぁ我は貴様が約束をやぶって勝手にくたばろうが、自我を失って錯乱しようがどうでもいいがな！」

愉《たの》しそうに哄笑《こうしょう》して彼はリビングに戻っていった。

寝室のドアは開け放たれたままだ。微《かす》かにコンソメのような香ばしい匂いがする。

「相変わらず騒がしいやつだな……」

朱理はうなじを押さえ、深いため息とともに起き上がった。

黒のスラックスをはいて長袖の白シャツに腕を通し、首にネクタイを引っかけて朱理は台所を横切った。キッチンカウンターには昨夜朱理が飲んだ睡眠薬や精神安定剤のシートが散らかっており、その脇には今朝青年が作ったであろう食べかけのサンドウィッチとコンソメスープが置かれていた。

「おいベル、食わないのか？」

リビングのソファに腰掛けながら、リモコンをいじっている青年に声をかけた。

「ぬぬぬ……なぜだ、銭形銀次《ぜにがたぎんじ》が録《と》れておらぬ……」

どうやらお気に入りの時代劇を観《み》ながら朝食を取ろうと思っていたようだ。なんらかのアクシデントで録画できていなかったことが悔しいらしく、親指の爪を噛《か》んでいる。

朱理は彼を特段気にも留めず脱衣所に移動して洗面台で顔を洗った。鏡に映る顔は、以前よりも血色がいい。ネクタイを締めながら何気なく体重計に乗ると二十代のころの体重に戻りつつあった。腰のベルトの穴がひとつ横にズレた。

「アァーッ、よりによって貴重なS子の回が録れておらぬーっ！」

絶望の悲鳴を上げた青年はリビングテーブルに突っ伏していた。

「おい」「うおおぉ……」「おい、ベル」「ショックでご飯が喉を通らぬ……」

朱理がベルと呼ぶ青年は日本好きを自称している。彼は不定期で放送される時代劇を「リアタイ」した上で、さらに録画した映像を繰り返し観るのが趣味だ。録画に失敗するたびに激しく嘆き悲しむので、朱理は彼にＤＶＤを借りてきて観ることを勧めたが、それではレンタル期間に焦って観ることになり、すぐに観終わってしまうのでじっくり楽しめないらしい。……よくわからん、と朱理は思っていた。

「食わないならもらうぞ」

朱理は食べかけのサンドウィッチを口に咥《くわ》えた。上着を羽織って玄関に向かう。

「ぬ？」――ショックが尾を引いたせいで反応が遅れた。

ベルはぴたりと止まり、直後、がばりと顔を上げた。

「あやつ……？」

玄関のドアが閉まる音がした。ベルが這《は》いずるようにキッチンカウンターまで行くと、コンソメスープのカップはカラになっていた。長い金色の睫毛《まつげ》がぱちぱちと上下する。

「どういう心境の変化であろうな？」

朝食を奪われたベルの口元からは、いつもの不敵な笑みが消えていた。

†

警視庁捜査一課強行班係のデスクがずらりと並ぶ奥に、その別室はある。

猟奇殺人事件特別捜査課——略して、奇特捜と呼ばれ、変死および猟奇・奇怪殺人専門の部署である。壁には一之瀬朱理のネームプレートだけが掛かっている。

かつては朱理以外にも様々な人物のネームプレートが存在した。だがいまは課長代理である朱理の名前があるのみだ。上着の襟につける奇特捜の捜査員を証明する丸い黒に金縁のバッジが、警察職員たちに『不吉の黒』と呼ばれているように、扱う事件の特殊さ故に退職する者が後を絶たない。実態は他部署で問題を起こした捜査員に自己都合退職を促すための左遷部署として警視庁内では認識されているのだった。

朱理は始業の十五分前に警視庁の入庁ゲートを通り、相変わらず冷ややかな捜査一課の面々からの視線を受けながら奥の部屋を目指した。かつて肩を並べて事件を追った同僚たちは、奇特捜の黒い噂《うわさ》を背負っている彼に対して挨拶をすることもなかった。

彼の担当した事件は被疑者死亡で終わる――当然、その噂が当人の耳に入っていないわけがない。わかっているからこそ朱理は目を合わさないし、たまたま目が合ってしまってもすぐに目を逸《そ》らす。……これでいい。むしろ避けてくれる方が望ましい。うなじに刻まれた黒い歯車が注視されないことをありがたいと思っていた。

朱理は奇特捜に入って自分のネームプレートをひっくり返した。

「暑……」――土日いっぱい閉めきられた部屋は蒸し暑い。

十月に入ってもまだ夏の湿気は残っている。上着を脱いで、上座の椅子の背もたれに引っかけた。ブラインドを上げて窓をすこし開けると涼しい風が入り込んできた。

うっすらと色づき始めた樹木を眺めながら朱理はネクタイを緩めようとして、背後から近づく気配にはっとし、手を止めた。太い腕にがつっと肩を摑まれ、朱理よりもひとまわり大きい身体がのしかかってくる。

「よう一之瀬、土日たっぷり休んだか？」

「……何泊目ですか、浅倉さん」

朱理が捜査一課の捜査員だったころの相棒・浅倉久志が、かつてと変わらない態度で接してきた。世話焼きの彼は、朱理を捜査員としてイチから育てたという親心にも近い思いを抱いているらしく、例の黒い噂を気にも留めていない。おそらく警視庁内で唯一とも言える朱理の味方だが、朱理の目的――黒い悪魔を殺す――を果たすためには足枷《あしかせ》に他ならない存在でもあった。だが今春に大きな借りをつくって以来、理由なく彼を突き放せなくなってしまった。浅倉からほぼ毎日のように注がれる保護者気取りの過干渉が、まるで行動を監視されているようで、朱理にとってはもっぱら悩みの種だった。

「オレそんなに臭いか？」

「だいぶ臭いです」

「おまえも四十を超えれば臭くなるんだよ」

「加齢臭のことを言ってるんじゃないです」

「寂しいこと言うなよ。おまえだってちょっと昔はこっち側でよぉ――」

仲間意識を押しつけてくる伸びた顎髭が朱理の頬を擦った。

「俺になんの用ですか、焼肉にビールはこの前ちゃんと付き合ったでしょう」

顎を押しやってため息交じりに拒絶する朱理を、浅倉はむっつりした顔で見下ろした。

「聞いたぞ」

「なにをですか……、……近い……」

朱理の首に片腕を巻きつけ、浅倉は囁《ささや》く。

「ついに女が来るらしいじゃねぇか」

「それがなにか」

「わくわくしねぇのか？」

「別にしませんよ。……浅倉さんじゃないんですから」

「なんだその蔑んだ目は。出会いがねぇんだからちょっとぐらい夢見てもいいだろ」

警察官というハードな職務上どうしても警察組織は男所帯になりがちだ。朱理は警察学校に入る前から明日香と結婚していたため、切ない男性独身警察官の女性に対する憧れの気持ちは理解しがたい。そもそも警察官という規律に厳しい職務を全うする女性は、肉体的にも精神的にも芯が強く、当然ながら男性に媚《こ》びるタイプはすくない傾向にある。下手なセクハラをしようものなら即鉄拳制裁されるのではないだろうか。

「で、いつ来るんだ？」――浅倉の声は期待に満ちていた。

やれやれと朱理は肩を落とす。奇特捜に異動を命じられた女性警察官は、とある事件の捜査方針に背き、怒りに任せて上司を背負い投げして前歯を二本折ったらしい。これは明らかに自主退職させるための異動だ。だがきっと彼女は辞めない。己の正義を貫き通すだろう。そんな問題児がやってくるとは知らず、浅倉は期待に胸を躍らせている。

「所轄の女なんだろ？」

「目白《めじろ》署の刑事課から来るそうです」

「栄転な上に即戦力じゃねぇか」

「……さぁ」――それはどうだろうか。

「おはようございます」

快活な女性の声がして、朱理と浅倉は同時に振り返った。

長い黒髪を後ろで束ね、明るいグレーのパンツスーツを着た女性が、段ボール箱を抱えて入室してくる。段ボール箱の上にはごく自然に大きな胸がゆっさりと乗っていた。

巨乳に目を奪われた浅倉が細い声で「でっけぇ」と息を飲んだ。

「目白署刑事課から来ました、鈴城恵美《すずしろえみ》です。本日より猟奇殺人事件特別捜査課の所属になります。久しぶりね一之瀬くん。あ……いまは一之瀬課長代理かしら？」

「どっちでもいいです」

朱理は歓迎を示すわけでもなく無表情のまま答える。

「あらそう？　じゃあ一之瀬くんでいいのね？」

「はい。どうぞ……空いている席、好きに使ってください」

「やっぱり無愛想ね」――恵美はくすりと笑う。

今春まで朱理が使っていた、入り口にもっとも近い席を選んだ恵美は、早速、段ボールの中からノートパソコンやオフィス用具を出し始めた。

「なんだ、知り合いか？」

浅倉は目を丸くする。

「昨年ちょっと」

「ちょっと？　なんだよ。オレには話せないことか？」

「まぁ……捜査で関わっただけです」

詳しい事情は濁すことにした。どうせ共有ネットワークを調べれば事件記録は出てくるのだが。朱理と恵美はとある事件の捜査方針でぶつかり合い、当時あまりよい関係ではなかった。彼女は正しい意味で警察官の鑑《かがみ》のような人物だったからだ。

「彼女が即戦力なのは間違いないです。班長も経験されていますし、俺よりも統率力があります。部下というより新しい上司でしょう。身の引き締まる思いです」

いろんな意味で……――と朱理は密《ひそ》かに思った。情に厚い人間が浅倉だけではなく、もうひとり増えたことは正直あまり喜ばしいところではない。

「そ、そんなに？　一之瀬くん、褒めすぎじゃない？」

恵美は気恥ずかしそうに頬を緩ませた。

「事実なので」――素直な尊敬と賞賛だ。

朱理にはいまでこそ後ろ暗い事情があるとはいえ、前々から組織に馴染《なじ》めば己を通せないこともあると諦めている節があった。だが彼女は年齢も性別も社会的地位も超えて、己が正しいと思うことを貫き、誰が相手でも正面からぶつかっていく。もし朱理が彼女とおなじ立場で、おなじように振る舞えるかと問われたら、おそらく難しい。

「ふーん……、で、おまえ年齢《とし》いくつ？　目白署ってことは寮住まいじゃねぇよな」

浅倉は揺れる胸元を見つめた。が、すぐにキッと鋭く睨《にら》まれて吃驚《きっきょう》する。

「なにあなた、失礼ね。初対面で住まいと年齢を尋ねるなんて個人情報をなんだと思ってるの。っていうか臭いわよ。持ち場に戻るかさっさとお風呂に入って洗濯しなさい」

「あぁん……？」

ぶちん、と堪忍袋の緒が切れる音が聞こえるようだった。

朱理は浅倉の拘束が解かれたことに安堵して、やっと課長席に着いた。

「おい女、てめぇ敬語も使えねぇのか」

「あなたもタメ口だったでしょ。アタシは女じゃなくて鈴城恵美」

「おぉそうかよ恵美ちゃん。オレは警視庁《ここ》の捜査一課の浅倉久志だ、覚えとけ」

「あぁそう、やっぱり本店《ヽヽ》さんね。ふんぞり返るだけはご立派な本店の捜査一課サマが朝っぱらから体臭をまき散らしていったいなんのご用かしら、ねぇ一之瀬くん？」

「おぅ一之瀬言ってやれ、所轄の連中はオレらの激務を知らねぇらしいぞ」

「なにが激務よ。そんなのどこ所属だろうと関係ないわ。ただあなたの処理能力が遅いだけじゃなくって？」

龍と虎——もとい浅倉と恵美のおそろしい睨《にら》み合《あ》いが飛び火してきそうだったので、朱理は無視を決め込み、デスクトップパソコンの電源を入れた。起動してメールフォルダをチェックする。

先週末に奇特捜案件にまわされたばかりの事件について、新しい情報が入っていた。

事務員から捜査データを開くためのパスワードが届いている。キーボードを叩いて共有ネットワークに繋ぐと、九月末に目白署管内で発生した男性の不審死について、司法解剖の結果が更新されていた。

——また急死……か。

朱理は眉をひそめた。東京《とうきょう》都内では事件とも病死とも判断しがたい、若い男性の謎の急死が続いている。そのうちの一件、捜査を担当した目白署は『他殺の可能性あり』と曖昧な表現で一度は警視庁に判断を振ったものの、彼らが捜査本部を立ち上げる気配はなかった。結局それ以上の進展はない。不審死として奇特捜案件に回ったのは、そういった責任転嫁の経緯の果てだろう。

——最終更新の捜査担当は……、鈴城恵美……？

ぎゃんすか激しい言い合いをしているふたりに朱理はちらりと目をやった。

彼女が奇特捜に異動になったのは、上司に対する暴力はきっかけに過ぎず、この不審死に対する始末も含まれているのかもしれない。連続不審死について確たる証拠もなく、いきなり他殺を疑う捜査員が出てきて、混乱を招きかねないと思われたか。

「浅倉さん」

「なんだ！」

「鈴城さん」

「なによ！」

喧嘩《けんか》っ早《ぱや》いふたりは、いつの間にか互いに胸ぐらを摑み合っていた。

「ご存じかはわかりませんが、おふたりとも同期で階級もおなじです」

朱理は衝撃の事実を口にし、すぐに画面に視線を戻した。

「誕生日も血液型もおなじです。すごい偶然ですね」

今年六月に揃《そろ》って四十一歳になったA型のふたりは急におとなしくなった。

†

「あんな失礼で臭いやつが同期だなんて信じらんないッ！」

朱理の運転する車の助手席で、恵美は握り拳を自分の太ももに叩きつける。

「だから本店の連中は嫌いなのよ！」

そう言う恵美も、今日から本店もとい警視庁所属だ。

「……それでさっきの続きですが」

「あっそうね、話が逸れたわ」

車は赤信号で停止する。その隙に恵美はカーナビを操作して、被害者の自宅住所を入力した。程なくして中央環状線を北上するルートが示された。所謂《いわゆる》、高級住宅が並ぶ閑静な住宅街の一軒家である。駐車場と庭がついた二階建ての比較的新しい家だそうだ。

「目白署《うち》としては髙梨司《たかなしつかさ》さんは、七月の頭に三軒茶屋《さんげんぢゃや》でおなじような死にかたをした霜《しも》山健晴《やまけんせい》さんと……それから病死って断定されたあっちの、四月に高井戸《たかいど》署管轄内で亡くなった小島芳治《こじまよしはる》さんも関連する他殺なんじゃないかって疑問視したわけ」

「鈴城さんは同一人物による連続殺人と見てますか？」

青信号に変わったので朱理はギアをドライブに入れて徐々に発進した。

「……かしらね、なんとも曖昧なところ。でも三件は無関係じゃないと思う」

「それは殺しかどうかが曖昧ってことですか？」

「事故でもなければ病死でもないことは確かかね。最初は自殺かしらって思ったけれど、似たような死にかたをしている男性の記録が直近で二件あったから……」

恵美はぶあつい手帖《てちょう》を開く。びっしりと書き込まれているページをめくる。彼女はいまどき珍しくスマートフォンをほとんど使わない、古風な刑事だった。

「死因は三人とも急性心停止だけど、念のため目白署《うち》の髙梨司さんの件では血液も調べたの。ラッパコニチンが検出されたわ。三軒茶屋のほうも連携とったらビンゴだった」

「ラッパコニチン……、アコニチンですか」

「そう重なる偶然じゃないわ。同一人物による他殺も捨てきれないでしょ？」

ラッパコニチンはトリカブトの主要成分だ。それ自体は心臓疾患の治療薬として使われることもあるが、即効性の毒であるアコニチンが含まれていることのほうが有名である。トリカブトが猛毒と言われるのは一般的にはアコニチンを指している。

「心臓疾患を持っていた可能性はないんですか？」

「ないわね。高井戸のほうは火葬も済ませちゃって再鑑定できなかったけど、洗い直したら二十八歳で健康診断には一度も引っかかったことがない男性よ。肥満体型でもないし持病もなし。いきなり自宅で心停止だなんてちょっと考えられないわね」

ふと朱理は疑問に思った。恵美が自殺の可能性を捨て切れていない理由だ。

「もしかして現場はすべて被害者の自宅ですか」

「そう、自宅。しかも三件とも深夜帯よ」

トリカブトの毒は摂取して十五分から三十分程度で死に至る。一瞬、じゃあやっぱり自殺の可能性は――と脳裏をよぎったが、恵美の言いかたからして遺書の類いは見つかっていないのだろう。朱理が今朝共有ネットワークの捜査資料にざっと目を通した限り、それらしい記述もなかった。

「なぜ四月の高井戸の件だけ病死扱いなんですか？」

「独り暮らしで発見が遅れて腐敗が進んじゃったからよ。死後推定七日。近隣住民からの異臭通報で第一発見者は臨場した警察官。小島芳治さんはフリーランスエンジニアで、基本自宅でのリモートワークだったんですって」

恵美はシートベルトを伸ばして突っ伏すような格好をして見せた。

「だから発見が遅れたのよ。インターネットの普及も善《よ》し悪《あ》しよね」

遺体は相当ひどい状態だったのだろう。朱理は奇特捜に戻ったら、改めて小島芳治の証拠写真が残っていないか確認しなければと思った。


被害者の自宅付近に恵美を降ろしてから、朱理はひとりでハンドルを回す。ギアをチェンジし、時間貸駐車場にバックで車を停《と》めた。

「……で、なんでおまえはついてきた」

車のキーをポケットに突っ込む。朱理はバックミラーを傾けた。

後部座席のシートに金色に輝く蠅《はえ》が止まっている。尋ねられても——なんのことだ、と、蠅はそしらぬ様子で顔をくしくしと洗った。

「おまえがついてきたってことは、この不審死に、黒い悪魔《アイツ》が関わっているんだな？」

「さぁどうだか。そうだとしても我には関係ないぞ」

朱理の問いは高慢な声に遮られた。いつのまにか朱理の肩にはさらりと金色の髪が掛かっている。視線を動かすと面白そうに覗き込んでくる青い目とかち合った。

「じゃあ呼んでもいないのに勝手についてきたのはなんでだ」

「それよりもあの女、やはり良い身体をしておるな。男勝りな性格なのは勿体《もったい》ないが、存外そういう勝気な女のほうが情にほだされて落城しやすい」

「俺の質問に答えろ」――キッと睨み付ける。

朱理の手が左脇下の拳銃ホルスターに掛かったが、ベルは「その手にはもう乗らぬ」と余裕ぶって嘲笑《あざわら》った。今春の騒動以来、浅倉の嘆願によって懲戒処分は免れたものの、朱理の拳銃から五発の弾が消えたことは見逃されなかった。そのため朱理の拳銃に装填できる弾は一発のみという条件が課せられた。たとえ拳銃の腕前に優れた上級ライセンス保持者であろうと、たった一発の九ミリパラベラム弾で生命を奪うことは難しい。すなわち発砲の直前に蠅の姿に変化されてはまず当てられない。

「鉛の塊などで悪魔は殺せぬ。まぁ一発では悪魔以外も然りだがな」

朱理は舌打ちし、肩越しにベルを忌々しく睨んだ。

「くく、そうかわいい顔をするな。これからも存分に悩んで我に殺人者の魂を捧げよ。死ぬ目的よりも生きる苦痛を選ぶというなら、我は永遠の時《とき》間を付き合ってやるぞ？」

怪しげに歪《ゆが》むサーモンピンクの唇が朱理の耳元に寄せられた。

「俺は悩んでない。もう答えは出てる」

「ほう？」――ベルはわざとそれを口にさせるよう促す。

「あいつがそそのかさなければ誰も死ぬことはなかった」

愛する家族も、仲間たちも。

理不尽な社会の矛盾と孤独に葛藤しながらも、彼らは彼らなりに耐えて生きていた。

彼らに人知を超える力を与え、抑え込んでいた理性を崩壊させて「殺人者」にした背景には、悪魔の存在があった。

人に人を殺す力を与える黒い悪魔――グラシャラボラス。

朱理は金色の悪魔《ベル》が己の食欲を満たすために殺人を誘発しているのではないかと疑ったときもあったが、ベルの仕業ではなかった。偶然にも同時期にふたりの悪魔がこの世界に存在していたのである。

「真犯人とやらを殺してもなお貴様の心が晴れないとは、哀《かな》しいことだな」

ベルは朱理のうなじに刻まれている黒い歯車を爪でつぅっと掻く。口ではそう言いながらもベルは微塵《みじん》も同情していない。人間《シュリ》の苦しむ姿が悪魔にとっての悦《よろこ》びだからだ。

「やめろ。……おまえにまともな返答を期待した俺が馬鹿だった」

悪戯《いたずら》をする手を叩き払い、朱理はシートベルトを外してドアを開けた。

「悔しいが、あいつを殺すためにはおまえの力が必要だ。おまえはあの悪魔よりも強いんだろう。人間に悪魔が殺せないなら、悪魔には悪魔だ。アイツはおまえが殺せ」

「ふはっ、なぜ我が人間に加担せねばならんのだ？」

「殺せないって否定はしないんだな」――今度は朱理が鼻で笑った。

だらしなく運転席の背もたれに抱きついていたベルの顔から笑みが消えた。

「貴様……」

「この話はまた今度だ」

ベルの話を遮り、朱理は運転席のドアを閉める。

黒い背中は小さくなっていった。

残されたベルは、彼の姿が見えなくなるまで目で追う。

なにかがおかしい。

朱理にかりそめの魂を与える悪魔のベルが絶対的優位である関係は、いまも変わっていない。だがどこか歯車のかみ合いが悪い気がする。つい先日までは、自分が生き長らえるために罪人を殺すことに、彼はもっと葛藤していたはずだ。

――復讐を果たすまでは生きなければならない。

――生きるためには、殺さなければ……。

――殺す相手は罪を犯した許されざる『殺人者』たちだ。

――理由は違えど、人を殺《あや》める俺と彼らはなにが違う。

――俺もやつらとおなじ人殺しじゃないのか。

生き地獄に苦しむ朱理の魂から聞こえる悲鳴が、ベルに興奮を与えていたのだが。

「あやつ、いつから割り切ったのだ」

いつしかその魂から嘆きの声が聞こえなくなった。黒い歯車の削れる音だけが届き、具体的にいつから聞こえなくなったのかベルには覚えがない。なにかがおかしい――。

「まったく、いつものように我に無駄な八つ当たりをするか、いっそ己を見失って手がつけられぬようになってしまえば楽しいものを……」

ベルは後部座席に寝転んだ。手を伸ばせば天井に指が届く狭い車内。みるみると熱気がこもり始める。日本の初秋は湿度が高く、息苦しさを覚えるほど居心地が悪い。

「愚か者め……悪魔に悪魔は殺せぬのだぞ」

なぜそうはっきりと突き放さなかったのか、ベル自身もわからなかった。

†

高梨家の駐車場には赤いスポーツカーが停められ、その裏手の庭には色とりどりの花が咲いている。

九月三十日の深夜一時ごろに変死した高梨司は、自宅の寝室で妻の佐和子《さわこ》とふたりだった。佐和子が自身のスマートフォンから一一九番通報をして救急車を呼んだのが〇時五十八分。だが救急車が到着した一時十二分には高梨司は既に心肺停止状態だった。

「だから何度も言ってるじゃないですか！」

女性の怒鳴り声に、庭で植物を観察していた朱理がすっと立ち上がった。

被害者の妻でもあり重要参考人でもある佐和子とは何度も会っているから――と恵美が気を利かせて先行したのだが、かえって警戒心を強めてしまったらしい。

「わたしは十時には寝ていたんです！」

「あ……いえ、ですから、疑っているわけではなくて、そのときの状況をもう一度確認させていただきたくてお話を――」

「疑ってるのと変わりません、帰ってください！」

髙梨家の玄関のドアは開きっぱなしだった。

朱理は「失礼」と、恵美の後ろから声をかけて足を踏み入れる。

佐和子は存外若い女性だった。被害者とおなじ二十九歳とは思えないほど、肌はみずみずしく、肩にたらした黒髪は艶《あで》やかだ。

朱理の姿を目に留めるなり、彼女は眉尻をきりっと上げた。

「また新しい刑事さんですか」

さすがの恵美も怪訝《けげん》な顔で振り返るほど、佐和子はきつい口調だった。

だが朱理は動じることなく警察手帳をかざして見せた。

「説明が足りず申し訳ございません。警視庁猟奇殺人事件特別捜査課の一之瀬です」

「警視庁……猟奇殺人……？」――佐和子の顔が一瞬にしてこわばる。

「ご主人の件は本日付で警視庁猟奇殺人事件特別捜査課の捜査対象事案になりました。別件の殺人との関連も考えていません。ご協力いただけないでしょうか」

驚いて肩を跳ねさせた恵美が「そこまで言って大丈夫なの？」と囁いた。

「主人以外にも……殺された人がいるのですか？」

うっかり口が滑った佐和子は慌てて口を押さえる。

「心当たりがあるのですね」

「そ、そういうわけでは、ないんですけど……」

すると佐和子は態度を急変させた。

「と……とりあえず近所の目もありますから」

そそくさと靴箱からスリッパを取り出し、アジアンテイストのカーペットに二足並べ始める。朱理は佐和子に協力への謝辞を述べた。

「鈴城さん、俺が責任をとります。そのための課長代理の肩書きなので」

「あら、そ、そう……？　ったく、……目白署の連中《うち》に聞かせてやりたいわね……」

唇を尖らせて頬を赤らめる恵美を一瞥《いちべつ》し、朱理は先に革靴を脱いだ。

広々としたリビングは入った途端に花の香りがした。

キッチンテーブルの脇には花瓶が置かれており、六人はゆうに座れるであろう大きなリビングテーブルにも同様に花瓶が置いてある。挿された切り花はどれもまだ飾られて間もない瑞々しい花弁を広げていた。

　窓辺では白塗りのテーブルセットが対の椅子とともに、暖かな日を浴びている。そこには爽やかな笑顔を浮かべた男性と佐和子が肩を寄せ合った写真がある。写真の彼は被害者の髙梨司だろうか。その前にも花瓶があり、紫色の切り花が飾られていた。

「紅茶でよろしいですか？」

　お構いなく、と言いかけた恵美の肩を朱理が軽く小突いた。

「砂糖とミルクもお願いします」

「はぁあっ？　ちょっと、図々しいにも程があるわよ……！」

　朱理は無言でリビングテーブルの椅子を引いた。恵美も仕方なく隣に続いた。

　やがて茶菓子のカヌレとともにウェッジウッドのティーセットが運ばれてきた。

「ど、どうも……」

　気まずく愛想笑いを浮かべる恵美に構わず、朱理はさも当たり前のように砂糖の瓶を引き寄せる。白砂糖をばさばさと二杯も紅茶に投入し、恵美のミルクまで断りもなく奪った。遠慮しない行動にぎょっとした恵美は、上司と参考人の双方を見やった。

　向かいに腰掛けた佐和子の口元は露骨にひくついていた。

「あ……あとで苦情がきてもしらないわよ……」

警察官は公務員である。賄賂を受け取ることは当然許されないし、捜査を名目に接待されることも禁止だ。本来であれば飲食の振る舞いも断らなければならず、押しつけられたとしても菓子折ですら処分しなければならない。そんな警察官のルールを朱理が知らないはずもないのだが、平然と白く濁った紅茶をすすっている。

「砂糖にもミルクにも花の香りがついているんですか。混ぜたら吐きそうなくらい匂いますね」

「ちょっと一之瀬くん……っ、す、すみません、アタシはストレートでいただきます」

賢良方正を貫く恵美は手をつけないつもりだったが、慌てて一口だけ飲んで「おいしい！」と大げさに言い、上司の無作法から注意を逸らそうとした。

「アタシは好きですよ、香りのついた紅茶！」

確かに鼻を近づけただけで紅茶からむせかえるほど強い薔薇《ばら》の香りがする。車に戻るころには衣服に匂いが染み付いていそうだ。

「……まぁ、疑いたいお気持ちはわかりますよ」

佐和子は諦めたように深い息をついてから、重い口を開いた。

「もう一度お話ししますけれど、主人には掛け捨てで総額億近い生命保険が掛かっていました。受取人はわたしですから疑われるのは仕方がないと思いますが、主人がそんな複数社の高額な生命保険に入っているとは知りませんでした。……ウチは夫婦で別々に銀行口座を分けていましたし、生活費は毎月一回、主人の口座からわたしの口座宛てに二十万円を振り込む決まりでしたから」

「遊ぶお金は別だったとおっしゃっていましたね」

恵美が尋ねると、佐和子はむすっとした表情で頷《うなず》いた。彼女の様子から、なんとなく夫婦の距離感に察しがつく。髙梨司は私生活のすべてを妻と共有していたわけではなかったらしい。特に金銭面に関しては妻に隠す理由があったようだ。

「ご主人の銀行口座の通帳を拝見してもよろしいですか」

いきなり踏み込んだ質問をする朱理を、恵美が信じられないような目で睨んだ。だが意外にも佐和子は嫌な反応をしなかった。むしろその質問を待っていたかのように、リビングテーブルの隅に置かれていたスマートフォンを手に取り、電源を入れた。

「各会社からすべてのパスワードを解除していただきました」

差し出されたスマートフォンの画面にはびっしりとアプリケーションが並んでいる。

「どうぞ、主人のスマホです」

佐和子が指をするすると滑らせて、銀行のアプリケーションを立ち上げる。朱理は手際よく両手に黒い手袋をはめて受け取った。ペーパーレスで通帳は電子のみらしい。銀行口座の残高は五万数千円しか残っていない。

「失礼ですが、すくないですね」

高級住宅街の一角に駐車場と庭付きの家を所有し、赤いスポーツカーを乗り回していた割にはやけに貯蓄がすくない。

「ええ……」

佐和子も同感のようで声のトーンが落ちる。

「毎月七十万から、多いときで百万近い現金の引き出しがあったようです。一度にではなく、五万……十万くらい……小出しに、ちょくちょく引き出していたみたいです」

「でもあなたはその理由をご存じないんですよね？」

恵美は念押しするように言った。

「毎月の生活費二十万円以外は知りません。どこでなにに使っていたのか……。あの人は朝は早くて、帰りはいっつも深夜でしたから。毎週日曜日に車で大型スーパーに食材やら日用雑貨を買いに行っても、お金を出していたのはわたしです。主人が財布を出すことはありませんでした」

二十万円でも生活費としては充分すぎる額だが、佐和子はどこか釈然としない面持ちであった。きっと彼女が不審に思っているのは、夫の収入に見合わない微々たる貯蓄額でも、密かに残された生命保険のことでもない。彼女が夫の死を素直に嘆けない理由は、見えない現金の使いどころのようだった。

「薄々勘づいてはいました。信じたくなかったので調べもしませんでしたけれど」

続けてぽつりと独り言のような呟きが落ちる。

「わたし、きっと……浮気……されてたんじゃないかって思います……」

「それはなぜ……って、なにしてるの？」――恵美は首を傾げた。

朱理は相変わらず恵美の問いには答えず、自分のスマートフォンで、髙梨司が利用していたアプリケーション一覧の画面を撮影していた。朱理はすべての画面を撮影し終えると、佐和子に軽く礼を言いながら、髙梨司のスマートフォンを返す。

「俺にも妻がいましたので、おっしゃることは理解できます」

いきなり自分のことを話し始めた朱理に驚き、恵美はぎくりとした。

「……いました？」――佐和子の疑問はもっともだ。

「亡くなりましたので」

女ふたりが気まずく押し黙る空気の中、朱理は両手の手袋をはずし、カヌレをふたつに割ってもそもそと食べ始めた。

「私生活をともにする夫婦に人間関係の隠しごとはできません。いつだったか、たった一杯だけと寄り道して飲んだ酒でしたが、帰宅したらすぐに匂いでバレたんです。そのとき俺は妻には嘘《うそ》がつけないと思いました」

「えっと、ちなみにそれは……浮気？」

恵美は軽口のつもりで尋ねた。

「相手は当時俺の研修担当だった浅倉さんですが」

「ごめんなさい」——恵美は素直に謝った。

ジャスミンで香り付けされたカヌレも、その強い香りが鼻に残る。

「女性は男性よりも匂いに敏感だそうです。人間の細胞の表面にはＭＨＣ……Major Histocompatibility Complex というタンパク質が付着しています。女性はその匂いを嗅ぎ、自分の遺伝子から遠い匂いがする人間を好きになるといわれているそうです」

この家はどこもかしこも花の香りでいっぱいだ。……紅茶も、砂糖も、ミルクも。

「ということは逆に、夫婦とはおなじ匂いを共有するということなのかもしれません。洗濯洗剤や柔軟剤、風呂場のシャンプーや石けんといった、お互いしか共有し得ない匂いに心地よさを覚えるのでしょう」

佐和子は香水ではなく、生花にこだわっている。おそらく二階の寝室にも切り花が飾られているだろう。

「俺の勝手な憶測ですが、帰りが遅くなっても、この家に帰って眠っていたのだとしたら、ご主人はこの匂いを束縛だとは思っていなかったのではないでしょうか」

夫が死んでも生前から続く「妻」の、純粋で執拗《しつよう》な執着は、習慣づいてしまっているのだろう。恵美は朱理の持論を聞きながら佐和子の唇が震えだしたのを悟った。

「ご主人からは妻帯者であることを隠せないくらい花の匂いがしたでしょうね」

いたたまれなくなった恵美は俯《うつむ》く。

「わたしはよい妻を演じながら……あの人を試していたのでしょうか」

佐和子は静かに指を組んだ。

「浮気されていたとしても、いまとなっては別に……どうでもいいんです」

庭から小鳥のさえずりが聞こえる。

「主人の生命保険……わたしが受取人で、正直、ホッとしました……」

その細い指に、ぽつ、ぽつ、と雫《しずく》が落ちていく。

「残されたこの家と保険金のぶんだけは、ちゃんと愛されていたと思えましたから」

†

助手席に乗り込んできた恵美は乱暴にドアを閉めた。髪を結び直しながら、盛大なため息をつく。彼女のシートの裏側には金色の蝿がぴたりとくっついている。

「生命保険の請求がなされた段階でいっそ令状取って家宅捜索しようかしら」

「なにも出てこなかったらどうするんですか？」

「怒られるのは慣れてるわよ」

「怒られるのは上司の俺ですが」

「わかってるわよ……言ってみただけ」

恵美としてはやり場のない鬱憤を吐き出しただけだ。消去法で髙梨司に毒を盛れるのは妻の佐和子しかいないという状況証拠のみでは令状は請求できない。

「髙梨佐和子の犯行立証は難しいわね」

「殺人を疑う俺にトリカブト入りの紅茶を盛るのをすこしだけ期待しましたが」

「えっ、はぁっ？　あんなに飲み食いしたのってそういう目的だったの？」

「俺だけ飲むつもりが、鈴城さんも飲み始めたときは焦りました。まぁトリカブトの毒で即死はありえないので、万が一にはどちらかが助かればいいかと思いましたので」

「……信じらんない」

表情の変わらない策士の告白を聞き、恵美は途端に不機嫌になった。

朱理は運転席でスマートフォンを操作する。警察の共有ネットワークフォルダから三軒茶屋の自宅でおなじように亡くなった霜山健晴の情報を目で追った。

「三軒茶屋の件も髙梨司と似たような状況で亡くなっていますね」

霜山健晴は高級マンションの最上階の自宅で、妻子とともに就寝中、突然苦しみだした。直前に特段なにかを飲み食いした様子はないらしい。

「ううん……裏になんらかの組織を感じる……たとえば保険金の一部を上納する代わりにトリカブトから抽出した毒の成分を浮気されている妻たちに握らせて――」

朱理は恵美のとんちきな推理を聞き流して画面の操作を続ける。

「……？」――そういえば、浮気、と恵美はさも自然と口にしていた。

スワイプしていた指を止めた。霜山健晴の血液の再鑑定を依頼したのは恵美だ。目白署の管轄ではない他二件でも、最新の捜査情報には「鈴城恵美」の名前が散見される。明確に殺人事件だとは断定できない案件なのに、なんらかの解決の糸口を探ろうとしたのだろうか。彼女の捜査員としての執念を感じる一方で、違和感を覚えた。

「ところで鈴城さん、なぜ直属の上司を殴ったんですか？」

新米捜査員ならばともかく、彼女はこれが初めての捜査ではない。数え切れない事件を担当してきたベテランの刑事である。ひとりの捜査員がひとつの事件に執着することはない。捜査員は常に何十件もの事件を抱えていて、デスクには毎日新しい事件が積み上がっていく。慢性的な人手不足なのが刑事課の実情なのである。

恵美は正義感が強く、情熱的な性格をしている。だが長年目白署の刑事課に在籍していた彼女が怒りに任せて上司を殴ったのは意外だと朱理は思っていた。

「あぁそれは、髙梨司と霜山健晴には、共通の浮気相手がいたのよ。その件でちょっと腹が立ったっていうか……参考人聴取でいろいろあったっていうか……」

車のキーを回そうとして朱理は手を止めた。

「それを先に言ってもらえませんか」

「捜査記録に残っているかどうかは知らない。謹慎の直後に異動命令が出されたし」

助手席の窓に肘をついて恵美は外の景色を眺めている。窓ガラスに映る彼女は物憂げだった。

「その浮気相手の女性……目白署《うち》に呼んだの。名目上は捜査協力ってことで」

含みのある言い方だ。

「警察官は民事不介入よ。犯罪をおかしたという事実がなければ、彼女がどんな職業の人であろうと、誰とどんなお付き合いをしていようと、法が許す限り彼女の人格を否定することがあってはならないのは当然、一之瀬くんも知ってるわよね」

話の途中でどんなやり取りがあったのか想像はついたが、朱理は相づちも打たず恵美がすべてを語るのを待った。

「それなのに上司《あいつ》らは最低なことを言ったの」

共有ネットワークの参考人聴取の項目には、須崎綺蘭々《すざききらら》という女性の名前が残されている。二十一歳でガールズバー勤務。立ち会い人には恵美の名前があるが、どうやら記録と実態は違うようだ。

「肉体関係はあったのか。性行為の前後に金銭の受け渡しはなかったか。具体的にどういう性行為をしていたか。相手に配偶者がいることを知っていたか。浮気しているという罪の意識はなかったのか――……」

つまり「浮気相手」と「ガールバー勤務」というキーワードがよくない先入観として恵美の上司たちに響いたのだろう。捜査協力をお願いするという名目はそっちのけで、彼らは耳を塞ぎたくなるようなあらゆる配慮に欠けた尋問をしたということだ。

だが記録には『アリバイあり。動機はなし。』と、一行しか残されていない。

「想像力の欠如っていうのかしらね。上司《あいつ》らはこれが殺人事件だったらと疑って動機を探るつもりだったんでしょうけれど……強面《こわもて》の男たちから脅されるように訊かれて、彼女は終始『はい』と『いいえ』ぐらいしか答えられなくて泣いていたわ」

「止めなかったんですか」

「止めたわよ！」

恵美は振り返り、朱理をぎらぎらと睨んだ。

「水商売ならこんな質問をされるくらい慣れているだろって鼻で笑ったのよ！」

だから恵美は上司を殴った。踏み込んではいけない個人の領域がより鋭角化していることに順応できない古い考えの警察官はすくなからずいる。朱理も捜査一課にいたころ、デリカシーに欠ける上席の人間から、妻とのプライバシーな部分を根掘り葉掘り訊かれて、答えなければ罵られる苦い思いを経験した。男尊女卑の未だ色濃い警察組織では、女性である恵美はもっと苦汁を嘗《な》めさせられたに違いない。

「一之瀬くんに言ってもしょうがないわね……ごめんなさい、怒鳴ったりして」

頭に血が上って恥ずかしくなったのか、恵美は背中をシートに戻し口元を拭った。

朱理はなにも応えずキーを捻《ひね》った。エンジンをかけて車をバックさせる。

「まったく、相変わらず愛想がないわね……なんかないの？」

バックミラーを見上げながら朱理はハンドルを切り「なんか、ですか」と気のない声でオウム返しする。時間貸駐車場の精算機を抜けて歩道の手前で一旦停まった。朱理はカーナビの目的地を警視庁本庁に変更してから車を発進させた。

「鈴城さんは科捜研まで行って再鑑定を依頼してきてください」

「そうじゃないわよ」

恵美はむっと下唇を突き出して腕を組む。

「まぁいいわ。再鑑定ね……、あなたはどうするの？」

「まもなく定時なので帰ります」

「はあァっ？」

素っ頓狂な声をあげる恵美を無視して、朱理は交差点で右折した。

「あ、あ、あなた、部下には残業させるのに定時で帰るってどういうつもり……」

「役職付きは残業代が出ません」

「いやだから、そうじゃないわよ！」

理不尽に突き放す朱理の一言に、金色の蠅がぶっと噴き出した。

「――ん……？　いまなにか聞こえなかった？」

　恵美は後ろを振り返ったが後部座席には誰もいない。

「気のせいか……。ところであなた、前よりも顔色良さそうね。ご飯もちゃんと食べてるみたいだし、安心したわ。あのときはいまにも死にそうな顔してたものね」

「そうですか……」――ベルの好奇に満ちた気配を感じる。

　銀色のビルが建ち並ぶ狭間《はざま》に夕日が吸い込まれていく。ふたりはしばしの間、口を閉ざした。カーナビの音声だけが車内に響く。まもなく――左方向です、と。

「……あなたのご家族のことは人事部長から聞いた。なにも知らなくてごめんなさい。いろいろ大変だったのね。でもアタシはプライベートを詮索はしないし干渉する気もないから。誰だって隠し事のひとつやふたつぐらいあるものよ」

　そう言って恵美はあくびをした。急な異動を命じられて慌ただしかった、と彼女は腕を首の後ろにまわして胸を反らせる。そのまま脱力してシートに上体を預けると目を閉じた。短時間でも暇があれば、そこが床であろうと上司が運転する車の中であろうと、睡眠を取ろうとする図太さは刑事課の捜査員ならではの習性だ。

「鈴城さんにも隠しごとはあるんですか？」

「ないわよ。品行方正な警察官ですもの」

　早速矛盾していると思ったが、朱理はそのまま彼女を眠らせ、車を走らせた。

†

秋葉原《あきはばら》の街は昔からこの国の光と闇を映してきた。第二次世界大戦後は荒廃した貧しさの中で闇市が開かれるようになり、昭和中期の高度経済成長期に入ると日本の細やかな技術が電子機器に大きく活《い》かされ、部品やソフトウェアを取り扱う小売店が軒を連ねるようになった。だが時代は平成になりバブル経済はやがて崩壊し、同時に、大型家電量販店やディスカウントショップの台頭によって小さな個人商店は一気に衰退した。そうして生き残りを模索した秋葉原の街並みは時代の流れに合わせて景色を変えていった。

そんな秋葉原の景色も近年になってまたひとつの時代に動かされていた。

十数年前は、日が落ちればシャッターも閉まる街だった。しかしいまは夜が更けてひとつ路地に入れば、ネオンが煌々《こうこう》と辺りを照らしている。丸文字にハートマークがくっついているピンク色の看板が、雑居ビルをなぞるように縦にずらりと並ぶ。

「ご主人様ぁ〜今宵《こよい》のご帰宅先はお決まりですかぁ？」

頭に猫耳を付けた若い女性がフリルのスカートを揺らしながら近づいてきた。

「かわいい猫ちゃんたちがお待ちしてますにゃん〜」

朱理はチラシを受け取った。彼女の手書きであろう『癒やしのメイドバー・にゃんにゃんっ娘《こ》』と店名が書かれている。彼女が胸に下げている小さなホワイトボードには『飲み放題3000円』と記載があるだけだ。途端、朱理の背後から歓声が湧き上がる。

「これがジャパン名物メイド喫茶か！　よしシュリ、にゃんにゃんとしけ込むぞ！」

「おふたりさまですかにゃぁ〜、大歓迎ですにゃん〜」

いつの間に蝿から人間の姿になっていたのか、欲望に忠実な青年は鼻息荒く朱理の肩を叩いた。秋葉原駅の電気街口の改札を出るまではおとなしかったのだが。

「メイド喫茶じゃない、メイドバーだ。……悪いが他に行き先がある」

律儀にチラシを返すと猫耳の女性はむくれた。朱理に「けち！」と高い声で吐き捨て、すぐに切り替えて別の客を物色し始めるのだった。

「なにが違うのだにゃん？」

「その口調やめろ。客に酒を提供するのがメイドバーだ」

ベルはさらに目を輝かせて飛びついてきた。

「茶だけではなく酒も出すとはサービスが良いではないか！」

「俺は前向きな意味で言ってない」

「貴様はなぜそんなに難しい顔をしておるのだ。どこもかしもメイド女子でいっぱいとは目の保養であろう。あの娘などスカートの丈が大変なことになっておるぞ？」

朱理はため息をついて眉間を押さえた。彼に説明しても理解はされないだろう。

警察官の朱理には、健全と不健全が入り交じった夜の秋葉原は無法地帯に見える。

メイド喫茶もメイドバーも営業すること自体は決して違法ではない。一般的なカフェやバーよりも少々値は張るが、客がそのコンセプトを楽しむために金を支払うのは、個人の裁量の範囲内だ。

「なんで飲食料金の案内が、書き消しが容易なホワイトボードなのか、からくりを理解していないと痛い目に遭うぞ」

問題は雇われている彼女たちではなく店側にある。風営法上、深夜に酒を提供し、メイドが「接待サービス」をする店は風俗営業の届け出をしなければならない。十八歳未満の少年少女を雇うことができないなど、現行の風営法は複雑で非常に厳しいルールが設けられている。真面目に届け出をして営業している店もあるが、残念ながらいまは法律に従えば従うほど、店は大きな儲《もう》けが期待できない仕組みになっているのだ。

「それと客引きも迷惑防止条例違反だからな」

「けちなやつだな、財布がカラになるのは一夜の女遊びのお決まりであろう。それとも貴様は夜の女にどっぷり浸《つ》かって破産する質《たち》なのか？」

「……今度はなんのドラマに影響されたんだ」

朱理は立ち止まってスマートフォンを取り出した。黒い手袋をしたまま、画面に映っている地図を見た。コンビニエンスストアの角を曲がると薄暗い路地に入る。

新見第七《にいみだいなな》ビル——メイド喫茶だけではなく様々なコンセプトカフェの看板が並んでいる。この辺りには客引きの女性がいない。

「おいベル……俺を警察官だと明かさないと誓えるか？」

「メイドバーに入るのかッ！　もちろん誓うぞ、神に誓ってやろうではないか！」

ベルは両手を組み合わせて激しく頷いた。

「悪魔のくせに神に誓うのか……」

よくわからない理屈だと思いつつ、朱理は雑居ビルのエレベーターのボタンを押した。

ベルは財布の持ち主を心得ている。欲望を満たすためならば約束をやぶらないから、すくなくとも会計を済ませるまでは素直に従うだろう。ちゃっかりしている悪魔だ。

古いエレベーターはがたがたと揺れる。朱理は奇特捜のバッジを外し、スーツの内ポケットにしまった。警察手帳を繋ぐ特徴的な紐《ひも》も尻ポケットの奥に押し込んだ。

「「「お帰りなさいませ、ご主人様～っ！」」」

エレベーターの扉が開くと待ち構えていた甲高い声の主たちに歓迎された。黒地に白のフリルがあしらわれたメイドのコスプレ姿に身を包んだ女性たちが、可愛《かわい》らしくぺこりとお辞儀をしてきた。明らかに十八歳未満の見た目をしている少女も見受けられるが、朱理はいまは警察官として来店したわけではない。近いうちに管轄の生活安全課にリークしておくか……と、脳裏で自分に言い訳をした。

「おおおお……！」

ベルは興奮を抑えきれず飛び出した。両手を広げて思い切りメイドたちを抱きかかえようとして、お触り禁止ですぅ〜、と、きゃっきゃと軽くあしらわれた。

「きゃあ外国人さんっ？」「綺麗《きれい》な金髪〜っ」「おふたりさまでよろしいですかぁ？」

覚悟はしていたが早速かしましいなと、朱理は密かに耳を塞いだ。そういえば妻の明日香と出会ってからは、友人たちから誘われる合コンにすら顔を出していなかった。ともするとこういう場は大学一年生のときの歓迎コンパ以来か……と思い出す。

朱理はあのころから酒を飲んで騒ぐ場は好きではなかった。それが露骨に顔に出ていたのか、ひょっこり顔を覗き込んできたひとりのメイドから「もしかしてこちらのご主人様は付き合わされた感じですかぁ？」とクスクス笑われる。

「ここに須崎綺蘭々さんという女性はいますか？」

途端、彼女は眉をハの字に下げた。警戒心を露《あら》わに口元に手を添え、声量を落とす。

「ちょっとぉ……こういうお店で本名を出すのは禁止ですぅ〜……、そうやって訊くってことはもしかしてぇ、お巡りさんだったりするぅ〜……？」

ベルはというと既にバーカウンターに案内されてすっかり店に溶け込んでいる。

彼に注意をしておきながら墓穴を掘りそうになった朱理は、しまったと焦ってはぐらかす。

「すみません。こういう店は、初めてで……」

「えっ……！」

その一言にメイドは仰天して跳ね上がった。

咄嗟《とっさ》の誤魔化しが三十を過ぎた男には恥ずかしく、朱理はつい顔を逸らしてしまう。

「うふふぅ〜、なるほど〜……ご主人様ったら真っ赤に照れちゃって、カ・ワ・イ・イ。ご指名したかったんですねぇ〜……？　そういうときはちゃんと女の子をお店の名前で呼ばないと、つぎはお仕置きですぅ〜。気をつけてくださいねぇ〜？」

おそらくは十歳以上年下であろう女性から脇腹をつんつん突《つつ》かれて、ウブなカワイイご主人様扱いをされた。朱理はなぜか屈辱を覚える。まぁいい——、彼女が言う「お仕置き」の意味はわからないが、ひとまず誤魔化せたことに朱理は安堵した。

「キラリちゃあ〜ん、ご主人様がお帰りですぅ〜っ！」

するとバーカウンターの奥でワイングラスを拭いていた女性が、はっと振り返った。

「んぇ？　誰……？」

キラリと呼ばれた須崎綺蘭々は、朱理の姿を見るなり長い睫毛を瞬かせた。

なにやらすっかり勘違いしたままのメイドから「がんばってね！」と背中を押されて、朱理は一番奥の席に通された。幸いにもベルとは四席ぶん離れている。金髪碧眼の自称ギリシャ人はメイドたちに大人気だ。四方をメイドに囲まれてご満悦の様子である。

「お、お帰りなさいませ……？　うちに来たことありましたっけ……？」

キラリこと須崎綺蘭々は不思議そうに朱理の顔を見つめた。彼女の髪型は、脱色してサイドのみ赤く染められ、短く切りそろえられている。マッシュルームのように丸いフォルムだ。付け睫毛の主張が激しい他のメイドよりも圧倒的に化粧が薄いのが印象的だ。清楚《せいそ》な印象の薄桃色のネイルが施された手で、冷たいおしぼりとコースターを出してきた。コースターには『メイドカフェバーちゃむ☆ちゃむ』とプリントされている。

「来たのは初めてですが」

女遊びに慣れていない朱理は、変に捻らず素直に答えた。

「さっき遠くからあなたを見て……」——先ほどのメイドがウインクを送ってきた。

「え、あっ、ありがとうございます。飲み物は……ウイスキーでいいですか？」

程なくしてハート型の氷が浮いたウイスキーの水割りが提供された。

「酒にはあまり強くないので、酔ってしまったらすみません」

「もうすこし薄めましょうか。家でもあんまり飲みませんか？」

グラスすれすれまでミネラルウォーターのペットボトルから水を足された。

「妻が亡くなってからはほとんど……」

「あー……寂しいですよね。ご主人様にはお子さんはいないんですか？」

「……いません。やもめ暮らしです」

「そっかぁ……だからかぁ」――ぽつりと呟かれた。

彼女は居心地が悪そうに両手の人差し指をこすり合わせている。

「なんとなくご主人様から色っぽい感じがしたので……もう決まったお相手さんがいるか、既婚者なのかなーって気がしました」

「結婚が早かったからか、落ち着いているとはよく言われます」

「そう言われるってことは男性が多い職場とか？」

「まぁ、そうですね」――鋭いなと朱理は思う。

「結婚を経験されている男の人って、独特の雰囲気なんですよね」

朱理は水割りに口をつけた。アルコール臭がするだけでウイスキーの味がしない。

「すみません……俺ばっかり自分のことを喋《しゃべ》ってて」

「あぁいえいえ！　キラリも探りすぎちゃった！　寂しいですよね、ひとりって……。キラリでよければご主人様のお話を聞きます。えっと、楽しいお話がいいですよね、なにがいいかな……。最近観たおもしろかったドラマの話とか……？」

必要以上に男のステータスをあれこれ訊いてこない、騒がしくない女性だと思った。

「キラリさんも好きなのを一杯どうぞ」

「わっ、いいんですか！　じゃあカルーアミルクにしよっかな……」

「そんな安い酒でいいんですか？」

「え？」

「ボトルでも入れましょうか」

心底驚いたように、キラリは大きな目をさらに見開いた。黒目を縁取るカラーコンタクトがいまにも外れて落ちそうだった。朱理はさりげなくコースターの端に手を置いた。

「そのほうが長くいられますよね」

「寂しんぼさんですね」――小さな爪が朱理の指の関節に触れる。

キャアキャアと騒がしいベルの席とは正反対に、バーカウンターの奥は物静かな男女ふたりっきりの甘い雰囲気に包まれ始めていた。

「って……すっごくありがたいんですけど、うちの支払いは現金一括なんです」

「お金ならおろしてきました。すみません……初めてとは言いましたけれど、ちゃんと遊ぶ用意はしてきたんです」

「あ、ご主人様ったらひどい！　本当は遊び慣れてませんか？」

キラリは品定めをするように朱理を見やり、箱に入ったウイスキーボトルを取った。

朱理は頰杖《ほおづえ》をついてぎょっと目を見張る。

「ジェムソンのボウ・ストリートの十八年はこの店ではいくらですか」

「えへへ、五万円……でも初めてだから一万円おまけしてもいいですよ？」

キラリはウイスキーの箱に頰ずりをし、可愛らしく舌先を出した。

「参ったな……」

朱理はウイスキーの水割りを一気に半分ほど飲み干す。

「うそうそ。無理しないでご主人様。これはつぎに来たときにでも――」

弾《はじ》けるような笑顔とともに、キラリの名刺がコースターの下に差し込まれた。

引き留めるように朱理はその桃色の指先を摘まんだ。

「つぎに来たときにあなたが俺の前にいてくれるとは限らないじゃないですか」

キラリは頬を赤らめ「でも」と微かに唇を動かした。

朱理は椅子から腰を浮かせて、戸惑う彼女の耳元に顔を寄せる。

「妻には俺から謝る。……新しい恋をしてもいいかって」

†

恵美は早朝から奇特捜のデスクで唸《うな》っていた。

始業時刻よりも一時間早く来て、埃《ほこり》ひとつ無いほど完璧な掃除を済ませた。

我ながらおそろしいくらいに皮肉な行為をしてしまった――だがこんなねちっこい反抗に意味はあるのだろうかと恵美は頭を悩ませる。

「……余計なことを言ったわ」

二週間前、確かに自分は干渉しないと言った。それは間違いない。

一之瀬課長代理はいつも始業直前にやってきて、定時のチャイムとともに帰宅する毎日を送っている。昼休憩の一時間は姿を消し、業務時間中はほとんどスマートフォンをいじっているのだ。電話が鳴っても出る素振りすら見せない。話しかければ一応答えはするけれども、その返事はどことなく上の空だ。そして例の連続変死の件についてかれこれ二週間、一度も恵美に進捗を訊いてこない。

「こりゃあ左遷部署って言われるわけだわ」

恵美は開きっぱなしの黒革の手帖を見下ろした。目白署刑事課にいるときには一月も保《も》たず使い潰した手帖も、異動してからは新しい書き込みが二ページにも満たない。

「噂通り……なのかしら」

奇特捜案件は公訴時効のない殺人事件のみ捜査対象だ。殺人事件の捜査が長期化する懸念がある場合に「奇特捜案件」になるわけだが、市民には殺人事件捜査に特化した特別な部署が捜査を継続するという説明がなされる。けれど実態は違う。近年、急速に増えた科学では説明のつかない奇怪な殺人事件の捜査は早期解決が難しくなり、さらに日本の人口の減少により捜査員の人手不足も深刻だ。公訴時効撤廃も相まって警察組織は言い訳にするための部署として奇特捜をつくった背景があるのだった。……つまり警察の面子《めんつ》を保つために奇特捜は存在しているのであって、未解決事件の捜査に進展があってもなくても、最終的には奇特捜の捜査員が責任をとらされる。

恵美は異動前、人事課長から辞表を書くようにやんわりと促された。


これまで何人も異動させられて、みんなすぐに辞めていった。

あの部署にはもう例の彼しか残っていない。

捜査一課ですら持て余す事件ばかりだ。

そう知っているからか、例の彼は、次々と参考人を消しているらしい。

接触した証拠も残さず、怪しい人間を変死させていると噂だ。

まぁ——妻子があんな殺されかたをして、おかしくなっても無理はないが。

自分も殺されかけたときに悪魔にでも魂を売ったんじゃなかろうかね。


一之瀬朱理は己の復讐を果たしたいまでも、殺人者を憎むあまり、事件の被疑者を殺している——と、人事課長は彼をおぞましい異常者のように語った。

「……ふん、あのひょろっこい一之瀬くんが、ばっかばかしい！」

「俺のなにがばかばかしいんですか？」

椅子の背もたれごと仰《の》け反《ぞ》ると、朱理がネームプレートをひっくり返していた。

「きゃあああっ！」

上司がすぐ後ろにいることに気づかなかった恵美は、驚いて椅子ごとひっくり返りそうになった。慌てて背もたれにしがみつき、危なかったと息を荒らげる。

同時に始業のチャイムが庁内に響き始めた。

「お、おはよう一之瀬くん、なんでもないわ。今日もぎりぎりの出社ね！」

「まぁ……これを取りに行ってたので」

朱理は脇に分厚い茶封筒を挟んでいた。

課長席に腰掛けた彼は、封筒の紐を外して中から書類を出した。

「なぁにそれ」――恵美は身を乗り出す。

「科捜研の再鑑定結果です」

「え……アタシに連絡はなかったわよ？」

「鈴城さんが再鑑定を出したのは髙梨司と霜山健晴の血液だけです。俺から小島芳治の血液の再鑑定も追加しましたから、三件まとまって結果が出たんでしょう」

「はぁ？　でも小島芳治はとっくに火葬を済ませたって……」

「写真を見たところ小島芳治はノートパソコンの上で突っ伏すように倒れていました。遺族が処分したノートパソコンは業者が解体して既に溶解されていましたが、キーボードのラバーはゴム素材なので、下請けの工場に運ばれていたんです。小島芳治の体液が付着している可能性があったので回収して――」

「ちょっと、どういうつもり？」

恵美は苛立《いらだ》って朱理の言葉を遮った。それでも彼は部下に一瞥すらもくれない。平然とデスクに向かい、鑑定結果を見下ろす上司の手から、恵美はバッと書類を奪った。

「なに勝手にワンマンプレイしてんのよ。アタシはあなたの部下よ。詮索も干渉もしないって言ったけど、それはプライベートの話。仕事は共有しなさいよ！」

「……それは髙梨司の再鑑定結果です」

朱理の濁った目がようやく彼女を見た。

「そ……そう……。あとふたつあるのね？」

感情の見えない朱理の瞳に、例の噂が脳裏をよぎり、恵美は怯《ひる》んだ。

「鈴城さんは三人はなんの毒で死んだと考えていますか？」

朱理は恵美が奪ったくしゃくしゃの鑑定結果を指さした。

「だって猛毒のアコニチンが検出されたから……」

トリカブト――に決まっている。

血液の再鑑定の項目はひとりあたり数十ページにも亘る。恵美はクリップで留められたその一枚一枚をゆっくりとめくり、目を皿のようにして結果を追う。

「……アコニチンと……、テトロドトキシン……？」

朱理はデスクに霜山健晴と小島芳治の再鑑定結果を置いた。

アコニチンはトリカブトの毒だが、テトロドトキシンは一部の細菌によって生産されるアルカロイドで、フグの内臓に含まれる神経毒である。

どちらも神経に作用する猛毒であることに変わりはない——しかし、同時に摂取した場合、人間の身体に不可思議な時限爆弾が仕掛けられたようになることは意外と知られていない。

「拮抗《きっこう》作用で亡くなったと考えられるでしょう」

変死をした三人の名前を、指の腹でなぞりながら朱理は呟いた。

「アコニチンはナトリウムの流入が止まらなくなることで中枢系に至りますが、テトロドトキシンはナトリウムの流入を阻害します。真逆の効果によって感覚も心拍も徐々に弱まっていくので、時間をかけて、急性心停止に陥るわけです」

恵美の背中に冷たい汗が伝う。面識もなければ職業も生活様式ですらも違う三人から、アコニチンとテトロドトキシンが検出された。

「拮抗作用ってことは……毒の時限爆弾ってこと？」

「はい。二種の毒を同時に摂取する状況はまずありえません。拮抗作用を知っている人間が数時間後の死を確信して『摂取させた』と考えるのが自然です」

つまりこれは何者かによって巧妙に仕組まれた完全犯罪ということだ。

疑うべき時間も場所も、入手経路も……。一気に捜査範囲が増えたことに唖然とした恵美は言葉が出なかった。

「時限爆弾ですから、鈴城さんたちが聴取した参考人たちの直前のアリバイは意味がなくなりました」

捜査が白紙に戻った。

「髙梨家の庭にトリカブトがなかったとはいえ、あの様子だと髙梨佐和子は頻繁に園芸店に出入りしているでしょうから、彼女を疑うのは間違いではないです」

朱理はこうなると予想していたかのように冷静だった。

「ですが入手経路を立証しようにも、随分と日数が経過してしまいました」

奇特捜のたったふたりの捜査員だけでは無理だ。都内の至る所に張り巡らされた無数の監視カメラの映像を解析し、入手経路を突き止める――途方もない労力である。こうしている間にもどんどん時間は過ぎていき、目撃証言を始めとしたあらゆる証拠は劣化する。それぞれの所轄と連携が取れなければ迷宮入りはほぼ確実だ。

「そんな……」

髙梨司の再鑑定結果が恵美の手から床に滑り落ちた。

朱理はうなだれる彼女に構わず屈んで書類を拾う。砂埃《すなぼこり》を払おうとして、ふと紙に汚れが付着していないことに気づいた。

「鈴城さん、掃除してくださってありがとうございます」

朱理は部下のやる気を削《そ》ぐつもりはないが、組織は残酷だ。残念ながら警察官は深淵《しんえん》に墜《お》ちるほど、正義を貫くことができなくなるような職業である。特に奇特捜は警察組織が目を逸らし続けた結果の深淵だろう。未解決事件の数は多いのに、大概の捜査は手遅れだ。恵美のようなベテランの警察官ほど途方に暮れるのではないだろうか。

朱理は奇特捜の立ち上げからずっと、彼女のように、こんな左遷部署に異動を命じられても正しい警察官であろうと足掻《あが》き続ける後輩たちを見てきた。

「奇特捜案件はこれだけではないので、共有ネットワークを開いて手をつけられそうなものから着手してください。俺には捜査の報告だけで結構です」

なにか言いたげに恵美の口は動いたが、無言でノートパソコンを開いた。

「来週の掃除は俺がします」

恵美は硬い表情のまま応えなかった。

朱理は茶封筒の上に三人の再鑑定結果を揃えて置いた。スマートフォンが数分おきにスラックスのポケットで震える。そのたびに取り出して受信したメッセージを確認しても、今日の恵美はいつものように嚙みつきそうな目で睨んではこなかった。

「……」——また彼女からのデートの誘いだ。

どうやら恵美は気づいていないらしい。

被害者の彼らに毒物以外の共通点がないわけではない。

死んだのは全員、高収入の若い男だ。

†

「最近キラリちゃん指名でよく来る、あのセクシーなイケメンくんいるじゃん？」

ヤニ臭いオーナーが、カラのボトルに「業務用」とラベルが貼られた安いウイスキーを注ぎながら言った。ボトルは上物だけれど、中身は巨大なペットボトルで常温保存されていた最低ランクの液体である。

この店で提供するハイボール一杯の原価は、十円にも満たない。

チーズ盛りに添えるパセリは使うたびに塩素を混ぜた水の容器に戻すし、余ったホイップクリームは冷蔵庫に入れて繰り返し使う。賞味期限の記載はあっても無視だ。

床に直置きされたレトルトカレーの段ボールに足先が当たった。

足元の古い冷蔵庫の中には、いつ缶詰から出したか記憶にないシロップ漬けのフルーツの保存容器が敷き詰められている。

……この世の「カワイイ」の中身は添加物でいっぱいだ。

最初はこんな汚物まみれの飲食店の裏側に慄《おのの》いた。吐き気がして三日で辞めた。

けれどどこに行っても飲食店はおなじだった。高級老舗料亭と看板を掲げる店でも、ひとたび厨房を覗くと、前菜には常温のまま薄っぺらいラップが掛かっていた。開店から閉店まで、ずっと――。刺身の飾り花や大葉は再利用が当たり前だった。誰もそれをおかしいとは感じていないし、汚いとも思っていない、当たり前な顔をして働いていた。

だったら夜の店のほうが潔いと思った。客は出される飲食メニューの品質が目的ではないからだった。提供される飲食物を粗悪品だとわかっていながら、客は万札を出す。目の前の「カワイイ」を楽しむことが目的なのだから、電子レンジで温めただけの賞味期限切れオムライスを出されようが客は構わない。夜の客はわかっている。

わたしが昨日とおなじストッキングを穿《は》いていても、いつクリーニングに出したかわからないメイド服を着ていようとも、誰も、なにも言わなければ気にしない。

七年もこんな仕事をやっていれば己の清潔の基準は鈍くなって当然だった。

「あのイケメンくんさぁ、たぶん警察官だよ」

「知ってます」

「なぁんだ知ってたんだ」

色つきの眼鏡ごしに見えるオーナーの目は笑っている。ヤニで黄ばんだ歯がカチカチと鳴っていた。彼は苛立っている。開店時間三十分前に呼ばれたということは、そういうことだ。わたしはメイド服に着替えることを止められ彼の横に立たされている。

「キラリちゃんって昼間はなんの仕事してんだっけ？」

「ふたつ……掛け持ちしてます」

「んーそっかぁ、生活苦しい？」

「苦しいですね」

「東京って物価高いからねぇ。どこ出身だっけ」

「……山形《やまがた》です」

「山形かぁ。山と海があっていいところじゃない。キラリちゃんって今年いくつだっけ、二十二かな？　そろそろ親からいろいろ言われる年齢じゃない？」

わたしは一向に貯《た》まらない預金通帳を眺めても田舎に帰りたいという気にはならなかった。十五歳になってやっとあの閉鎖空間から脱出できたのに、お金がないという理由だけで、またあの息苦しい監視生活に戻らなければならないなんて心底嫌だった。

「東京のほうがいいところです」

近所のおじさんおばさんたちはわたしがお風呂に入る時間を知っている。わたしが誰と仲がよくて、誰とセックスしたのかまで知っている。彼らは朝から晩まで薄い壁の向こうから、若い女の事細かな生活に聞き耳を立てることが娯楽なのだ。そうした情報は決まって彼らの酒の肴《さかな》にされる。近所の誰もが知っていて当然のように暴露されるわたしの私生活。わたしの趣味。わたしの恋……。

過疎化の進む田舎では、年若い女は好奇の対象なのかもしれないと思った。

「山と海はよくても、田舎の人間は嫌いです」

両親も例外ではなかった。父はわたしの下着のブランドまで知っていて、ちょっと柄を変えただけでつぎの男は誰だとにやつきながら訊いてきた。母は夕食の席でわたしが付き合った過去の男たちのことをいつまでも話題にして笑っていた。

田舎はすべてが差別と偏見でできている孤独な見世物小屋だとわたしは思う。檻《おり》の中に押し込まれたら最後、自由はない。……都会はいい。人間の目に囲まれた田舎よりも、無機質な監視カメラに囲まれた都会の息のしやすいことといったら――。

「親なんてどうでもいいです」

両親の口癖である「ひとり娘だから心配だ」なんて建前に過ぎない。

だったらもっと子どもをつくればよかったじゃないか。兄でも弟でも、姉でも妹でも、面白おかしく観察する対象を増やせばよかったのに。そういう目的で子どもをつくったのであれば、たったひとりしか子どもをつくらなかったあの両親はどうかしている。

わたしは自由になりたかった。誰となにをしても、誰にも監視されない生活がしたかった。自由になるには他人に無関心な人がたくさんいる東京に出るしかなかった。

「そんなこと言ってさ、結局助けてくれるのは親だけだよ。オレも前の店がさぁ、失敗して借金しちまったときには親が立て替えてくれたよ」

わたしは思わず、毛羽立ってきたスカートの裾を握った。

「この店、まだ一年も経ってないんだからさぁ、困るんだよねぇ～」

「わたしは未成年じゃないです」

「キラリちゃんはね。でもねぇ先月一番売り上げ出した子がさ、高校生なんだよ」

オーナーがカラになった業務用のウイスキーのペットボトルを床に落とした。飴色《あめいろ》の革靴でぐしゃりと踏み潰す。……わたしは黙って正面の壁に貼り付けられている、安っぽいハロウィン飾りを見つめていた。

「二十二歳ってこの業界じゃあアガリなんだよね」

手首をグイと摑み上げられる。

「ババアには清楚さが足りないわけ」

女で雇われの身であるわたしは、男の雇い主に反論はできない。

「こぉんなカワイイ色のネイルしててもさ、十代には見えないの。……わかるかな？　たまぁに大通り走ってるトラックで歌われてるでしょ、二十五歳からは熟女～って」

「……はい」――女の賞味期限。

ねっとりと揉《も》みしだくように指の一本一本を撫でられた。

「辞めろってことですか」

「やだなぁ、そんなこと言ってないじゃん」

アニメの主題歌が流れる店内で、ヤニ臭い吐息が耳元に近づいてきた。

「オレの系列店に移動しよっか。あっちも制服はメイド服でね、二十九歳まではギリでオッケーにしてるから。念のため性病検査だけは受けてもらうけどね」

オーナーは急に声を潜める。

「キラリちゃんさぁ、処女じゃないじゃん」

耳元で唾液がくちゃりと粘つく。その汚らしい音が嫌に鼓膜に響いた。

「あのイケメン警察官に店移動しましたって言ってさ、ゴム付けて一回ヤっちゃいなよ。捨てないで取っとけばいざってときに捕まらないから。政治家、医者、教師、芸能人、それから警察官相手は業界の基本ね？　覚えといて損はないよぉ」

図太く賢く生きなきゃね——と、くつくつ喉が鳴っている。

わたしは自分でも驚くほど頭が冴《さ》えていた。そこまで堕《お》ちるほど愚かじゃない。

「今月の売り上げ……いまのところわたしがトップですよね」

「まぁ、そうだけど？」

彼とはデートと称してアフターも同伴も既に済ませている。わたしは彼の身の上話を聞いて同情する心優しい女性を演じきっていた。彼もまた、送ったメッセージに対してすぐに返信してくるほど癒やしを求めている。

「あの人から搾り取れるだけ搾り取ったら辞めます」

……警察官は地方公務員だったな、と冷めた頭で考える。

地方公務員は大した月収ではないけれど、ボーナスが保証されているぶん、年収は高めだ。いつだったか彼は分譲マンション持ちだとも言っていた。そこに亡くした妻と娘と一緒に暮らしていたのだから、そこそこの広さの部屋だろう。

「それでいいですよね」

十五歳で家出同然に上京し、女が自由になるには金が必要だと知った。

「わたしは自分を安く売る気はありません」

女がひとりで自由に生きていく難しさは、男にはわからない。

「ふーん、あっそ。じゃあ辞めるときは言って」

オーナーは乾いた笑いを残して帰った。

……彼はいつもウイスキー一杯しか飲まず、酒はあまり強くなかった。

煙草《たばこ》は吸わない。賭け事もやらない。無趣味で、仕事一筋の人生らしい。

お陰ですこし精神が不安定だと薬の入ったタブレットを持ち歩いていた。

彼なら今度こそわたしを自由にしてくれるかもしれない。もし応えてもらえなければ、わたしはまた、自由を求めて夜の町をさまようことになると思った。

男を食らったわたしのシナプスは絶えず言い訳の信号を送るのだ。

愛は金で、金は愛。それ以上の深い愛情表現なんてこの世には存在しない。

粗面小胞体。

ポリリボソーム、リボソーム。

細胞核、ゴルジ体、核小体、微小管。

……ミトコンドリア。

†

遺骨の箱がふたつ並ぶ窓辺から、三本の細い煙が立った。

一旦心の区切りがついた半年前から、朱理は線香をあげるようになった。

線香の箱の上にライターを置いて朱理は静かに両手を合わせる。上へ上へとあがっていく煙を通じて、殺された妻と娘と会話をする——他愛もない今日の出来事を。

こうして毎日、夜が更けると一之瀬家のリビングは白檀《びゃくだん》の香りに包まれるのだった。

ベルはソファに深く腰掛けていた。朱理が土産に買ってきた焼肉弁当を頬張りながら、手を合わせるその背を見る。うなじの黒い歯車はほとんど欠けて細長い文様のようになっていた。かりそめの魂ももってあと数日だ。だが朱理には以前のような焦りはない。

「……」——おもしろくない。

ベルは米粒ひとつ残さずたいらげて、弁当箱とスプーンをテーブルに投げた。

なんとなく流しているテレビのバラエティ番組は、スポンサーに忖度《そんたく》していて刺激が足りず退屈だった。ベルはリモコンを摑んでテレビの電源を切る。

「あやつを殺したら貴様はどうするのだ」

「……急にどうした」

黒い頭がゆっくりとあがった。

「おまえらしくもない質問だな」

朱理は両手を合わせたまま薄目を開ける。

「悪魔とやらは俺ごとき人間がひとりやふたり死のうがどうでもいいんじゃないのか」

もう四年以上も、互いに互いの目的を満たす契約にのみ縛られるだけの関係だ。そこに情はない。顔を合わせずに会話をすることもごく自然なことだった。

だがベルはなぜかいま、背中ごしに向けられる無愛想な態度が気に食わなかった。

口をへの字に曲げてソファの背もたれに頰杖をつく。

「我との契約を自然消滅させて死ぬのか？」

「このまま契約が切れたらそうなるのかもな」

「……そうか、……ふっ、は……、あっはははははは――ッ」

ベルが高笑いをすると、ようやく黒い目が振り返った。

「だったら貴様は永久に死ねぬわ！」

「どういう意味だ。まだ俺になにか隠しているのか」

膝をばしばしと叩くベルを朱理は忌々しく睨んだ。その憎しみを露わにする様子が、ベルは愉快でたまらない。久しぶりに彼をおもしろいと思った。こんなに時間をかけずにさっさと真実を言っておけばよかったかもしれないとベルは後悔した。

やはりこの男には苦悶《くもん》がよく似合う――そうか、とベルは解した。この契約の関係には彼の葛藤と苛立ちが足りなかったのだ。ベルが笑えば笑うほど、みるみる増幅し、険しく向けられる彼の憎悪。心地よく悪魔の腹に興奮が溜《た》まっていく。

「様子見をしておったが、やはりはっきり言ってやろう」

ベルは仰々しく片手を広げて見せた。

「悪魔には『死』という概念は存在しない。あれはいつだったか……貴様が前に脅しに使ってきた銀の弾丸……、そうだ、ロンドンであったな。我を百人の警官が取り囲み、蜂の巣にするまで撃ち抜いてきた。だが死んだのは百人の警官のほうだった」

「それは俺と契約する前の話か」

「何十年前かは忘れたがな」

「ロンドンでなにをした」

「愚問だな。聞きたいのか？」

いや、と朱理の目元に暗い影が落ちる。

「悪魔を殺すには銀の弾丸とは、人間が思い描いた願望《フィクション》に過ぎぬ」

「やっぱりな……あのときおまえが焦ってみせたのは演技か」

次第に朱理の五指は拳に変わっていく。

「黒い悪魔《あやつ》は我からしたら雑魚だが、貴様ら人間にとっては『死』の概念がない、我とおなじ悪魔であることに変わりはない。以前言うたであろう、貴様らが神だの天使だの悪魔だのと並べ立てて呼ぶものは人間がつくりあげた解釈のひとつなのだと」

よって黒い悪魔《グラシャラボラス》を殺すことは叶《かな》わない——。ベルは彼の絶望の色が濃くなるのを期待した。人間と悪魔の間には、埋められない支配と服従の前提条件がある。

「そもそも殺すなど不可能なのだ」

なぜそれを早く言わないのかと、ベルを責め立てる怒りと打ちひしがれる虚《むな》しさがきっと向けられてくる。ベルはそわそわと期待した。

「だったらもっと早く……」——朱理の拳が震えている。

「訊いてこなかったのは貴様だぞ」

しかし殴りかかられても蝿になってしまえば拳は当たらない。

「復讐の矛先を、貴様ら人間の悪の解釈から生まれた妄想や幻覚に向けたところで消したりはできぬというわけだ。恨み、妬み、嫉《そね》みが悪魔という媒体を介して、目に見えて狂気として現れているだけに過ぎぬからな」

「目に見える狂気……。じゃあおまえもアイツも、俺の妄想だっていうのか」

「まぁそう解釈もできるな」

「けど実際におまえは目の前に――」

「では証明できるか？　現象ではなく、実体として、我ら悪魔の存在そのものを？」

思わずこみ上げる笑いにベルは恍惚《こうこつ》とした。だが――その笑みは、瞬時に失われてしまう。朱理は悪魔に摑みかかるでもなく、怒りを鎮めてテーブルの上のゴミを拾った。

「おい……聞いておっただろう。我に期待しても――」

「最初からおまえには期待していない」

朱理はダイニングキッチンに行って焼肉弁当のゴミを分別し始めた。

「俺は俺なりにヤツを殺す手段を模索している。銀の弾丸が効かないことは理解した。いままで通り、おまえの悪魔の力は利用させてもらうが、おまえとはそれ以上でもなければそれ以下でもない。俺に悪魔の力を使わせる気がないのならそれでもいい」

「な……っ、き、貴様の生殺与奪の権利は我にあるのだぞ！」

ベルが立ち上がるより早く、朱理はほどいたネクタイを廊下のフックに引っかけて、寝室の扉を開いた。

「だったら俺を殺せばいいだろ。……寝る。テレビを観るなら音量は落とせよ」

パタンと扉が閉まった。訪れる静寂。ベルは唖然としてしばらく突っ立っていた。

ふとダイニングキッチンに目をやると、睡眠薬のシートがない。

思い返せばここ最近、朱理が眠るために無理矢理薬を飲んでいる姿を見ない。

「チッ」

ベルは不機嫌にソファに転がった。

「殺したらつまらんではないか」

後ろに組んだ両腕の枕に、金色の頭を乗せる。

「……いい加減、その姿で観察するのはやめるのだ」

ベルはカーテンの深い影に向かって唸るような声で吐き捨てた。

床を這いずる闇は彼とおなじ姿を模しながら、赤い目を歪めてベルを見上げる。

「貴方《あなた》らしくもなく振り回されていますね」

黒よりも深い黒——限りなく純黒に近い悪魔は、影からずるりとその腕を出した。

ふっとリビングの明かりが消える……。光のない真っ暗な世界で、ベルの青い瞳と、黒い悪魔の赤い瞳だけが怪しく輝いていた。この隔離された深層意識の中では、寝室にいる朱理はもちろん、すべての生物に悪魔たちの声は聞こえない。

「悪魔の本質を忘れましたか、蝿の王さま……」

喉奥を鳴らすだけの嘲笑がベルを包み込む。

「その名で呼ぶな、我は——」

はたとしてベルは苛々《いらいら》と金の髪を掻いた。

「――……ふん、なんとでも呼べ」

「わたしには貴方の真の名がわからないのですから、そう呼ぶ以外になんとお呼びすればよろしいのでしょうか。あるときは豊穣《ほうじょう》の王、あるときは神託をもたらす君主、ああそういえば……大勢の男女を交わらせた性儀式の立会人とも呼ばれていましたか」

青い瞳がぎろりと動いた直後、赤い瞳のひとつが弾けて潰れた。どこまでも深い黒色に鮮血がしたたり落ちていく。止めどなくあふれる血液は床一面を覆うように広がり、やがて闇の塊を包む光となって――不意に部屋の明かりが点《つ》いた。

「雑魚めが、調子にのるな。つぎはもうひとつの目も潰す」

黒い影は瞬《まばた》きひとつで片目の傷を癒やし、「おそろしい」と笑いながら去っていった。

†

一ヶ月ちかくノートパソコンにかじりついている恵美の眼球は血走っていた。

恵美はもとより要領がいいほうではない。やりかたが古いとはわかっていても、やはり刑事は効率重視のデータ社会になっても消去法と反復の虱潰《しらみつぶ》しだと信じている。交番勤務から叩き上げで刑事になった恵美の根性は尋常ではなかった。

「……小島芳治が食べた食事はデリバリーのハンバーガーのみ……、霜山健晴は午後七時に六本木《ろっぽんぎ》のクラブのあとに有楽町《ゆうらくちょう》……、高梨司は秋葉原から歩いて神田《かんだ》……」

空いているデスクまで占領し、プリントアウトした監視カメラの映像記録を広げている。所轄の捜査支援分析センター《SSBC》から掻《か》き集《あつ》めた、被害者三人の当日の足取りだ。

恵美の黒革の手帖には飲食店や量販店、小売店の名前がびっしり書き込まれている。その中心に書き殴られた彼女の名に、恵美は「×」を付けたくて仕方がなかった。

「……」――朱理は繰り返し吐かれる部下のため息を聞いても黙っていた。

上司の朱理は彼女に声こそかけないが、例の連続不審死の捜査がどこまで進んでいるのか把握している。誰に疑惑の目を向けているのかもわかっている。かつてこの席についていた課長のように静観を決め込んでいるのは、互いの考えかたの違いを認めているからだ。恵美は状況証拠だけで彼女の犯行だと思いたくないのだろう。

秋の日差しがブラインドカーテンの隙間から差し込み、朱理の背中を茜色《あかねいろ》に染めていく。やがて庁内にチャイムが鳴り響き、今日も張り詰めていた奇特捜の終わりが来た。

朱理はパソコンの電源を切って席を立った。

ネームプレートをひっくり返したところで、備え付けの古い固定電話が鳴った。特別急ぎの事件を持たない奇特捜にとって定時を過ぎた時間に内線電話が入ることは珍しい。

「はい、猟奇殺人事件特別捜査課です」

けれど恵美は躊躇《ためら》いなく受話器を取って肩に挟んだ。

「……え……、あ、はい。アタシ？　目白署の鈴城ってアタシのことだけど……」

椅子がくるりと回転する。恵美は受話器の送話口を押さえた。

「一之瀬くん、須崎綺蘭々が下に来ているらしいんだけど」

朱理は僅かに目を細め、さりげなくスマートフォンをスラックスのポケットから出した。キラリこと須崎綺蘭々から新しいメッセージが来ている。今夜、会いたい――、と。

「なんかアタシに用みたい……どうする？」

「俺は帰ります。空いている応接室を使ってください」

「え……ちょっと、同席しないの？」

「以前のこともあります。男の捜査員にいろいろ訊かれるのは抵抗があるでしょう」

朱理はコートハンガーから黒いトレンチコートを取った。コートの左右の外ポケットにそれぞれ使い捨ての黒い手袋が入っていることを確認し、朱理はそれを羽織ってさっさと奇特捜を出て行った。

恵美は眉間にぎゅっと力を入れる。

「ほんっとに責任感なさすぎない……？」

わざと聞こえる声量で悪態をついて、恵美は電話に戻った。

「――いま行きます」

警視庁本部の応接室は白を基調とした簡素な部屋が多い。急ぎ総務部に確認すると四階の一室が空いていた。小さな机に椅子が向かい合わせに一脚ずつ備わった部屋だ。恵美は早速使用許可をとり、一階の待合室まで須崎綺蘭々を迎えにいった。

須崎綺蘭々はピンク色のカーディガンにコントラストレースの真っ白なスカート姿だった。先ほどまで泣いていたのか、目元が赤く腫れている。彼女は不織布のマスクの上から口を押さえつつ、掠れた声で「ご無沙汰してます」と会釈してきた。

「ごめんなさいね、アタシ目白署から異動になったのよ」

「猟奇殺人、課って聞こえましたけど……、わたしのせいで異動になったんですか？」

「あぁえっと、名称は物騒だけど気にしないで、こっちの都合。やってることは目白署《あそこ》とあんまり変わってないし。警察官の異動はよくあることだから」

須崎綺蘭々を先に応接室へと通し、扉を閉める。椅子に浅く腰掛ける彼女はいまにも泣き出しそうに肩を縮こませた。無機質な応接室の中ではとても小さな存在に見える。

以前のこともあります――恵美は上司の言葉を戒めにして、彼女を刺激しないようにゆっくり椅子を引いた。

「アタシになにか話したいことがあるのかしら？」

なるべく穏やかな対応を心がけて問いかける。

すると彼女は我慢しきれなかったのか、目に大粒の涙を浮かべた。よく見ると脱色した明るい髪はぼさぼさだ。俯いてしゃくりあげる彼女に、温かいお茶の一杯でも出してあげたいところだが、警察官は己の裁量で一般市民に飲食物を提供することができない。

歯がゆい気持ちを抑えながら恵美は彼女が落ち着いて語り出すのを辛抱強く待った。

「……すみません……」

ようやく彼女はショルダーバッグからハンカチを出して目元を拭いた。

「わたし……疑われてるんですよね……？」

そのマスク越しに唇が震えているのを感じ取る。

「どうしてそう思うの？」

「……職場《料亭》に、警察の方が来たって――」

言いづらそうに視線を彷徨《さまよ》わせてから彼女は蚊の鳴くような声で言った。

「来たのは――女性だったって、聞きました。料亭ではフグの処理は誰がやっていて、どんな管理をしているのかとか、……もう辞めたホームセンターにも、観賞用のトリカブトは誰が販売しましたか、とか……。警視庁の猟奇殺人なんとかの人って聞いたから か店長たちが驚いてわたしに一体なにをやったんだって連絡してきて……」

「……」――恵美はやれやれと額に手をつく。

聞き込みの際には事件の概要も、須崎綺蘭々の名前すらも出していないのに、こうも察せられるとは。やはり猟奇殺人事件特別捜査課という名称がよくない。目白署と名乗ったのであれば彼らにとっては非日常の話題のひとつぐらいで過ぎただろうに。

だが須崎綺蘭々の行動を洗っている理由は恵美にとってむしろ逆の理由だった。

「……お付き合いしていた人が亡くなっただけでも、ショックなのに……」

自分の恋を信じていた、理屈ではない彼女の感情の訴え。

「奥さんがいるなんて、子どもも、いるなんて……知らなかった、のに」

途切れ途切れに紡がれる言葉の先は掠れて聞こえずとも、恵美も同意見だった。

数々の証拠を照らし合わせても、須崎綺蘭々が男たちを殺す動機はないのだ。

小島芳治はわからないが、霜山健晴は妻子持ちであることを隠して彼女と不倫関係にあった。アプリケーションを使ったメッセージには、不倫について霜山健晴と揉めたようなやり取りはない。髙梨司も妻がいることを隠していた。

「騙《だま》されてたのはわたしなのに……疑われるなんて、つらくて……」

彼女と火遊びをしていた男たちの不審死には、客観的に見れば「須崎綺蘭々」という共通の理由がありそうに見える。目白署の刑事課の上司や同僚も——あの女はなにか隠しているかもしれない——と言っていた。強引に怨恨の線を疑う提案もあった。

「刑事さんは、わたしに、人を殺す理由があると思ってらっしゃるのですか……？」

恵美はなんと応えるべきか悩み、密かに下唇を噛んだ。確かにやや強引ではあるが、彼女にアコニチンとテトロドトキシンを入手する経路はあった。

「一応、確認だけれど……」

決して彼女を責めないよう、恵美は慎重に言葉を選ぶ。

「彼らから別れ話を切り出されることはなかった？」

須崎綺蘭々はまっすぐ見つめ返してきた。

「やり取りは前にすべてお見せしました」

「たとえば通話、とか。対面でも特になかったの？」

「小島さんも、霜山さんも、髙梨さんも、いつでも白馬の王子様みたいで、寂しいときにはすぐに会ってくれて、優しくて、わたしにはもったいないくらいよい人たちで……、そんなだったから……、愛されてるって思ってたわたしが……馬鹿みたいです……」

恵美は腕を組んで椅子の背もたれをキィと鳴らす。

「わたしに別れの言葉もなく……みんな死んでしまうなんて……」

重苦しい静寂の中に、時折洟《はな》をすする音が響いた。

やがて恵美は重い口を開く。

「警察官って市民に嫌われて当然だと思ってるの。疑うことが仕事だから」

「……はい」——須崎綺蘭々はおどおどと頷いた。

「何度も疑ってしまうけれど、警察官って私情を挟んだらいけない仕事なのよ。不審死をした彼らと生前に繋がりのあったあなたは疑われる対象なの。あなたも彼らを愛していたのなら捜査に協力してほしい。もし殺人だとしたら、彼らの無念を晴らしたい気持ちはきっとアタシたちよりもあなたのほうが強いと思う」

「それは……はい……」

「アタシたちはあなたの生きかたを否定しているわけじゃないわ」

恵美はできる限り彼女に心を寄せて伝えたつもりだ。

女性がひとりで生きていくのは難しい。長い間「女刑事」をやっていると、あらゆる壁にぶち当たる。男性との身体的ハンデも、それに起因する精神的苦痛も、男女平等の理念には未だ組み込まれていないのが現実だ。

「あのときは目白署《うち》の連中が失礼なことを言ってごめんなさい」

恵美は組んでいた腕を解いて頭を下げた。

「……謝られても……」

恨みごとは当然だった。

「警察に殺人を疑われるなんて、それだけでも普通は嫌なんです。そんなふうに嫌われて当然だと思ってるのなら、もうわたしに関わらないでください……」

須崎綺蘭々は、言いたかったのはそれだけですと告げて立ち上がった。

「では、なにかお気づきのことがあれば――……」

恵美は定型文のように返すしかなかった。


……今後彼女の周辺を洗うのは控えたほうがよさそうだ。

正義と良心を天秤《てんびん》に掛け、やや良心に傾きかけていることに恵美は葛藤する。

「殺人だって断定できないんだもの……」

奇特捜のデスクに戻った恵美の肩はずしりと重い。

「これで自殺だったら最悪だわ」

口から漏れるのは愚痴とため息ばかりだ。意味なく黒革の手帖をぱたぱたとめくった。

彼らの血液から毒の成分が検出された以上、その死を病死や事故死として片付けることはできない。一方、高梨司を自殺と処理すれば彼の高額な生命保険は契約内容の都合上、すべて下りなくなる。

自殺か、他殺か――。奇特捜は早急に決断しなければならない。

もし殺人を立証できず自殺の可能性も捨てきれないとなれば、妻の佐和子から激しい非難を受けることになるだろう。それならあえて非難されることを待ってからいっそ妻の佐和子が殺したことには――、と思いかけて恵美はデスクに突っ伏す。

「だめだめ、よくないよくない!」

髪をまとめていた輪ゴムをぱちんと飛ばし、ぐしゃぐしゃと髪の毛を掻き回した。

「動機とアリバイが一致しないのよ……。どう思う、一之瀬くん？」

部下の相談にのる気もなく、さっさと定時退社した課長代理が恨めしい。

「スマホばっかり構ってなんにも仕事してないじゃない……、あぁーッ、もうなんだろ、ほんと男って生き物はなんなのよ！　むかついてきたーッ！」

誰もいない課長席に向かって手帖を投げつける。

「なにが『俺が責任を持ちます』よ、あなたはなんの責任を持つつもりなのよ！」

恵美はひとりで捜査をすることに手詰まりを感じずにはいられなかった。

†

秋葉原の『メイドカフェバーちゃむ☆ちゃむ』は週末でもないのに、ほぼ満席状態だった。朱理とベルは仕方なくカウンターの奥に並んで座った。

「お帰りなさいませご主人様！　今夜は狭くてごめんなさい～」

メイドたちが狭いバーカウンターで密集している。今日は客も多いが、メイドたちの人数も多い。空調を効かせても蒸し暑いほど店内は混み合っていた。

「ベルちゃん今夜こそミモチィを指名しちゃう～？」

はち切れんばかりの胸元に「ミモチィ」と手書きの名札をつけたメイドが、ふたりにおしぼりとコースターを差し出してきた。朱理が彼女らから指名を訊かれないのは常にキラリを指名しているからだった。

「今宵はミモチィからスタートであるか」

「ベルちゃんおっぱい大好きだからね〜♪」

細い指でツンと鼻先を突かれ、ベルはまんざらでもない表情を浮かべる。

「……なんだアイツ、外国人か？」「ケッ、どっちも顔だけだろ……」

見目麗しい華やかな遊び人と、キラリの太客でミステリアスな雰囲気の男やもめは、メイドたちだけではなく客からも注目の的だった。女の期待に輝く視線と、男の嫉妬にまみれた視線がちらちらと交錯していた。

「ひとりのおなごに決めては遊びにならぬ。いつもどおり十五分でチェンジなのだ」

「も〜そういうことばっかしてると、ご主人様って呼ばないからね？」

「ミモチィの見事なおっぱいは大好きであるがな」

「ガン見するのサイテーッ！　ちょっと一之瀬さぁん、ベルちゃんを叱ってよぉ」

グラスを取るメイド、グラスを受け取って氷を入れるメイド、規定量のウイスキーを注ぐメイド……彼女たちはころころと位置を変えながら、一杯の酒をつくっている。朱理は黙って彼女たちの動きを観察していた。ふと視線の先で、キラリこと須崎綺蘭々と目が合った。一瞬気まずそうに微笑まれたがすぐに顔を逸らされる。彼女だけは先客からの指名でしばらくその場から離れられないらしい。

「こやつはむっつりスケベなだけで、たぶん我よりも長く盗み見てるぞ」

「えぇっ嘘ぉ～一之瀬さんもおっぱい星人なのぉ？」

朱理は腕時計を確認し、思い出したかのように薬のタブレットを取り出した。酒とともにカプセル錠の抗うつ剤をひとつ飲み下す。

「まぁ……そうだな。嫌いじゃない」

朱理はふたりの質問の意図をくみ取らずに適当に応えた。メイドたちの動きをずっと目で追っていることもあり、ベルとミモチィのやり取りをまったく聞いていない。その実、頭ではキラリから送られてきた意味深なメッセージのことを考えていた。

攫《さら》いに来てください――……。

そういう意味なんだろうな、と朱理は結論づける。ウイスキーグラスに口をつけると、朱理はやっとベルとミモチィが衝撃的な表情で固まっていることに気づいた。

「そんな真面目に答えられると、ちょっと……」

「なぜだ……貴様が肯定すると身体がむずがゆくなるのだが……」

「……なんの話だ」

引かれた空気を察して、朱理はふたりをぎろりと睨んだ。

「ところで一之瀬さん、今夜のキラリは指名いっぱいだからラストオーダーまでつけないかもよ？　他の子でもよければつけるし、アフターまで待ったら？」

「気をつけろミモチィ……こやつ涼しい顔して、我らが想像する以上かもしれんぞ」

前方に肘をついてベルが声を潜めた。目は面白そうに三日月型だ。

「あれ？　でもキラリはそんなに……」

「カタチ派かもしれんぞ」

「あぁ～いるいる、そっちね～？」

「だからなんの話だ」

なにやら怪しい話題でにやにやと笑われて朱理は不愉快を露わにする。額に青筋を立てて、いつもより早いペースで酒を煽《あお》った。

「あ、十五分経ったからチェンジするねぇ～。バイバイ、ベルちゃん！」

ベルの前に入れ替わり立ち替わり、指名の入っていないメイドがつく。その横では、誰と会話するでもない朱理が、メイドたちから無限に提供される酒を飲み続けていた。

「いってらっしゃいませ～！」──ほとんどの客が帰った。

ベルが店にあるテーブルゲームを広げるころには客もまばらになった。初めてこの店に来たときのように、ベルの周囲には暇を持て余したメイドたちが群がっている。ラストオーダーの時間はとっくに過ぎ、山手線《やまのてせん》の終電時刻が近づいていた。

「……ううん、あ、うん。……また連絡するよ。いってらっしゃいませ、ご主人様」

キラリは最後の客を見送り、エレベーターのドアが閉まるまでお辞儀し続けた。

「一之瀬さん、待たせてごめんね！　実はわたし今日で――……あれ？」

キラリが慌てて店内に戻るとベルがしーっと口元に指を立てた。メイドたちも示し合わせたかのようにおなじポーズをする。その場の全員が意地の悪い顔をしていた。

頬杖をついた朱理がこくりこくりと黒い頭を揺らして船をこいでいる。

「だいぶ飲んだであるからなぁ」

ベルはぴゅうっと口笛を吹いた。

「一之瀬さん……キラリのこと、ずっと待ってたんですか」

キラリはハンガーからトレンチコートを取り、いまにも眠りに落ちてしまいそうな男の背中に掛けた。カウンターテーブルの上にはすっかりカラになった水割りのグラスと、食べかけのオムライス、そして薬のタブレットが半開きの状態で置かれていた。

キラリは「忘れちゃうよ」と声をかけて薬のタブレットを朱理に握らせ、上着のポケットに突っ込ませた。

「……ん……」――うっすらと瞼《まぶた》が開く。

「キラリとやら、我はこのゲームが終わるまで帰らぬ」

ベルはジェンガの一本をゆっくりと引き抜きながら言った。もうほとんど倒れそうに傾いているが、絶妙なバランスを保つジェンガはかろうじて崩れない。

「聞いたぞ、今日が最後の出勤日なのであろう？　ということは、まもなく日付が変わったらメイドの魔法は解けてそいつは『ご主人様』ではなくなるわけだ」

「っ……！」

早く着替えてきなよ――とメイド仲間たちにはやし立てられたキラリは、恥ずかしそうに耳を赤くして更衣室に走っていった。

†

エレベーターを降りると、彼は意外にもしっかりした様子で待っていた。

「すみません、早くふたりっきりになりたかったので……酔ったフリでした」

「……やっぱり遊び慣れてるね」――思わず笑みがこぼれる。

キラリは須崎綺蘭々の姿で駆け寄った。腕にしがみつこうとしてしまい、いけないいけないと慌てて距離を取った。夜の寒さに手をこすり合わせるふりでそれを誤魔化した。

終電を逃すアフターは初めてだ。しかも彼とはこれが最初で最後になる。

なんと切り出そうか迷って、須崎綺蘭々はねだるような目で彼を見上げた。

キモチが通じていれば言葉は不要だと思った。

「最後の日まで店の外では触ってこないんですね」

「……うん、だって……」

――証拠が残ったら困るから。

須崎綺蘭々はどうしたらいいのか狼狽《うろた》える清純な女を演じた。

「お店の外では触っちゃいけないってルールだから……みんな、やぶってるけど」

「俺から触るぶんにはいいんですか？」

「それは……一之瀬さんがどうしてもって言うなら……」

「もう今日で店は辞めるんですよね」

彼はスマートフォンを取り出して画面を見せてきた。薄暗い路地で、その端整な顔がぼんやり照らされる。


ずっと一緒にいたいって思ってるのわたしだけかな。

一之瀬さんはわたしにとって白馬の王子様なんだ。

攫ってくれたらいいなって思ってます。

そういうキモチがあれば、攫いに来てください。

「もう、本人に見せないでよ……。返事がないから来ないと思った」

空車のタクシーが徐行運転でこちらに向かってきた。運転席の初老の男性は自分たちを客かと見定めているらしく、緩くブレーキを踏んで減速する。けれど彼は手を挙げなかった。目の端にタクシーを捉えながらも見送った。

「一之瀬さん……帰らないの？」

問いの返事はなかったが、代わりに深い暗闇の中ですっと手を差し出された。

おそるおそる握った手は氷のように冷たくて、一瞬怯んでしまった。

人間の皮膚の感触ではないと思って驚くと、彼はいつの間にか手袋をしていた。

「あなただけがちゃんと店のルールを守って真面目だったんですね。だから俺も最後まで真面目に応えます。これならあなたに触っていることにはなりませんよね？」

優しい声だった。いつも無表情でクールな彼がすこし笑いかけてくれた気がした。

亡くなった奥さんにもそんな態度だったの、と、わたしは意地悪な質問をする。

「……さぁ、どうだったかな」――強く腕を引かれることが答えだった。

無言で街の奥へと進んでいく、男と女の繋がった影。

汚水の流れる音。煤《すす》と埃のまじった臭い。足元をドブネズミが横切る。

都会を照らす蛍のようなもの悲しい街灯。そのひとつひとつが頭上を通り過ぎていき、瞳にはその僅かな光の残像が残った。

料金の看板が点滅する古いホテルは、ロビーも真っ暗で、男女の姿を密かなふたつの影にしてくれた。監視カメラの類いはない。雨上がりの道路みたいな臭いを誤魔化すみたいに、甘ったるい芳香剤の巨大なボトルが隅に置かれている。

目隠しのされた受付からは、しゃがれた声で「宿泊ね」と確認の一言があっただけで、すぐに錆《さ》びた部屋の鍵が差し出された。階段の途中でふと目の前を金色の虫が飛んだ気がした。驚いて小さな悲鳴をあげると「ただの蠅です」と彼は呟いて気にかけてくれた。

「こういうところは初めてですか？」

防音のぶあつい部屋の扉を閉めると、彼はようやく手を離し、声を張った。

曖昧な返事をしてキングサイズのベッドに腰掛ける。

「どうして店を辞めることにしたんですか？」

「一之瀬さんが……、警察官だから」

わざと低い声で言う。

「最初っからわかってたよ。こういう仕事をしてるとわかるんだ。でもわたしは一之瀬さんの言葉を信じたの。奥さんが亡くなって寂しいのは本当だろうから」

彼はその行動が自分の首を絞めることになるとは知らず、扉に鍵とチェーンを掛けた。

「……閉めちゃうんだ」——密かに呟く。

彼は身体だけではなく、心も求めてくるだろうか。

彼の真意によっては、殺さなければならない。彼の生死を決めるのは、彼自身だ。

「オーナーが警察官のお客さんを嫌がってたから辞めることにしたんだ。わかるでしょ、あの店、法的にアウトなんだって。でもお店に来ないでって言いたくなかったから」

ベッドサイドに備え付けられているテーブルセットには紙コップが重ねられていた。どこの国のお茶かわからないティーバッグがふたつ。お湯を沸かすだけのケトルが既に保温状態で、彼はそれを取り上げ、紙コップにお湯を注いだ。

「一之瀬さんは……わたしとの恋、楽しかった？」

「はい」

「わたしも楽しかったよ」

「そうですか……それなら、よかったです」

「みんなはベルくんから指名をもらって、あわよくば彼女になりたいって思ってたみたいだけど、わたしは一之瀬さんみたいに生真面目で誠実な人のほうが好き」

「……それは……」

彼は途中から、気だるそうな呼吸をするようになっていた。

「っ、……それは、……どういう……」――朦朧とした声色だ。

「どうしたの？　……ご主人様」

「すまない……、ちょっと、おかしい、……具合が……」

そっか、と彼に微笑みかけた。

「奥さんと娘さんが亡くなった寂しさを、お薬で誤魔化していたのも知ってたよ」

ゆっくりとカーディガンの前ボタンを外す。

「わたしのことが好きなら、明日からお薬は禁止だからね」

ストッキングに爪を掛けて脱ぎ始めると、彼は露わになっていく白い脚に釘付《くぎづ》けになった。嘘偽りなく、本当に真面目な性格なんだと察して、薄ら笑いが隠せなかった。

「ねぇどうして鍵を掛けたの？　ここに連れてきたのはなんで？」

シャツ越しにブラホックを外す。

「わたしのことを好きだから攫ってくれたんだよね？」

彼はふらつきながら近づいてきて、やっとの思いでベッドに手をつく。

「お酒いっぱい飲んで眠いんだよね。寝てもいいよ、わたしが脱がせてあげるから」

もうすぐ彼は落ちる。『無抵抗な女に乱暴を働いた生真面目な警察官』は、どのみち責任をとらなければならなくなる。

「ほら、ネクタイ緩めてあげる……」

腕を伸ばし、青地に銀と黒のストライプが入ったネクタイの結び目に、くいと指を引っかけた。途端、抗《あらが》えない睡魔に身を委ねた彼は、倒れかかるようにずるりとベッドに突っ伏した。しばらく様子を見てから呼びかけて肩を揺すってみたが、反応はない。

「ふふ……」

すぅすぅと穏やかな寝息が聞こえる。

「きっと朝まで起きないね」

頰に掛かった黒髪を愛《いと》しく撫でても起きる気配はなかった。

「やっと出会えた……あんな男たちみたいに、わたしを捨てない、ご主人様……」

枕元に無造作に置かれているコンドームをふたつ手に取った。衣服を脱ぎ、床に乱雑に投げる。ストッキングはわざと激しく伝線させてパンツの上に重ねた。

シャワールームで身体を洗いながらコンドームの中にリンスを押し入れる。それらを固く縛ってから使用済みのようにゴミ箱に投げ入れておけば、翌朝には彼の覚悟を試す仕掛けは万全だ。ひとつでは「もしや」と冷静になられるから、ふたつ作るのだ。小島芳治のときはそれで失敗して別れを切り出された。

「あなたには寂しさを埋めるお薬なんてもういらない……」——でも。

……妻子持ちのくせに、いつか離婚するから結婚しようと言ってきた男。

……不倫が妻にバレたからしばらく会えないと言ってきた男。

ただ女として家庭におさまって、安心で快適な幸せがほしかっただけなのに、無責任なやつらしかいなかった。

あなたが白馬の王子様じゃないのなら——、

「幸せにしてくれないご主人様なんて」

――みぃんな、わたしの知らないところで……死ね。

†

バスローブを身に纏って戻ると、彼はさっきと変わらない姿勢で眠っていた。

使用済みに見せかけたコンドームをゴミ箱にふたつ落とした。

彼の上に覆《おお》い被《かぶ》さって、その薄い唇を親指の腹でなぞる。

「かわいい寝顔」――長い睫毛は伏せられたままだ。

残念ながら一度は他の女のものになってしまっているけれど、奥さんがこの世にいないのならば彼は独身とおなじようなものだ。最初より最後が手に入ればいいのだから。

それによくよく見ればいままでの男の中で一番顔のつくりが美しいかもしれない。

「ん、なにこれ……アザ……？」

うなじに五ミリほどの細長く黒い模様があることにふと気づく。タトゥーだろうか。

欠けた歯車のようにも見える。まさか――と、己の腹部に手を当てた。

「……そんなわけないか。まさかわたし以外に……」

唇に唇を重ねようとした瞬間、彼がぼそりとなにかを呟いた。

「え？　なに、一之瀬さ――」

「女とはおそろしいなぁシュリ」

背後から聞き覚えのある明るい青年の声がした。

「誰……っ」――ぎょっとして飛び起きる。

「ど、どうして……、ベルくんっ、か、鍵はっ……？」

ここにいるはずのない彼は腕を組んで扉に背中を預け、歪んだ笑顔を向けてきた。

「ゲームが終わったのでな。で、貴様はいつまで寝たフリをしておるのだ？　それともしばらくぶりの睡眠薬が効いてしまっておるのか？」

気を取られた瞬間、腕を彼に摑まれる。視界が急激にぐるりとまわって、顎と胸が一瞬のうちにベッドに沈められた。

「――きゃあッ！」

右腕を後ろ手に捻られた。痛い。起きようにも身じろぎひとつだけで関節が軋《きし》んだ。

「いぃ、痛い、やめてっ、誰か助け――」

「……すこし効いたな。俺の血液から睡眠薬の成分が検出される。立派な傷害罪だ」

敬語の剝がれた掠れた声で、脅し文句が降ってきた。

「そ、そんなの……っ、あ――……あなた、抗うつ剤を常用してるじゃない！　自分で飲んだんでしょっ？　わ、わたしが飲ませた証拠なんてないでしょ！」

「どうして俺が抗うつ剤を飲んでいると知っているんだ？」

「えっ……？　だ……だって……」

言いかけて、言葉がぐっと喉に詰まる。

「もちろん俺の薬のタブレットの中を見たから知っているんだろうな。おまえひとりの犯行じゃない。状況からして共犯者がいなければ不可能だが――」

警察官の制圧は想像以上だった。男女の体格差はあれど、片手で押さえ込まれている。

「あの店には俺とおなじ薬を飲んでいるか、知識のある人間が、最低でもふたりはいる。おまえの恋とやらを成就させるために結託したんだろう。おまえ以外に、俺に睡眠薬を飲ませる係の女と、カプセル錠をすり替える係の女だ」

途端、薬のタブレットが耳元でかしゃりと鳴った。落ちた衝撃で開いた容器からカプセル錠がひとつ転がり出た。それを眼前で見てしまい、脂汗が噴き出る。

「この中身は？」――刃物のように冷たい尋問。

「わ……わかんない、たぶん、あの子たちが勝手にやったから……、わ、わたしはこういうのはよくないって思ったの、でも……そういう雰囲気になって、断れない空気で、でもほんとに、……ね、ね、眠らせるだけでっ、そ……そう、たぶん、睡眠薬……！」

「本当に睡眠薬なんだな？」

「た……たぶん……」

「この錠剤におまえが触れた証拠はないと言い切れるか？」

「さ……、触って、……ない、です……」

「なら店の女全員の鑑定をするだけだ」

あの小さな店に、怖い顔をした警察官たちが乗り込む様を想像してしまい、全身からサーッと血の気が引いた。噂ではあのいけすかないオーナーは組織的犯罪者集団とも繋がりがあると聞いている。警察に洗われたら大事になる——たとえ己のブタ箱行きは免れても——一生、平穏な生活は送れないだろう。

「やめて、やめてっ、わたしが、ひとりでやったの……ッ！」

「中身をなにとすり替えた」

「す、す、睡眠薬です……！」

「睡眠薬で昏倒《こんとう》している男にさらに睡眠薬を仕込むのか？　意味がわからないな……。準強制性交罪をちらつかせて詐欺に引っかからなかった男を、帰らせてから眠らせることが目的なのか？　だとすれば睡眠薬の過剰摂取が狙いの報復か？」

微妙に違う、違うけれど、言えない——。強引に暴かれる恐怖で、声が出ない。

「あくまでも中身は睡眠薬だと言い切るんだな？」

こくこくと頷くだけで精一杯だった。

「そうか。だったら中身を溶かして飲んでみろ。白湯《さゆ》ならそこに作ってある」

「ひ、っ……」――彼はあのとき、そのために……！

喉が引きつって奥歯ががちがちと音を立てた。

「なにを怯《おび》えているんだ。ただの睡眠薬なんだろ。眠ったらかえって好都合じゃないのか。俺に脅されて飲まされたとでも主張すれば逆におまえは有利だと思うがな」

――この人はわかっている。

――カプセル錠に仕込まれた時限爆弾を。

――わたし、死ぬの……、……死ぬ……？

どう転んでも絶望の未来しか見えなかった。

「おいシュリ、あまりいじめるな。我はいつの時代も女の涙に弱いのだ」

そう慈悲を促す言葉を口にしながらも、金髪の青年は助けてくれない。むしろもっとやれと言わんばかりに喉仏が上下していた。

なんで、どうしてこうなった。どこで間違えた。どこからおかしくなった。

こんなときに限って、両親が、親戚が、近所のおじさんおばさんたちが脳裏でくすくすと笑っている。だから言ったのにね、だから言ったのに――くすくす、くすくす、と。

「俺の質問に答えれば命は助けてやる。出来るかぎりの逃亡の援助もしてやる」

なぜか急に尋問は失速し、彼の口調はがらりと変わった。

「……シュリ、貴様なにを……？」――金髪の青年は顔をしかめる。

けれどいまはそんなことはどうでもよかった。命が助かるのならばなんでも答える。ぐしゃぐしゃに溢《あふ》れていた汗と涙を布団にこすりつけて、がくがくと頷いた。

「おまえの犯行を助けたのは人間だけじゃないな？」

——え……。

「店で厳重に保管されているフグの内臓とトリカブトの株を、おまえが誰にも見られずに入手できた方法だけが引っかかっていた。まるでおまえが透明人間にでもなったかのように誰もおまえの行動を見ていないし、監視カメラにも映っていない。盗まれたことにも気づいていなかった。店側が紛失を知ったのは女性警察官が聞き込みをした後だ」

——どうして……？

「それを可能にする存在を俺は知っている」

——やっぱり、あれは。

「その顔は……おまえも、やっぱりそうだな？」

——まさか、あなたも……。

すぐに震える左腕を身体の下で必死に動かした。

腰骨の辺りをまさぐると、彼はばっと横向きに姿勢を変えてバスローブをめくった。

その漆黒の双眸《そうぼう》が見開かれたのはほんの一瞬だった。

「その悪魔の名前はなんだ！」

見上げた彼の表情は夢に見た悪魔のそれよりもずっとおそろしかった。

あの血のように赤い瞳と、なぜか記憶には残っていないのに懐かしい雰囲気の――。

「やめるのだシュリ、呼ばれたら食われるのは貴様だ」「黙れベル！　いますぐあいつの名前を――」「シュリ、違うッ！　いいから我の名を呼ぶのだ！」

男ふたりの激しい言い合いの最中《さなか》、ふと拘束が解かれた。

唖然としていると、あの黒い悪魔の名を呼べと激しく肩を揺すられた。

「グラシャ――」

呼んだ。

呼べと言われたから呼んだんじゃない。わたしは死にたくなかったから。

呼べばちょっとだけ、不思議な力が使える。あの悪魔とは夢の中でそういう約束をしていた。その代わりに使えば使うほど自我を失い、善悪の分別はなくなるとも言われた。そんなの怖かったから、何度も呼ばなかった。呼ぶのはこれが三度目だ。

――……ラボ、ラス……。

けれどその名は、最後まで声として出なかった。

急に蝿の羽音が右から左の鼓膜を横切って、言い切るのを遮られたからだ。

「……ぁ、」

直後、ひゅっと呼吸が止まるのを感じた。

「おいっ、早く呼べ！」

声が——出ない。

「ベル……！　なにをした！」

四肢がまるで人形のパーツになったようにベッドの上に投げ出された。息を吸うことも吐くこともできないのに、不思議と意識だけがはっきりしている。

——……しぬ、の？

彼は冷静さを失って、いつの間にかベッドから離れていた。扉にもたれて腕を組んでいる青年の胸ぐらを掴み、激しく叱責している。

「貴様の生命はあと数分だ」

そう冷たく言われた彼は、青い顔になった。

「これは我のための忠告ではない、貴様のための警告であるぞ」

咄嗟にうなじに手をやるのが見えた。

「貴様があのような雑魚に食われるところなど見る趣味はない。そのかりそめの生命を繋ぐ気がないのであれば、我はそれでも構わぬ。いっそそのまま壊れてしまえ」

自分に向けられた言葉じゃないのに、ぞくんと全身の毛穴が粟立《あわだ》った。

——……たす、けて、……。

僅かに動く指先を這わせ、やっとの思いで爪に触れたものは薬のカプセル錠だった。

「……ベルゼブブ」

永遠の愛を確かめる時限爆弾。

それを握らせる、氷のような優しい手。

見上げると彼は目を逸らしてくれていた。

――あなたも、望んで殺すわけじゃない。

「こいつを……食え」

途端に胸を刃物で貫かれたような激痛が襲った。

潰れた心臓から、細く長い血管を通じて、真っ黒な毒に侵された血液が全身にまわっていく。あぁ死ぬときって、こんなに静かで……暗いんだ……。

なぜこんなときに限って思い出すのは、緑豊かな田舎の情景なのだろう。

くすくす、くすくす。

お父さん、そんなにわたしがおもしろい？

くすくす、くすくす。

お母さん、そんなにわたしがおもしろい？

くすくす、くすくす、くすくすくすくす。

くすくすくすく、くくくくすくすすすす……。

みんなわたしを指さして笑っていてとっても楽しそうだね。

わたし以外は——……。

布団にくるまって声を押し殺しながら泣いている子どもがいる。ここにいれば食うには困らない、でも、誰かと比べるからマシだと思うだけ——死んだ目をしたオトナたちの言い訳しか聞こえない、自由のない豊かな町は、空気の綺麗な牢屋《ろうや》だった。

子どもはずっと憧れていた。汚れた空気の中で生きて、死ぬのが夢だった。

豊かな町を飛び出した子どもは、もうあの日のように声を殺して泣かなくていい。

だってこの街は——子どもの泣き声なんて誰にも届かないくらい、うるさいから。

「女の殺人者の魂は久しぶりだ。熟した果実よりもずっと甘い」

……最期に悪魔の嗤《わら》いがこだました。

絵本の世界はいつもヒロインが婚約をしたらハッピーエンドを迎えた。

けれどその愛の続きは、読み手の想像に任されている。

——これって、本当に幸せなのかな？

わたしはもっと早く気づけばよかった。

誰かの永遠になることは、究極の不自由だと。

†

コンクリートジャングルの中、駅前に人工的につくられた憩いの場は、空き缶のたまり場のようになっていた。近くのベンチに腰掛けただけでつんとした刺激臭が鼻につく。それは捨てられた缶の中から漂うものか、元気のない樹木の根が腐っているせいなのか、どちらにせよ人間のエゴから生まれた異臭だった。

朱理は自動販売機で二本目の缶コーヒーを買った。

背中に朝焼けを感じる。止まらないあくびを押さえる手には黒い手袋はない。証拠を消すのに使った一組は、コンビニに備え付けられているゴミ箱に捨ててきた。やがて店員がゴミ袋を回収して道路の脇に置いた。するとゴミの回収車がやってきてなんの疑いもなく、道路に転がされた「燃やせるゴミ」をプレス機に放り投げた。それを見届けてから朱理たちは駅へと向かったのだった。

「やはりあのときは本気で寝ておったな」

ココアの缶を咥えるベルの横に、朱理はどさりと座った。

「我が助けに入らなければチッスを奪われるところだったぞ」

プルタブを開けてコーヒーを飲み干す。一日の許容量を遥《はる》かに超えるカフェインを摂《と》っているが、酒に盛られた睡眠薬は予想外に効いていた。朱理は空き缶をベルの手に置いてうなだれる。何度目かわからない、せり上がってくるあくびをかみ殺す。

すっかり睡眠薬に耐性がついている身体だと思っていたが、ここ最近の規則正しい生活が仇《あだ》となったようだ。目を閉じると、すぐにでもくずおれてしまいそうだった。

「そういえば……おまえは眠くないのか」

ベルはけろりとしている。

「我は悪魔だぞ。貴様ら人間とは違って何にも縛られぬ。寝たいときに寝て、食いたいときに食うのだ。いまさらそんな当たり前のことを訊くのか？」

「あぁそうか……、そう、だったな……」

瞬きを繰り返して眠気に耐えていたが、朱理の我慢は限界だった。腿《もも》に片肘をついて支えていた顎がバランスを崩し、かくんと揺れた。

その肩先をベルがさりげなく引き上げると、朱理は無防備に寄りかかった。

「ふははは、よいよい、始発の時間になったら起こしてやろう！」

ベルはにやりとほくそ笑んだ。眼下のうなじには黒い歯車が刻み込まれている。

「……ふん……。この我が……玩具ごときに力を使ってしまうとはな」

カラになったふたつの缶を両手で握り合わせて、ベルは薄灰色の空を見上げた。

†

新幹線から在来線に乗り継いだ先は、晩秋の花が咲き乱れる田舎町だった。

恵美は須崎綺蘭々の両親から茶を勧められたが弔問を済ませるだけに留めた。書面の手続きは、本来管轄署まで赴いてもらう必要があるが、奇特捜の課長代理がすべての責任をとってくれるというので恵美は温情を優先した。電話口でひとり娘の死にむせび泣く両親に、彼女が犯した罪の全容は打ち明けられなかった。

被疑者死亡で書類送検——……虚しい手続きだけが残された。

返信用封筒を同封し、中身がわからないようにまっさらな茶封筒で渡してきた。

とんぼ帰りの車内から外を眺めると、山の木々は美しく紅葉していた。まもなくこの町は雪で覆われる。須崎綺蘭々は四季折々の豊かな緑と、人情深く「きららちゃん」の死を嘆くあたたかい地域住民たちに囲まれて育った。決して貧しさに心が荒《すさ》む土地ではない。東京生まれで東京育ちの恵美には、なぜ彼女が人殺しに手を染めたのか理解できなかった。

須崎綺蘭々は先月末の深夜、勤めていた違法メイドバーを出てから、ひ、と、り、でラブホテルに向かった。終電を逃したためだと思われる。おそらく彼女は泥酔していたにもかかわらず熱いシャワーを浴びて血圧に異常をきたした……と、解剖結果は出ている。胸の痛みで苦しみ、髪を乾かすこともできず、バスローブ姿でベッドに倒れ、そのまま帰らぬ人となった。そして翌朝、清掃に入ったスタッフによって発見されたのだった。

きつく握り込まれた手の中から抗うつ剤のカプセル錠が見つかった。しかし中身は、トリカブトの毒を粉末状にしたアコニチンと、フグの肝臓と卵巣から抽出されたテトロドトキシンにすり替えられていた。付着した指紋の鑑定によって、彼女本人が詰め替えたものだとわかった。それは変死した男性三人から検出された毒成分と一致した。

『小島さんも、霜山さんも、髙梨さんも、いつでも白馬の王子様みたいで、寂しいときにはすぐに会ってくれて、優しくて、わたしにはもったいないくらいよい人たちで……、そんなだったから、愛されてるって思ってたわたしが……馬鹿みたいです……』

あの涙は偽物だったのだろうか。

「馬鹿は泣かないのよ……」

被疑者死亡では、殺しの手段は解明できても結局動機は闇の中だ。

諦めきれなかった恵美は摘発されたメイドバーに勤めていたメイドたちに話を訊いたが、すがすがしいほど口を揃えて言った。

キラリは売り上げが悪かったから辞めたんだと思います――、と。

腰まで流れる金色の髪に、千里を見通す青い瞳。
険しい山の遙か頂上で、わたしは田畑を耕す人間たちを幾百年も見ていた。
気まぐれにひと息吹けば、川が氾濫してすべては土に還《かえ》った。
人間たちはわたしに恐れ慄き慈悲を乞うた。
女子《おなご》を差し出せ――そう囁いてやると季節が変わるたびに贄《にえ》はのぼってきた。
若い女がいなくなると、人型の藁《わら》を老婆が担いできて帰りには息絶えた。
人間とはなんと小さく弱き存在かと哀れに思った。
戯れにその人型の藁を指先でつまみ上げる。
すると中から高潔な魂の若い男が飛び出してきた。
妻と娘を食われた無念を晴らさんと、黒き双眸はぎらついていた。
わたしを神とは呼ばず「鬼」と蔑んだのは、その男が最初だった。
相討ちとなって命を落とした男はやがて人々から武神として奉られた。

第二章　おとうさんとおかあさん

†

焼肉屋『天狼』で夕食を済ませた一之瀬朱理は、伝票を持ってきた神宮寺歩未に万札を渡した。数千円のお釣りをトレーにのせて戻ってきた歩未に「お小遣いだ」と言ってそこから千円札を一枚握らせる。

「ひぃちゃんにはナイショだぞ」

「うん、約束。ナイショね。……ふふっ」

最近ふたりは微笑ましい秘密を共有していた。まもなく厨房からぱたぱたと慌ただしい足音が聞こえ、歩未はすぐに千円札を折りたたんでワンピースのポケットに突っ込んだ。そうして歩未はさっと母親の背後にまわり、ぺろりと舌を出しておどける。

「一之瀬さんお待たせしてすみません、いつもありがとうございます」

神宮寺二三子は額に汗の粒を浮かべていた。席を立った朱理にポリ袋を差し出す。

「はい、お持ち帰りの焼肉弁当です。キムチはサービスですから」

はにかむと目尻にこまかい皺《しわ》が寄った。神宮寺二三子は四十過ぎとは思えないほど肌つやがよく若々しい。けれどなにか理由があって眠れていないのか、目の下には青い隈《くま》がある。彼女を見ていると亡くなった妻の明日香を思い出す。やっと娘を寝かしつけ、日付が変わったころにようやく帰ってくる夫を労《いたわ》って、無理につくってみせる笑顔だ。

「……なにかお悩みでも？」

朱理がつられて笑いかけると、二三子ははっとして僅かに頬を赤らめた。

「あ、いえ……そ、そんなことは……。顔に出てましたか？」

「俺で力になれることがあったらいつでも言ってください」

金曜日の夜七時を過ぎているというのに、客は朱理しかいない。やはりこの店は明らかに立地が悪い。しかも『天狼』が提供している肉は国産の上物だ。ランチの定食でも、肉質を変えない。採算は合っているように見えなかった。

エレベーターが八階まで上がってくるまでの間、なんともいえない沈黙が続いた。

二三子は「あの」と、口を開いた。

「毎日いらっしゃらなくても……大丈夫ですよ？」

「ご迷惑でしたか」——朱理はすみませんと小さな声で謝った。

「迷惑なんてとんでもない！　むしろありがたいです……。歩未の遊び相手もしてくださって本当に助かっています。この子も一之瀬さんにこんなに懐いて」

歩未は母親の陰からひょこりと顔を出した。またねと白い歯を見せて手を振る。

朱理も穏やかに手を振り返し、エレベーターに乗り込んだ。

関東地方の十一月の連休は大型台風で潰れた。

ゴミの混じった落葉が煤まみれになって道の端に固まっている。銀杏《ぎんなん》の葉は泥水でくすみ、鮮やかに染まった黄色は見る影もない。

笹塚《ささづか》を甲州《こうしゅう》街道から北に入った住宅地は道幅も狭く入り組んでいた。既に現場に到着していた機動隊の姿を見るなり、鈴城恵美は上司を待たず、先に規制線の内側へと向かった。

†

「猟奇殺人事件特別捜査課の鈴城です」

恵美は現場を取り仕切るいかつい刑事に声をかけた。彼は恵美の胸で光る不吉な黒バッジをじろりと見下ろし「なんで奇特捜なんだ」と首を鳴らした。奇特捜——その通称を耳にした鑑識班の数人が怪訝そうな顔をした。現場にはぴりついた空気が流れる。奇特捜が取り扱う殺人事件は概ね不可解な連続殺人事件である。本庁の捜査員、しかも奇特捜が出てきたことでこの事件《ヤマ》は管轄区域を跨《また》ぐ、捜査が難航する連続殺人——ないし未解決事件になる可能性を所轄の彼らは察したのだ。

この異様な空気は、つまり本庁と所轄による初動捜査の主導権争いでもある。

「チッ……誰がまわしたんだ」

「アタシは上司から命じられて来ただけよ」

「関連がある事案を持っているなら説明していただきたい」

「時間の無駄だわ、どいてちょうだい」

強面の男に睨まれたところで、怯む恵美ではない。

「奇特捜《うち》の案件と関連があるかどうかは奇特捜《うち》が決めんのよ」

恵美は鼻先が擦れ合う寸前まで顔を近づけてから睨みつけ、わざと肘を脇腹にぶつけた。刑事は恵美の肩に舌打ちを落とす。恵美はふんと後ろ髪をなびかせた。マスクをして両手に白い手袋をはめ、公衆トイレに掛かったビニールシートをめくった。

ここを公園と呼ぶにはあまりにも寂しい。遊具の類いはない。ヒビが入った簡易のベンチと、蛍光灯の割れた街灯がぽつりと立っている。二階建て以上の住宅に囲まれているせいで、まだ午後一時だというのに公園は日暮れのような暗さに包まれていた。

「鈴城さん、お待たせしました」

遅れて朱理が公衆トイレに顔を出す。恵美は女子トイレの一番奥の個室の前で静かに手を合わせていた。女子トイレの床は水浸しだった。大型台風の影響で昨夜まで降り続いた雨が吹き込んだにしては男子トイレよりも水はけが悪い。おそらく配水管が詰まったために、業者が機材を使って豪快に水を吸い上げたせいだろう。

きつい下水の臭いにまざって、血肉の腐臭がマスクの隙間から入り込んできた。

朱理も思わず顔をしかめるほど死の臭いが充満している。

「……あの子はまだかろうじて性別がわかったわ」

恵美は灰色に変色した肉の塊を見下ろしながら、ぽつりと呟いた。

「この子は男の子だったのかしら、女の子だったのかしら……。それすらも確認しないで捨てて流したのかしらね」

便器から流された遺体は、生まれてまもない乳児だった。へその緒らしき紐状の長いものが床に垂れている。死因は溺死だろう。遺体は膨れて激しく損傷していて、私見では死亡推定時刻の予測は困難だ。解剖に回さなければ死因も犯行時刻も特定できない状態である。

「簡易結果はO型だそうです」

朱理が言った。

「O型……情報はそれだけ？」

「第一発見者は清掃ボランティアの方です。なにかが配水管に詰まって水が流れなかったので業者を呼んだそうで――」

「で、赤ん坊の遺体が……ってところね」

ふたりは顔を見合わせる。空気が重い。

「悲しいわね」

「……そうですね」

　朱理は久しく喉の奥に苦いものを感じていた。警察官になってから早十年、遺体は見慣れたが、こうして生まれて間もない遺体を見るのだけはどうしても慣れない。そのほとんどが最終的には未解決事案として奇特捜にまわされてくる。

　小さな命の未解決事件は世間が想像するよりも多い。

　捜査一課時代にも、乳児が遺棄された事件を担当したことがある。産婦人科への通院歴があるか、前科があれば、産んだ母親の情報を得ることはたやすい。だがそのどちらにも該当しない場合には捜査打ち切りを余儀なくされデータの海に沈んでいくことがほとんどだった。未解決の乳児死体遺棄事件は「遺族のいない殺人事件」とも呼ばれ、それ故に嘆く者がおらず、捜査を急ぐ優先順位としてはあまり高くない。先輩からそう教えられたときには納得する反面、社会の理不尽さを覚えたものだった。

「母親はここで産んで棄《す》てたのかしらね」

「へその緒が第三者に切られていないのであれば、おそらくそうでしょう」

　ふたりは同時に立ち上がった。壁のタイルが剝がれ落ち、ほとんどコンクリートがむき出しになっている古い公衆トイレは和式だ。前方のペダルを踏んで水を流すタイプである。トイレットペーパーは備え付けられていない。水浸しの個室内からは、指紋の類いも検出されそうにないと朱理は思った。

「保護責任者遺棄致死というより殺人よね。アタシは奇特捜《うち》の案件と照合して、前科データは男女両方見る。あんまり期待はできないけれど、話はそれからかしら」

「女性のみで構いませんが」

するると恵美は首を捻って顔をしかめた。

「なんで女性だけなのよ」

「母親が産んで間もなく遺棄したのでしたら、父親である男性が関与している可能性は低いです。もしDNA型鑑定で父親が判明したとしても、妊娠そのものを認知していなければ保護責任者遺棄致死でも立件は難しいですから」

「そんなの言われなくてもわかってるわよ……」

ベテラン捜査員の恵美にしては、歯切れが悪かった。

「棄てたってことは、きっと望まない妊娠だったんだろうなって想像できるじゃない。産んで育てられないのなら堕ろすべきだし、そもそも避妊をしなかった時点で親として無責任よね。でも妊娠して出産するまでって誰しもワンパターンじゃないわよ」

彼女の胸中は複雑そうだ。朱理は上司として、部下の話を黙って聞くことにする。

「臨月を前に男に捨てられたんじゃないかとか、病院に行くだけのお金がなかったとか、たとえばレイプされて誰にも相談できなかったとか……ね。痛い思いをして産んだ赤ん坊を捨てざるを得なかった理由ってあると思うの。もちろん殺人を肯定はしないけど」

　天井から雨漏りした雫が、ぴちゃりと床に落ちた。

「女性って理屈じゃないときもあるの。たぶん生物的にっていうか、遺伝子レベルで妊娠に対して抱く将来の想像と覚悟が男性とは違うんだと思う。一之瀬くんは想像できないでしょう、十ヶ月もかけて自分の身体から人間が生まれるのって」

　恵美はどこか憂いを帯びた目で、乳児の遺体を見下ろしている。

「正直……恐怖よ。男性が父親になることにもまた別の不安はあるのかもしれないけど、女性が母親になる不安はそれとはまったくの別物じゃないかしら。堕ろすにしろ、産むにしろ、お腹の中から自分の身体の一部を切り離すんだもの。きっとどんな言葉で伝えても男性には伝わらないし、伝わったところで男性が肩代わりできるものでもないから。どのみち女性が負うものだし……理屈じゃないってそういうことよ」

　女性だけが抱いている人体への諦めかしら、と恵美は声のトーンを落とす。

　男性と女性の身体的苦悩は違う。理屈で同情はできても共感し合えるものではない。

「アタシは日本の現行法の男尊女卑を嘆いているわけじゃないの。男女平等って身体的にはどう頑張ったって無理なんだから、その恐怖と苦痛を同等に分かち合えとは思わない。でもせめて妊娠と出産への責任は男女平等であってほしいとは思う」

　頷くでもない無反応の上司を恵美は一瞥した。

「なにか言いなさいよ」

「ちゃんと聞いています」

「……そういうんじゃなくて。まぁいいけど」

　恵美は別に彼を責めたわけではない。モヤモヤする気持ちを吐き出したかっただけだ。

　愛する妻と娘を殺された彼は、むしろ女性への理解が深いと思っている。

「赤ん坊とはいえ、ひとりの人間が亡くなったの。罪に問われるのは母親だけかもしれないけれど、父親もその事実を知るべきじゃないかしら」

朱理は手袋を外しながら、やっと重い口を開けた。

「ということは、父親が特定できたら鈴城さんから伝えるのですか？」

「ええそうよ。もしかしたら父親から遺棄した母親の情報が聞けるかもしれないしね」

「俺は許可しません」

「え……どうして？」——恵美は眉間に皺を寄せる。

「父親が殺人や遺棄に関与している証拠がなければ意味がないので」

「そんなの聞かなきゃわからないじゃない」

踵を返す朱理に、恵美は噛みつく勢いで尋ねた。

「十ヶ月前に抱いた女性を『覚えていない』と言われるだけでしょう」

「は、っ……？」

恵美は拳を震わせた。ビニールシートをめくる冷酷な背中を睨み付ける。

「先に車に戻ってます」

否定するだけで自分はどう思うのかは言わずさっさと現場を後にする彼と、目白署に山ほどいた端《はな》から女を蔑視する同僚たちが恵美の脳裏で重なった。

恵美は男よりも男らしい警察官であろうと心がけてきた。警察関係者はもちろんのこと、家族にも友人にも仕事の弱音を吐いたことは一度もない。この社会には女の複雑な感情を理解できる、男よりも強い女の警察官が必要だと思ったからだ。それは警察官を志したときからいままで恵美が歩む道として揺らいだことはない。

「理屈ではわかってるわよ……」

時代に合わせて変わらなければならないのはいつも女のほうだと、恵美は思う。そうふてくされて一括《くく》りにはしたくない葛藤と、男女の間には超えられない法の壁があるという現実の許容。恵美はずっと抗いながらも後者を飲み込んでいた。

「上司のくせに……命令ぐらいしなさいよね……」

責任をとりたくないのならばそう言えばいいのに。

「だったら勝手にさせてもらうわよ」

彼は以前、報告だけすればいいと言った。

ならば捜査は独断でやらせてもらう――。

ビニールシートを払いのけた恵美は、朱理が運転する車には戻らなかった。

†

ベルはソファに腰掛けながら後ろを振り向けずにいた。テレビではあんなに楽しみに視聴予約しておいた『子連れ大熊～年末拡大スペシャル～』が流れっぱなしだったが、内容がまったく頭に入ってこない。

——貴様はなにを考えておるのだ……。

その一言が、どうしても口にできずにいた。

不器用で不慣れな包丁の音と、なにかが鍋で煮込まれている気配は察している。やがて香《かぐわ》しいスパイスの匂いが漂ってきて、炊飯器が白米の炊き上がりを奏でた。おそらく日本の家庭料理カレーライスを作っているのだろうとベルは理解した。

だが台所に立っているのは自分ではなく、あの男である。

——なぜ貴様はカレーライスを作っておるのだ……ッ！

自分が食べるためなのか、それとも食わせるつもりなのか。いや、そんなことはこの際どうでもいい。彼は帰宅してから同居の悪魔に理由も目的も告げず、ただ黙々とカレーライスを作り始めたのだ。この状況がベルには居心地が悪くて仕方がなかった。

――貴様ちょっと前までメシを見るのも拒否っていたではないか！

黒い歯車が消えるまでに肉体が限界を迎えられては困ると彼はベルから無理矢理食わされていた。その度に食事を吐き戻しては生への執着を拒んでいたのだ。復讐するためには生きなければならない、けれど身体は家族の元に逝きたいと食べることも眠ることも拒み続ける――ベルはその朱理の人間らしさともいえる、葛藤に苦しむ姿を見ることが愉しかったのである。

――おもしろくないというより……変なのだ。

しかしいつからか、朱理からその葛藤も生きる苦しみも薄れつつある。

徐々に食事を摂るようになり、決まった時間に寝るようになった。キッチンテーブルに山のように置かれていた心を安定させる薬物も、ピルケースにおさまるほど減った。就寝前に飲む薬はなくなったようだ。うなじの黒い歯車が欠けていくことで示される、かりそめの魂の制限時間にも焦る気配はない。その生命もあと数日、となったところでベルが声をかけなければ「そういえば」と忘れている節さえあるのだった。

――『俺は俺なりにヤツを殺す手段を模索している』……か。

その変化にベルは、退屈はもちろんのこと、苛立ちも覚えていた。

ベルという悪魔の手の上で弄ばれていた玩具が、気がついたら自らの意思でどこかに行ってしまったような不安と焦り。

――だが玩具は所詮、玩具だがな。

朱理は契約の通りに、ベルという悪魔が望む「殺人者の魂」を捧《ささ》げなければ朽ちてしまう。そういう玩具である自覚が薄れたとは思わない。半年前に人間の犯人に復讐を果たし、もしや妻子の元に逝く覚悟を決めたのかと疑いもしたが、それもあり得ない。彼はまだ復讐を果たしていないと言っていた。先日のメイドバーでの一件でも確信した。なんらかの方法であの黒い悪魔と会い、真なる復讐を果たすと考えているようだ。

親指の爪を噛みながらベルは――シュリは明らかに前とは違う――なにが違うのだ、と考えあぐねていた。

もやもやしているうちに背後でカチンとガスコンロの火が止まった。

「あぁそうだ、ベル。言うのを忘れていたんだが……」

不意に呼ばれたベルは、ぎくんと跳ね上がる。

「な、なんだ？」

ようやく振り返る機会を得た。

――なんで我が人間ごときに気を遣っておるのだ……！

苛立つ思いとは裏腹に、ついぎこちない笑顔を向けてしまう。

朱理はネクタイを外してワイシャツを肘まで捲《まく》っていた。普段の無機質な表情のまま両手にはそれぞれ平皿としゃもじを持っている。

「福神漬けを買い忘れたんだが」

「………は？」

ベルは啞然として朱理を見た。目と目が合って、朱理は平皿にご飯をよそう手を止めた。俺はなにかおかしいことを言っただろうかという顔で小首を傾げられる。

「や……、我は、……福神漬けは必須ではない……」

「そうか。俺もそこまで好きじゃない。じゃあなくてもいいか」

朱理はふたりぶんのカレーライスをよそって、ダイニングテーブルに運んだ。平皿からはほかほかと白い湯気が立つ。ふたつのグラスに水を注ぎ、ステンレススプーンを一本ずつ差して平皿の横に置くと、朱理は椅子に腰掛けた。

「夕食ができたぞ。食わないのか？」

「へ……」――ベルは初めて手料理を勧められた。

触れられることすら嫌がる朱理が急に距離を詰めてきたことにベルは激しく動揺し、思わずテレビの電源を切ってしまった。


――なぜ我はこやつとカレーライスを食っておるのだ。

皮を剝かずに大きめに切られた、不揃いのジャガイモ。

片や小さく切りすぎたのか煮崩れを起こしているニンジンの欠片《かけら》。

タマネギは炒《いた》めが足りなかったのか、シャリシャリと歯ごたえがある。

無音の中、互いの咀嚼音だけが響いていた。

——なんともシュールであるな……。

ベルはテレビのリモコンを手元に持ってくるべきだったと後悔したが、いまさら点けにいくのも気まずい。一口カレーライスを頬張っては向かいの席の朱理を盗み見るが、犬食いのベルとは対照的に、マナーよく静かに口にスプーンを運んでいる。

「美味《うま》いか？」

半分ほどたいらげたところで朱理がスプーンを休めた。

「可もなく、不可もないな。不味《まず》くはないぞ」

野菜の処理に対して気になる点はあるものの、好みの範囲だ。日本でいうところのカレーライスとしてはスタンダードな味ではないかとベルは思う。

「これでも学生時代は自炊をしていたんだ」

「ほう？」

「独り暮らしだったから、美味いものを作るというより、なるべく安く済ませたくて、大量に作って空腹を満たすために自炊していたんだけどな。カレーライスを作ると三日は食べられた。三日目は鍋を綺麗にするために決まってカレーうどんだったな」

「ふむ、そうか」——ベルは適当な相づちを打つ。

朱理の身の上話はどことなく独り言にも聞こえる。

「警察学校の食事は食堂だったが、あれも質より量だった。体力の限界まで身体を動かしたあとに掻き込んだからか味なんてよくわからなかった……ほとんど覚えてない」

「ふぅん……」

「卒業して警察官になったらなったで、朝は早いし夜は遅い。やっと落ち着いて食事を食べ始めたと思ったら呼び出しの電話なんてザラだった。それに疑問を抱いたことはないから、俺の食事の優先順位は元々低いほうなんだろうな」

「なら嫁の作る食事はどうだったのだ？」

ベルは深い意味もなく、自然と訊いていた。

「明日香が作ってくれた食事の味を思い出そうとしても、やっぱり覚えていない……。忙しさにかまけてほとんど食べていなかったからだろうな。あいつも作り甲斐《がい》がなかっただろうさ。いまなら妻と娘と食事をするありがたみがわかるんだが」

「だが貴様にとってメシの優先順位は低いのであろう？」

「いや……すこし上がった。というか、なにを食うかより、誰と食うかってことをやっと理解した気がする。俺はいつも自分のことでいっぱいいっぱいだった。明日香と真由が普段なにを考えてて、なにが好きでなにが嫌いだったのか、ほとんど思い出せない。そんな話をする時間も場所もつくってこなかった。食卓を囲んで他愛もない話をして、やっと家族なんだな。……いまさら気づいたところで、明日香も真由もいないが」

朱理はそう言いつつ、スプーンの先端でジャガイモをつついている。

「ジャパンにはことわざもあったな。共同体としての帰属意識を持つために『おなじ釜の飯を食う』だったか？」

「娘はともかく、夫婦は違う環境で育った他人だからな」

朱理の食事の手は止まったが、構わずベルは大口を開けて頬張り続けた。美味いから食べ続けているのではない。向かい合って一緒に食事をすることの気恥ずかしさと、そこから生まれる手持ち無沙汰を誤魔化すためだった。味は途中からどうでもよくなった。

「だからおまえとメシを食おうと思った」

「んぐっ……！」

いきなり顔を上げて真剣な目を向けてきた朱理に驚き、ジャガイモがベルの喉に詰まった。慌ててグラスに手を伸ばしてごくごくと水を飲む。

「我は貴様の妻にもなれなければ娘にもなれんぞ！」

「は？　当たり前だろ」

「ならばアレか、貴様もしや我の嫁になりたいのかッ？」

「おまえはなにを言っているんだ」

朱理は心底嫌そうに顔をしかめた。

「話の流れがそういう感じだったではないか」

「まったく……おまえはいっつも話が飛躍するな……」

「貴様が朴念仁なせいであろうが！」

ベルはいつの間にか自身のペースを乱されていた。本来は悪魔にとって気持ち悪い和んだ空気を受け入れてしまっている。ベルはさっさと食事を済ませて席を立とうと思い、グラスをがつんとテーブルに叩き置いてスプーンを握り直した。

「俺はおまえたち悪魔のことをよく知らない」

「……」——ベルは青い目を細める。

「おまえは悪魔には死の概念がないと言った。だが前に『あの黒い悪魔は雑魚』だとも言っていた。それは悪魔には力の上下関係があるということだよな」

ベルは一口ぶんのカレーライスを持ち上げて、口に運ぶ前にぴたりと止めた。

「人間に悪魔を殺すことはできなくても、悪魔が悪魔を殺すことは可能なのか？」

「貴様、我には期待しないと言っておったであろう」

「あぁ期待はしていない。おまえが俺の言うことを聞くとは微塵も思っていないからな。ただ、それができるのかできないのかだけ教えてくれ」

ベルはぱくりと頬張って、スプーンを平皿の上へ放り投げた。

「答えてやってもいいが、貴様にとっては有益なものではないぞ」

ベルはテーブルに頬杖をつく。笑顔を消して朱理の黒い瞳をまっすぐに見つめた。

「悪魔が悪魔を殺すにはおそらく『悪欲』が必要だ。貴様の復讐を果たすために、我がヤツを殺すことは『善欲』に値する。人間のために善いことをしてしまう行為なのだ」

「あくよく、と、ぜんよく……」

「悪魔の強さは如何《いか》に己の欲望に忠実で、身勝手な純悪であるかで決まる。つまり人間である貴様のためにヤツを殺すとなると、よくて相討ち……『善欲』を優先した我の負けはほぼ確実だ。我が負けることはもちろん貴様の死にも直結するぞ」

「……けど、」――納得のいっていない顔だ。

「我との契約を覚えておるな？」

朱理は肯定を示してうなじを掻く。

「我が『殺人者の魂』を食らい続けて、貴様のかりそめの魂に換えておるから、貴様はこうして動けているのだ。そこまではいいな？」

「あぁ……」――朱理は小さく頷いた。

「だが我は悪魔だ。悪魔は常に『悪』の欲求のためにしか力を使えぬ。死んだ人間を生き返らせることは『善』の行為に値する。だから時間制限つきで貴様に殺人を犯させる制約を設け『悪』の所業を理由に生命を繋げられる。ようは貴様という人間を救うためめに契約したのではない、我が貴様を苦しめて遊ぶために契約したのだ」

すると朱理は視線を逸らして、なにか言い出しにくいという顔をした。普段のベルであれば口下手な朱理を茶化して彼の意見を有耶無耶《うやむや》にするのだが、不思議と彼の話をもうすこし聞きたいと思った。

「ヤツを殺すことが我にとって『悪欲』に値すれば理屈上は不可能ではないが、どう解釈しても貴様の望みを叶える『善欲』の理由にしか繋がらぬからな」

「……相討ちでも構わないと言ったら？」

ベルはまた一口ぶん頰張ってから、スプーンをぴっと朱理の鼻先に向けた。

「よくて相討ちと言ったであろう。我は『善欲』のために力を使ったことは一度もない。なにせ我は人間たちが概念で最強と位置づけた悪魔だからな。そもそも善なる行いをしたいなど思いつきもせぬわ」

「おまえはあの黒い悪魔よりも強いんだろ？」

「そうだとも、悪魔としてはな」

「戦ったことがあるのか？」

「ない。だが悪魔としての『悪欲』の規模が違う。ヤツは人間をそそのかして人間を殺させることにしか悦びを見いだせぬが、人間同士を殺し合わせる混沌《こんとん》にまで興味はない。一瞬で終わる殺人しか愉しめぬ時点で我の足下にも及ばぬ雑魚なのだ」

「……よくわからん……」

朱理は眉根を寄せた。

「たとえば……、我ならば本気を出せば国同士の争いに発展させて大量殺戮《さつりく》が数十年続くぐらい人間をそそのかせるが、ヤツにはそこまでの頭はない。というか、その発想にも至らないだろう。我ならば数日でこの島国の王になることもたやすいぞ」

ふといいたとえを思いつく。ベルはスプーンを置いて膝を叩いた。

「この国ならば総理大臣の汚職と、村長の汚職ぐらい違うな」

「ますますわからん……」

朱理はため息をついて眉間を押さえる。

「ようは悪い発想の規模がそのまま悪魔の実力に直結するんだな？」

「ちょっと違うが、まぁだいたいそうであるな」

「悪欲だったか……悪行、というか悪いことに関してはおまえのほうが上だと」

「その言い回しはチープであるが、概ねそういうことだ」

「なるほどな……」

そう言いつつも朱理はまだ首を傾げていた。

「人間でも聖職者が悪魔祓《ばら》いを行った歴史はあるだろ。あれは例外なのか？」

「悪魔祓いは悪魔祓いであって、悪魔を消滅させたわけではない。聖水など蚊《か》除《よ》けスプレーばりの瞬間作用に過ぎぬ。祓われた悪魔はすぐに別の人間と契約したであろうよ」

「……嘘はついてないみたいだな」

「ぬ……？」――ベルの目がきょとんと丸くなった。

「いや、おまえがいつもみたいにニヤニヤ笑って話してないから」

試すように見上げる黒い目は穏やかだ。

「やっと本当のことを話したな。伊達にこうして四年半も一緒に住んでいない。俺はおまえが嘘をついているときぐらいわかるさ」

今日まで朱理からは睨まれるか冷めた目を向けられるかしかなかった。利害だけの関係に慣れきっていたせいか、突然歩み寄られてベルの口が滑った。

「う、うむ……、しかし我のことだから、また嘘をついてるかもしれんぞ？」

これはイカンとベルは焦った。動揺が顔に出る。だが無理に口角を上げても、所詮は無理矢理で、どうしても引きつった笑いにしかならなかった。

その取り繕った態度が朱理には可笑《おか》しく見えたらしく、ふっと鼻で笑われた。

「なんだベル、顔が赤いぞ。正直に話しすぎたか？」

朱理はたまらずと口に手を添えてくすくす笑い出す。

己にとっては玩具と同格――むしろそれ以下である人間に弄ばれたベルの羞恥心は、最高潮に達した。悪魔としてのプライドが玩具に笑われることを許さなかった。

――なんで我はさっきからこやつの言動ごときに動揺しておるのだ……ッ！

ベルはスプーンを握った拳でテーブルを叩いた。

「なんだ貴様その余裕ぶった顔は！　我が悪魔である限り、あの悪魔は殺せないのだぞ。もうすこし絶望せぬか！」

「ん……？　あぁそうか……。すまん、おまえが悪魔だってことを一瞬忘れてた」

「なっ、なんだとッ！」

――忘れていた、とは屈辱の極みではないか……！

「ふ……っ、考えてみれば変だよな……俺は悪魔とカレーライスを食べているのか」

ベルが抗議をすればするほど朱理の笑いは止まらない。

「そうだぞ、おかしいのだ！　なぜ我は貴様が作ったメシを食べておるのだ！」

「あぁうん……？　なんでだろうな、確かにおかしいな、くくく……」

なにかのツボに入ったらしい。朱理はとうとう拳を額に当てて俯いてしまう。

「笑うな貴様ッ！　よりにもよってカレーライスとは。もっと畏敬の念を込めて高価な献立を用意するなりなんなり……って、顔が真っ赤なのは、貴様もではないか！」

ベルだけでなく朱理までも耳が真っ赤に染まっている。

「もーなんなのだっ！　いい加減、笑いすぎなのだ！」

ベルはふと思った。変だ。不思議と馬鹿にされた怒りよりも、おなじ鍋で作られたカレーライスを食べていることに冷静になった恥ずかしさのほうが強いのだ。

――……これは本当に、屈辱……か……？

ひとしきり笑った朱理はやれやれと目元を拭う。

「すまんすまん……。ありがとう、おまえの話のお陰でちゃんと絶望したさ」

「……あ、り、……っ」

ぶわっと総毛立ったベルの全身から汗が噴き出た。

この汗は辛いものを食べたからではない。カレーライスはむしろ甘い。

――あ……あっ、……あ、あり……、がとう、だと……？

脳裏で反芻《はんすう》する言葉は、およそ悪魔という存在が聞くべきものではない。感謝――。

それは悪魔にとって契約者の人間からは絶対に向けられない感情である。

みるみる背筋が寒くなっていき、ベルは驚愕《きょうがく》の表情で我が身を掻き抱いた。

「か、かっ、かゆい！　我に感謝するのはやめるのだ！　絶望したのに感謝とは、貴様、なにをわけのわからんことを言うのだ！　寒気がしたではないかッ！」

「悪魔も寒気がするんだな」――穏やかにツッコまれた。

絶望したと言う割には朱理は微笑んだまま残りのカレーライスを口に運んでいる。

「俺が作ったカレーライス、あんまり美味くないだろ？　残してもいいぞ」

「可もなく不可もないと言ったであろう！」

こうなったらさっさとたいらげて、録画した『子連れ大熊～年末拡大スペシャル～』

を頭から観なおそうとベルは心に決めた。がつがつとカレーライスを掻っ込んだ。

それからしばし互いの咀嚼音と食器のこすれる音だけが響いていたが、ふと視線を感じてベルは目だけ動かした。

朱理は食事を終えていないのにスプーンを皿に置いていた。それはまるで、食べかたの汚い子どもを叱りつけずに、むしろ微笑ましく見守る父親のような表情だった。

「さっきからニヤニヤしおって。今度はなにを笑っておるのだ！」

ますますおもしろくないベルは米粒のついた頬をむっつりと膨らませた。

「いや別に。……なんでもない」

朱理はまたふっと柔らかく笑ってスプーンを持ち上げた。

†

公園の公衆トイレに流された乳児の死因は窒息死と判明した。母親とみられる成人女性のＤＮＡ型が検出され、その他の人物が「殺人」に関わった証拠は出なかった。

個室内からルミノール反応が出た。事件後に台風の雨風が入り込んだことによって、他の証拠が消失した可能性はゼロではないが、母親が単独で遺棄したとみていい。

溺死ではなく窒息死という事実が余計に恵美の胸を締め付ける。個室内で生まれて、すぐに母親から首を絞められ、そのまま棄てられたのだと思うと、恵美は上司の意見を飲み込むしかなかった。

『父親が殺人や遺棄に関与している証拠がなければ意味がないので』

——そりゃあ……そうだけど。

本来こういった通常の殺人や死体遺棄事件であれば奇特捜の出る幕はない。

この事件だけを見ればだが——。

奇特捜の恵美たちが現場に駆けつけた理由は、実は同一犯による連続死体遺棄事件として奇特捜案件にまわされる可能性があったからである。

——念のため、って言葉の先は大概ビンゴなのよね。

母親の情報で照合したところ、過去にDNA型のパターンが似ている乳児の死体遺棄事件が二件もヒットしたのだ。五年前に駅のコインロッカーで、三年前に埼玉《さいたま》県の山中で。今回も含めて同一の母親から生まれた乳児と思われる。父親のDNA型パターンは不一致だ。そして警察が所有している前科データには該当する女性はひとりもいなかった。関東全域の産科、婦人科、産婦人科すべて当たったが該当者の受診履歴はない。

——五年間で最低でも三回身ごもって棄てているとすれば……。

それら物的証拠から導き出される被疑者像は、やはり未婚の女性だ。

後先考えずに不特定多数の男性と遊んだ結果、なんらかの事情で堕ろすに堕ろせず、棄てた最低の母親と考えるのが概ねの筋……と恵美は推測する。

『十ヶ月前に抱いた女性を〝覚えていない〟と言われるだけでしょう』

上司の言う通りならば被疑者を身ごもらせた男性は最低だ。そんな最低の男性の子どもを「堕ろさなかった」のか「堕ろせなかった」のか。この五年の間に三人もわざわざ産んでから殺している被疑者の女性には、物的証拠からはわからない、闇深い動機がある気がする。

――……とはいってもね……。

恵美はT駅から乗り込んだ、埼京《さいきょう》線直通のりんかい線の車内でつり革を握りながら、密かにため息をついた。金曜日の午後八時五十分。前後左右にみっちりと詰め込まれた乗客たちからは、酒の匂いがする。

あぁ失敗したと恵美はため息を繰り返していた。

――ストレス発散のつもりが、マジでミスったわ……。

奇特捜が取り扱う「捜査は継続だが未解決でも構わない」厄介な事件と向き合う窮屈さに精神の限界を感じた恵美はスカッとしたい気分で、有休を使って、朝からお台場《だいば》で洋服を買いあさった。お陰で一瞬だけ現実のつらさを忘れることはできたが、結局は染みついた刑事気質は拭い去れなかった。そこかしこへ行く度に乳児の連続死体遺棄事件のことを考えてしまい、帰宅の時間を見誤ったのである。

──キッツ……息苦しいわね。

満員電車内の二酸化炭素の濃度に頭痛を覚える。恵美が住む警察公舎の最寄り駅に帰るためにに乗り換え回数を減らそうと直通電車にしたのがよくなかった。O駅で降りて山手線に乗り換えればもうすこし混雑はマシだったかもしれない。さっきから酔っ払いの中年男性がよろけるフリをして恵美の豊満な胸に肘をあててくる。

──わざとらしいのよ!

そのたびに恵美は革靴のかかとで相手の足を踏んづけることを繰り返していた。

家路を急ぐ者は満員電車のストレスに耐えるしかめっ面だったが、気持ちよく酔っている者は電車の揺れに乗じて素面《しらふ》の乗客にもたれかかる。車両が横に揺れるとまたも酔っ払いの中年男性が恵美の胸にぎゅうぎゅうと腕を押しつけてきたので、今度ははっきり聞こえるように舌打ちをした。

「……!」

すると車内の何名かが怯えた様子で恵美を振り返った。

人間が詰め込まれた箱の中は妙な緊張感でいっぱいだった。

──満員電車ってピリピリするから嫌なのよね。

誠実で気弱な男性たちは己の潔白を証明するかのようになるべく両手でつり革を握っている。いっぽうで雰囲気がおとなしそうな女性は、小さな身体をさらに縮こませて、男性との接触を避けようとしている。

——女性専用車両だけじゃなくて男性専用車両もつくったらどうかしら。

それはそれで新たな問題が発生するかもと恵美は思い、口をへの字に曲げるのだった。

「……ん？」

不自然に酔っ払いの中年男性の足が動いた。まだつぎのS駅までは二分ほどかかる。

彼は急に乗車口方向ではない奥へと分け入った。なにかに目を留めたようだった。

身動きすら厳しい車内でわざわざ移動するなんて、と恵美は刑事の直感で視線を尖らせる。

「……めて、……ください……」

その微かな声に恵美ははっと耳をすませた。

背の小さな女性が複数の男たちに囲まれている。酔っ払いの中年男性は身体を割り込ませて輪に入り、膝を曲げた不自然な体勢で彼女の正面に陣取った。

恵美の握るつり革がびんと張る。

——あれは……、
その瞬間、涙で潤む彼女と目が合った。

——集団痴漢か！

恵美の脳が瞬間沸騰した。女性の隙とタイミングを知る、おそらく常習犯たちだ。

密室空間の強制わいせつ行為は巧妙で、痴漢心理は一時の欲情だと思われがちだが、窃盗とおなじく味を占めた常習犯が多い。しかし裁かれる者はすくなく「声なき被害者」が多数を占める。それはなぜか——……逮捕は現行犯でなければならないこと、被害者は自分が受けた恥辱を証言しなければならないこと、性的な事象を公にすることのほうが恥と捉える日本人独特の感覚など、立件のハードルが高いせいもある。

恵美は咄嗟に気づいている乗客はいないかと見渡したが、我関せずと手にスマートフォンを持って、イヤフォンしながら画面に集中している乗客ばかりだった。

別のとある女性とは目が合ったが、彼女に目配せをして複数人の男性を相手にさせるわけにはいかない。腕力で勝てない女性が、男性を咎《とが》めるのは危険だ。体格差で圧倒されて二次被害が生じる可能性が高い。

だが目の前の犯罪に気づきながら放っておくのは恵美の正義に反する。

まもなくS駅に到着する案内アナウンスを合図に恵美はつり革から手を離し、ブレーキが掛かった反動で男たちの輪に突っ込んだ。

「っ、と……ごめんなさい！」

恵美はわざとスラックスのポケットから警察手帳を飛び出させた。勢いよくゴム紐が伸びる。彼女を囲む男性たちの目が一斉に、ぱくりと開いた黒と金の「正義の象徴」に集まった。直後——、彼らはまるで驚いた蝿のようにばっと彼女から離れた。

「いってぇなァ！」

酔っ払いの中年男性はぐりんと振り返り、突っ込んできた恵美にツバを吐き散らす。

「骨が折れるかと思ったぞ！」

「あら随分と脆《もろ》い骨してんのね。お酒の飲み過ぎじゃない？」

「あァんだとォ、てめぇッ、このババアッ！」

乗客たちが注目し始めたことに焦りを覚えたのか、彼は途端ヒートアップする。どうやらこちらに背中を向けていた彼にだけは天下の警察手帳が見えなかったようだ。

「……痴漢は犯罪よ」

恵美はつとめて低く囁いた。

「つぎの駅で降りなさい。最寄りの警察署まで一緒に行ってあげるわ」

殺人者と渡り合って二十年の刑事《デカ》は、体内で血は沸騰しても冷静だった。

「ぎ、っつ……！」――反論が呼吸とともに逆流する。

彼は肝の据わった恵美の表情を真正面から食らって一気に酔いが冷めたらしい。

なんだなんだとざわつく車両がS駅に吸い込まれる。やがて各車両のドアが開いた。

押し合って流れ出て行く乗客に紛れて、酔っ払いの中年男性共々、痴漢たちはそそくさと逃げていった。恵美は「待ちなさい！」と叫んで腕を伸ばしたが、我先にと乗り込む乗客たちに揉まれて阻まれ、彼らを引き留められなかった。

「チィッ……逃げられたか」

無駄だと思いながらも恵美も降りた。S駅のホームはどこまでも長い。彼らはさして特徴のある格好ではなかったために、人混みの中に見つけることは難しい。

だが恵美はさっと目の前を通り過ぎようとした女性だけは見逃さなかった。

「ちょっとあなた、待って！」

恵美に声をかけられた女性はその場でびくんと固まった。赤く腫れた目に、顔の半分以上を覆う白い不織布のマスクは涙と鼻水でぐっしょりと濡《ぬ》れている。

「恥ずかしい思いをさせたのに捕まえられなくてごめんなさい。せめて代わりのマスクを買わせて？」

女性は戸惑いながらも、やがて弱々しく頷いた。

恵美は改札内の自動販売機であたたかいココアとミルクティーを買った。

その横のベンチで背を丸めて腰掛ける女性は、恵美が売店で買ってきた真新しいハンカチを目元に押し当てていた。恵美にココアかミルクティーのどちらがいいか尋ねられ、おそるおそるココアと答えて受け取った。その手は血色が悪く、小刻みに震えている。

「飲めなかったら持ち帰っていいからね」

恵美は彼女の隣に腰掛けて、捕まえられなかった痴漢たちにあぁちくしょうと悪態をつきながら脚を組んだ。ミルクティーの缶を開ける音だけで隣の女性はびくついた。

「一応確認だけど、下着は大丈夫？」

「……」――曖昧な頷きだった。

「ごめんなさい、嫌なら答えなくていいのよ。アタシ警察官だから気になっただけ」

改めて警察手帳を差し出すと、女性は訝《いぶか》しげに恵美の顔と交互に見やった。猟奇殺人――という文言をあまり見せるものではないと思い、すぐにポケットにしまう。

恵美は腿の上に肘をついて女性の顔を覗き込んだ。

「痴漢に遭うの、初めてじゃなさそうね」

「……はい……」

「余計なことを訊くかもしれないけれど、パンツルックにしないの？」

「に、似合わないって……言われて……」

「誰かにそう言われたことがあるの？」

「はい……」――さっきからずっと声が震えている。

膝丈よりすこし短いスカートに薄い色のストッキング姿は、残念ながら満員電車に乗るには自衛が足りない。

「アタシもたまに無神経なヤツから、パンツルックは太って見えるとか言われるから、気持ちはわからなくもないけど……」

　恵美の身体は筋肉質な上に胸が大きいので、脚のラインがはっきり出るパンツルックだと太めに見られがちだ。

「でも太って見えるからってなによ。それで誰かに迷惑かけてるかしら……ってアタシなら答えるんだけれど、まぁ言い返せない子のほうが多いわよね」

　他人がどんな格好していようとどうでもいいじゃないか。服は自分のために着るのであって、誰かを満足させるために着るものではないと恵美は思っている。

「見た目よりもあなたの身の安全のほうが大事よ。服装の似合う似合わないなんて好みの問題だから。似合わないって言うヤツがあなたを守ってくれるわけじゃないでしょ」

「……はい……」

　また彼女の目に涙が浮いてきてしまった。しまったと恵美は声を和らげる。

「ごめんなさいね、説教しているわけじゃないの。本当は痴漢するヤツが悪いんだけど、世の中には話の通じないヤツもいるのよ。自衛できるなら自衛したほうがいいと思う。ところで……マスクは替えないの？　かぶれちゃうわよ」

　恵美が売店で買ってきた布マスクは未開封のまま膝の上に置かれている。

　彼女はなぜか濡れたマスクを外すのを躊躇っていた。

「ゴミなら捨ててくるわよ？」

　はい、と恵美が手を差し出すと、彼女はおずおずと耳のゴムに指を掛けた。

「不細工だから……あんまり顔を見せるな、って、言われて……るので……」

慌てて新しいマスクに取り替えると彼女はようやく顔を上げた。苦笑いするマスク顔は人柄の良さがにじみ出ていて可愛らしいのに、どこのなにを指して不細工なのだろう。

「どこが？　全然そんなことないのに」

「お母さんが……」

「え？　お母さんが、娘のあなたにそんなことを言うの？」

「あっ、で、でも……すみません、実際そうだから、妹のほうが美人ですから……」

「妹さんがいるのね。仲はいいの？」――さりげなく心の闇を覗き見てしまう。

「あ……たぶん妹は……わたしのことなんて視界にも入れたくないと思います……」

――そっか……、だからこの子は……。

恵美は彼女の生きづらい姿に苦々しいものを感じた。

「ご家庭のことに口出しはできないけれど……」

「す、すみません、なんでもないです、すみません」

コンプレックスは悪意のあるなしにかかわらず、他人の物差しで測った基準で形成される。誰もが恵美のように、自分に向けられる厭《いや》みを一蹴できるほど強くはないのだ。

「そんなに謝らなくていいのよ。あなたはアタシになにも悪いことはしてない」

「す……すみません……」

「ほらまた謝る。俯かないで、あなたは可愛い」

「すみません……お気遣いありがとうございます」

彼女は目を細めて申し訳なさそうにぺこぺこと頭を下げる。

「気なんて遣ってないけど……まぁいいわ。あなたのお名前だけ聞いてもいいかしら」

「あ、はい……山本敬子《やまもとけいこ》といいます……」

「山本敬子さんね。はい、これ。アタシの昔の名刺だけど」

恵美は上着の内ポケットから黒革の手帖を取り出し、目白署のころに作った名刺の裏にボールペンで携帯電話の番号を書いて手渡した。

「お守りにしてて。また怖い目に遭ったら電話していいからね」

山本敬子は両手で名刺を受け取った。初めてしっかり目と目が合う。

「刑事課……」

「……？」

彼女の柔和な目がこわばった気がした。

「刑事さんって殺人とか死体遺棄とか捜査する人ですよね……？」

「あぁうん、ドラマみたいに派手な事件ばっかりじゃないけど」

「昔の名刺ってことは、いまは違うんですか？」

「いまは目白署管内に限らずってところかしら。詳しくは話せないけれどね」

「そ、そう……ですか」──急に視線を泳がせてそわそわしだした。

話しているうちにすこしずつ落ち着いてきたかと思ったが、彼女は恵美の名刺の『刑事』という単語をやけに気にしている様子だった。

「なにか気になることでも？」

「あぁっいえ、その……、そろそろ帰らないと……」

「電車で帰れる？　タクシーで帰ったほうが──」

「だっ、大丈夫です、もう平気です……、あんまりご迷惑をおかけすると……またお母さんに叱られるので……」

そそくさと鞄《かばん》を肩に引っかけ、山本敬子は立ち上がる。涙で濡れたマスクとハンカチがひらりと床に落ちそうになって恵美は素早くキャッチした。

「っと……、これは捨てておくわね」

「あっ、すみません……本当にすみませんでした……！」

パンプスのかかとを鳴らしながら彼女は小走りで去っていく。

階段を一歩降りかけたところで恵美の見送る視線に気づき、彼女は必要以上に何度もお辞儀を繰り返してから駆け下りていった。

「……お母さんに叱られる、か……」

恵美は肩口で小さく手を振った。

——……アタシの気のせいかしら。

山本敬子は警察官には怯えなかったのに、刑事にはなにかを察して怯えた。

ただ職務や部署が違うだけでどちらも警察官にかわりはないのだが、ドラマなどの影響で一般的には刑事というと「殺人事件を捜査する警察官」という印象が強い。

——あの子、殺人とか死体遺棄って言ったわよね……。

「念のため……ね」

買い物袋にマスクとハンカチを詰めて、恵美はベンチを後にした。

†

朱理は監視カメラの解析については、捜査支援分析センターからの報告を待つことにした。

乳児の連続死体遺棄現場に恵美とふたりで行ってから三週間。おなじ部署ながら、彼女とはあれから顔を合わせていない。メールで「業務報告」だけは送られて来ている。独断で乳児の連続死体遺棄事件の捜査を進めているようだ。

彼女の行動は、かつて神楽坂《かぐらざか》課長が奇特捜にいたころの自分のようだと朱理は思った。

とはいえ妻子を殺した犯人に繋がる情報はないか——と復讐で周りが見えなかった朱理

とは情熱の方向性が違う。彼女は感情に突き動かされて意固地になっているだけだ。

上司としては許しがたい身勝手な行動だが、朱理にとっては都合がよかった。

『今日もあの女はおらぬのか？』

肩に留まっている金色の蝿が前足で顔をくしくしと洗う。

「……ついてこられると殺しにくいだろ、ちょうどいい」

『つぎは子殺しか。ただの殺人よりも大罪であるぞ。しかも三人とはな……我が食えば貴様のかりそめの魂もかなりの日数を稼げるな』

「好都合だ」――朱理は感情乏しく呟いた。

例の現場近くの駐車場に車を停めながら、半分以上欠けたうなじの歯車を掻く。

『目星はついておるのか？』

「おまえにはわかるんだろ」

『我は契約通りに貴様が望む相手の魂を食らうのみだぞ』

関東近郊の役所をまわり、生活保護を受けている女性のデータを収集した。関東在住の女性と予想したのは、出産前後の衰弱した身体ひとつで遠くに遺棄することは難しいからだ。現場周辺では不審な自動車の目撃情報もなく、タクシー会社からも妊婦もしくは大きな荷物――乳児の遺体――を持った女性が乗車したなどという情報提供もない。

途方もない件数だったが、朱理は朝から晩まで、生活保護を受給している女性の家を訪ね歩いた。意外にも捜査に協力的な女性が多かった。若い女性の大半は母子家庭だった。事件前後のアリバイを訊けば、大抵は「子どもと家にいたかもしれない」と答えられた。子どもを育てながら、五年の間に、他に三人も妊娠して遺棄するのは、現実的に不可能ではないが——朱理はそのパターンはないと思った。

産んで育てるだけの愛情を持てたか持てなかったかは、事件とはまた別の話だ。さみしさを埋めるため。国から支援や援助がもらえるため。子育てを理由に社会的な奉仕活動を避けられるため……——親になる決断を前に、残念ながら大人のエゴはゼロではない。産んで育てることを受け入れられる「理由」を見つけたか否か、今回の被疑者にはそれが足りなかったから殺して捨てたのではないかと朱理は思っている。

「だいぶ潰したが、生活困窮者ではなさそうだ」

『ということは誰からの援助もなくそれなりに生活はできているが、妊娠を周りに悟られないほど孤立した女というわけであるなぁ』

「家族にも友人にも悟られないということは、独り暮らしか……だがそんな——」

『シュリ、貴様も理解しているだろうが、人間は他人に関心を持っても責任は持たぬ。果たしてそれを薄情と思うか、適切な距離感と捉えるかは、本人にしかわからんぞ』

三週間前に乳児が遺棄された公園まで歩きながらふたりは囁き合う。

「家でできる仕事か、仕事をしていなくてもそれなりに蓄えがあるか……」

『父親が全員違うのであればえっちな商売をしている女ではないか？』

「偏見はよせ……。それこそ妊娠したら続けられない仕事だろ。その仕事なら早々に堕ろす選択をしていない時点で変だ。ひとりを産んで遺棄してからつぎに妊娠するまでの期間が早すぎる。この五年で妊娠を三回しているんだぞ、ほぼ仕事にならないだろ」

するとベルはくくっと笑った。

『ほぅ貴様、随分と女の身体に詳しいな？』

「明日香が妊娠したときに調べたから知ってるだけだ」

朱理の手が蠅を叩き潰さんと振りかぶられて、ベルは慌てて彼の背中に避難した。


事件からだいぶ過ぎたためか、警察の捜査が落ち着いた公園はひっそりとしている。報道されたのは一瞬のことだった。母親のＤＮＡ型が同一の乳児連続遺棄事件であることは機密情報として表に出なかった。『不吉の黒』と悪名高い奇特捜が手をつけている事件とあってか所轄の捜査員たちも関わりたくないらしく、報道各社に情報を漏らしてはいないようだ。そのためか人々の関心は薄かった。

「……」

薄汚れた公衆トイレの前で、老齢の女性がしゃがみ込んで手を合わせている。

彼女を見かけるのはこれで三度目だ。

二度目までは遠くで様子を見ていたが、朱理は彼女がなんらかの事情を知っているのではないかと思って近づくことにした。

「すこしよろしいですか」

朱理はスラックスのポケットに手を差し入れた。

老齢の女性は白髪を後ろで団子にまとめ、質素な紫色のカーディガンを羽織っている。腰が悪いのか、よいしょと両膝を支えに、よろけながらゆっくり立ち上がった。

「おまわりさんですね」

警察手帳を出すまでもなかった。彼女は朱理の正体を見抜いている。

「先週も来てらしたでしょう。ここで棄てられた子どもの件ですか？」

「まぁ、そうですね」――朱理は曖昧に答える。

「そろそろ声をかけられるだろうと思ってましたよ」

諏訪部《すわべ》令子《れいこ》と名乗った女性に、朱理は改めて素性を明かした。

「……猟奇殺人特別捜査課……？」

なにか憂いを帯びるような目で見上げられた。

「この辺りの警察署の刑事課さんではないのですか」

「組織上そういった名称なだけです」

「なるほど、そうですか」――諏訪部令子は意味ありげに微笑んだ。

一応捜査の決まりだからと生年月日や住所などの個人情報を尋ねると、諏訪部令子は素直に答えた。八十五歳。職業は無職で、五年前に先立たれた夫の遺族年金とわずかばかりの貯蓄をくずしながら暮らしているらしい。住まいはこの小さな公園のすぐ脇にあるアパートの二階の角部屋だそうだ。

「子どものひとりでもいれば騒がしくてよかったんですけどねぇ、残念ながら子宝には恵まれませんで。毎日暇なもんですから近所の掃除をするぐらいですよ」

そう言って彼女はくしゃくしゃのビニール袋を持ち上げた。半透明の袋の中には、拾ったであろう煙草の吸い殻や菓子箱のゴミが見える。

「ちょっと前にたくさんおまわりさん方が来ていろいろされてたでしょう。ぼんやり見てましたらね、顔見知りの交番の方からここで子どもが棄てられたって聞きまして。かわいそうにねぇ。棄てるくらいならあたしが育てるんだけどねぇ……」

「前日のことをお伺いしてもよろしいですか」

「あらあら、事情聴取ですか？」

諏訪部令子は可笑しげにころころと笑った。

「なにかご存じのようですね」

「そうですねぇ、老人の話はちょっと長いですよ……座っていいですか？」

「どうぞ」――俺にはお気遣いなく、と一言添えた。

よいしょと諏訪部令子は小さい朽ちたベンチに縋《すが》るように座る。

「あたしはいまの若い世代がかわいそうでならんのですよ」

朱理はスマートフォンで通知を確認するフリをし、密かに録音ボタンを押した。

「時代ですかねぇ、年々子どもを産むハードルが上がっていると思うんです。子どもを産んだらそんなにご立派にせにゃあいかんもんですかねぇ」

鈍色《にびいろ》の空を鳥が横切っていく様を見上げながら、彼女ははぁとひと息ついた。欲しい情報を引き出すまで長くなりそうだ。朱理は後ろ手に持っていたスマートフォンを上着のポケットにしまった。

「ちょいと昔は男は仕事、女は家庭だったんですよ。役割分担が推奨された時代でしたから。いまは男も女も仕事と家庭の両方をしなけりゃならんのですか。子どもも学校に習い事に学習塾にと、やることたぁ多くてそりゃもう忙しそうで。昔がよかったとは言いませんけれども、昔の世の中はもっと雑でよくて、大雑把で、余裕がありました……」

諏訪部令子はおぼつかない手つきでビニール袋の口を締める。

「なんもすることがなくなった老人になって、あのころの時間の流れが尊いものだったと強く感じますよ。学校から帰った近所中の子どもたちが家にランドセル置いてきて、公園に集まって、泥んこになって遊んでいた景色はどこにいったんでしょう」

「砂遊びは……危ないそうですから」

砂場の危険性が注目されるようになったのは、寄生虫や病原性大腸菌に感染したり、砂に混じったガラス片で失明をした事例が大々的に報道されてからだ。朱理も幼いころに砂遊びをした記憶があるが、妻の明日香が身ごもったときに、子育てについてインターネットで調べていたら砂場の衛生面が気になった。

「そうですか、危ないですか……。最近の子育ては過保護すぎやしませんか」

『人間は常在菌の自然免疫で病原菌と戦っているからな』

諏訪部令子はすこし耳が遠いのか、囁くベルの声には無反応だ。

『人間は乳幼児の成長期に菌類や微生物に触れることで耐性がつくというぞ。過度な衛生と消毒が、成長してからアレルギーや喘息《ぜんそく》を引き起こし、特に腸内環境の悪化を招くそうだ。滅菌すればするほど脆弱《ぜいじゃく》になっていくのが人間という生き物なのであろうな』

「……今更だが、ベル」――朱理は背中の蠅の饒舌《じょうぜつ》に呆《あき》れる。

『と、テレビでやっておったのだ。我はもしやよきパパになれるやもしれんぞ』

「そんなわけあるか。とりあえず黙ってろ」

金色の蠅は適当に返事をして前足を擦り合わせ始めた。

「どうかしました？」

「いえ……どうぞ、続けてください」

朱理はベルの声を咳《せき》払いで誤魔化す。

「あたしの両親は、あたしが生まれてまもなく戦争で死にましてね。育ての親は縁もゆかりもない人なんですよ。路上で泣いているあたしを拾って育ててくれたそうです」

戦中戦後の混乱期ならば、そうした複雑で曖昧な家族模様もあったことだろう。だがいまは社会制度も整い、すくなくとも路上に孤児は転がっていない。朱理は当たり前にある平和しか知らないから黙って聞いていた。諏訪部令子のこのまどろっこしい話に、乳児を遺棄した母親の情報が隠されていそうだったからだ。

「産みの親にも育ての親にも感謝してます。他人からしたら親の顔を知らない子なんざ不幸だと思われるかもしれませんが、あたしは自分を不幸だと思ったことは一度もないんですよ。あたし自身は何度も流産しまして……死産も経験して、あぁ産むのは大変だったろうなぁ、そっから十数年と育てるのはもっと大変だろうと思いましたよ」

諏訪部令子の空を見つめる目がすぅっと細められた。

「……いまの時代、親になる人はもっと大変でしょうねぇ」

彼女の目尻の皺が深くなる。

「あたしは産みの親と育ての親が違ったからって、子どもがかならず不幸になるとは思いません。他人が他人の幸せを勝手に推し量るから、親も子どももやらなきゃならんことが増えるんです。家も外も、どこもかしこも、いまは窮屈な世界ですよ……」

遠回りの話がやっと核心に迫ってきた。朱理は彼女の横顔を注視する。

「どうしてこんなに命を産むことが苦しくなっちゃったんでしょうねぇ」

「あなたは……なぜだと思いますか」——彼女の動機を探る。

「あたしは子どもを棄てた母親のことも、棄てられた子どものことも、かわいそうだと嘆くことしかできない老人ですよ」

その笑みは、俯いて哀しげに深まった。

「子が宝ってぇのは、大層優秀な子どもを世の中に送り出すことだとは、あたしは思いません。子が生まれて、子を育てて、子に愛情を注げるその時間が宝でしょうに」

諏訪部令子はそこにいない誰かに語りかけるように言う。

「あたしらが死んでも、あたしらが生きたこの世界で、命が繋がっていく未来が見える尊い時間はもっとおおらかでいいんじゃないかと思います」

冷たい木枯らしが、枯れ葉を巻き込んで吹き抜けていく。

「あたしはあの日、ただただ恐ろしかったですよ……子どもの死を囲んで、たくさんのおまわりさんたちが『人殺し』を探していたのですから」

「諏訪部令子さん」

朱理は彼女の主張を否定しないように言葉を選ぶ。

「あなたは赤ん坊を遺棄した人をご存じなのですね」

「……」——諏訪部令子は空を見つめたままだ。

「先ほどご主人が亡くなられたのは五年前とおっしゃいましたが、それからあなたはずっとあの二階の部屋で、おひとりで暮らしているのですか。誰の介助もなく？」

彼女は静かに瞼を閉じる。そしてまた、遠回りな話を始めた。

「かわいそうに……」――最後の言葉は涙で掠れた。

隠し続ける思いやりと、いつかは正して罰しなければならない矛盾との狭間で揺れる老婆の話は、日が沈むまで続いた。

†

恵美はぼんやりと奇特捜のデスクに座っていた。

まるで上司を避けるように昼間を避けて夜に出勤し、鈴城恵美のネームプレートをひっくり返す日々が続いている。彼の顔を見なくなってから一ヶ月が経過した。

深夜一時をまわったが、警視庁のビルから明かりは消えない。

恵美は何気なくデスクの引き出しに手を掛ける。目白署を出るときに沸騰した頭で書き殴った『退職届』の白封筒――警察官を辞めるときは、結婚するときか殉職するときと決めて警察官採用試験を受験したあのころが懐かしい。

奇特捜案件は手をつけてもいいし、つけなくてもいい。それはつまり警察官の死なのではないかと恵美は思ってしまった。目白署の刑事課にいたころは上からも下からも早くやれとせっつかれて、そのたびに「てめぇがやれ！」とぶちぶち血管を切っていたが、いまはただ虚しさしか感じない。

今更ながら、上司に怒りを覚えていたのは期待の裏返しだったのだと気づく。叩けばそれだけ響いてきたから人間って怒れるんだなぁと、恵美はふと上司の空席を見た。

——アタシは彼のことをなにも知らなかった……。

奇特捜案件で被疑者を逮捕し起訴までこぎつけた事件は、実は過去に一件もないのだ。設立当初からいまに至るまで重要参考人や被疑者はなぜか不審な死を遂げている。この事実を警視庁の誰ひとり不思議に思っていない。そもそものこと自体が恵美にとっては信じられないのだが、妻子を殺された「被害者」の立場をもっとも理解しているはずの彼が、凶悪な連続殺人事件を解決させることに心血を注いでいないことがなにより信じられなかった。

——あんな噂、所詮は噂だと思ってたのに。

一之瀬朱理が担当した事件の被疑者はかならず死ぬ、という都市伝説まがいの黒い噂のことだ。目白署にいた当時は、確認しようにも共有データの奇特捜案件は所轄の一捜査員にはアクセスできないようになっていた。だから恵美は彼の事情も知らなかったし、その噂の真相を確かめようとも思わなかった。噂なんてものは大抵が尾ひれがついたものに決まっている。警察官たるもの、この目で見て、この耳で聞いたものがすべてだ。

なのに奇特捜に来て……強く否定できない事実を知ってしまった。

──ありえないと思いたいけど……。

恵美の目の前にはいまみっつの選択肢がある。

いずれそのどれかを選ばなければならないが、そのどれを選べばよいのか。

──一之瀬くんがなんらかの方法で被疑者を殺しているのだとしたら……、
もし偶然が一致したら彼女は死ぬかもしれない。

もし偶然が不一致でも一之瀬朱理には今後参考人情報は共有できないかもしれない。

もし偶然を精査しなかったら犯罪者を見逃すことになるかもしれない。

──アタシは警察官……警察官がもっとも大切にしなければならないのは……、
真実と正義だ。つまりいまデスクの上で偶然を握る、自分の拳のことに他ならない。

「はぁ……最近やたらと情緒不安定ね」

気持ちが安定しないせいで月のものがいつもより五日も早くやってきたのもあるかしら、と鈍く痛む下腹部をさすった。

婚期を逃した女刑事《デカ》は哀れだな。

男の四十歳と女の四十歳は、天と地の差だぞ。

「……わかってるわよ、あんのクソハゲ……」

こんなときに限って負けん気の強さと、女のプライドが拮抗する。

この拳を叩きつけたかつてのハゲ上司から、異動命令が出されたときに、臭い息を吐きかけられながら言われたことを思い出してしまった。

「おなか痛……」

悩むことばかりで鞄の中から痛み止めを出して飲むのも億劫《おっくう》だ。

「まだ残ってんのか」——ふと背後から声をかけられた。

恵美は気だるく椅子の背に腕を引っ掛けて振り返る。

「あぁ……あなたね。一之瀬くんのストーカーの」

「誰がストーカーだ」

「一課は暇なのね」

「暇じゃねぇし。アイツはもう帰ったのか」

無《ぶ》精髭《しょうひげ》が汚らしい浅倉久志だ。いつ着替えたのかもわからない黄ばんだシャツに、ネクタイがぶら下がっている。男社会で胸を張って生きてきた典型的な姿だと思った。

恵美が露骨に嫌な顔をしたら、浅倉もおなじように渋い顔をしてきた。

「なんだよ、顔色悪いぞ。アラフォー女が無理すんじゃねぇよ。日付跨ぐ仕事押しつけられてんならオレから一之瀬に言ってやろうか？」

「……アタシが好きで残ってんのよ。あなたこそなんの用？」

「いや別に、珍しく明かりがついてたからよ」

いちいち言いかたは腹立たしいが、心配して覗きに来たようだ。荒っぽい口調が鼻につくものの、元々そういう物言いしかできない不器用な男なのかもしれない。

――そういえばコイツ……。

恵美は不意に奇特捜に異動してきた初日を思い出す。彼と上司は部署が違うのに、妙に親しげだった。捜査一課の奥に配置されてすっかりお払い箱のような扱いをされている奇特捜を気にかけているのは、庁内では彼だけだ。他の捜査員や職員は、胸元の黒いバッジに気づくと目を逸らして挨拶すら無視するというのに。

「ねぇあなたって一之瀬くんのことをよく知ってるの？」

「うん……？　あぁよく知ってるぜ。アイツの研修担当はオレだったからな」

「アンタなのッ？　かわいそうに……そっか、だからあんな人間不審な冷めた子になっちゃったのね……」

「おい誤解すんじゃねーぞ。オレは脱落者を出したことがねぇ優しい先輩だ。アイツが変わったのは妻子が殺されてからで、それまでは子ウサギみてぇなヤツだったんだぞ」

扉枠に手をついた浅倉は、額にびきりと青筋を浮かべる。

「なにかありゃあぴょんぴょんくっついてきて、浅倉さん浅倉さんって。ミスかましてオレに叱られてる間は唇嚙みしめてぷるぷる震えてたし、現場でゲロるのを我慢しすぎて酸欠でぶっ倒れたりとかな。何度オレが背負ってトイレまで運んでやったか……」

――あの一之瀬くんが……子ウサギ……？

残念ながら想像がつかない。すました顔で正論を呟く姿しか浮かばなかった。

「いまの姿からはちょっと想像つかないわね」

「いまは狼《おおかみ》ぶってる小型犬って感じだけどな」

浅倉は顎をぼりぼりと掻いた。

「それでも最近はオレにはいろいろ話してくれるようには戻ってきたか……」

「なによ、自分だけ特別なつもり？」

「おっ？　……ふぅーん、おまえ……もしかして……」

にやりと意地悪く浅倉の口の端が上がった。

「一之瀬のこと気になってんのか」

「はあっ？　なんでそうなるのよ！」

恵美はかぁっと耳を赤くした。

なぜそんな解釈になるのか。恵美は動揺して、思わず椅子から転げ落ちそうになった。

慌てて背もたれにしがみつき「男女を意識して仕事してないわよ！」と叫んだ。

「アイツを見てると危なっかしくてつい世話を焼いてやりたくなっちまう気持ちはわかるぜ。こんな狭っ苦しい部屋にふたりっきりでなにもないわけねぇよ。それ以上言うな、男と女ってのは結局そんなもんだ。アイツ顔も悪くねぇもんな、オレのつぎに」

「一之瀬くんはともかくアンタの顔はいまいちよ」

「これでも中学生んときは『下町のプリンス浅倉くん』と呼ばれてモテたんだぞ」

「何年前の栄光に縋ってんのよ。いまはただの小汚いおっさんじゃない」

恵美がフンと鼻で笑うと、浅倉は顎をしゃくらせた。

「おまえなぁ警視庁《ココ》ではオレのほうが先輩だからなっ？」

「同期相手に先輩風吹かせんじゃないわよっ！」

ふたりはムキになって人差し指を突き刺し合った。

「……」「……」

シン、と静まりかえった深夜の警視庁の空気がふたりを冷静にさせる。

浅倉は緩んだネクタイに指を引っかけてさらに緩めながら、いまは誰も座っていない課長代理席にどかりと尻を埋めた。はぁやれやれと両手を首の後ろで組む。

「調子はどうだ」

「まぁまぁよ」

「おまえじゃねーよ、一之瀬だよ」

互いに目配せし、さっぱりと整頓された物のすくない課長代理デスクを見下ろす。

「アイツなんか変なこと言ってねぇか？」

「変なことってなによ」

「たとえば、そうだな……。悪魔とか、歯車がー……とか」

「……はぁ？　なんの冗談？」

恵美は笑いながら顔をしかめた。

ところが浅倉は至極真面目な表情をくずさず続ける。

「おまえは一之瀬についてなんかよくないことを聞いてないか？」

それは――、と反射的に返しそうになったが、もしやあの黒い噂のことかとすぐに思い至った。恵美は警視庁内で下手な単語を漏らさないよう口を引き結んだ。

「どう思う？」

気がつくと浅倉の目は刑事のそれだった。

「どうって……」

上司としての評価を下すにはまだ早すぎる。たぶん質問の意図はそのことではない。

恵美は急に重くなった浅倉の雰囲気から、彼の悩みを察知しないほど鈍くはなかった。

「知らないわけじゃないけど」

一之瀬朱理という一介の捜査員にまとわりついている黒い噂を、恵美は奇特捜に残るデータとして知っただけではなく、この短期間で二度味わっている。

――被疑者死亡……。

一度目は目白署にいたとき。そして二度目は彼の部下になってすぐだった。

「たまたま、でしょ。事件だって普通じゃないのばっかりだし。被疑者に身体的に接触したって始末書は出てないいんだから、偶然が重なっているだけじゃないかしら」

そう答えても浅倉は厳しい表情のままだ。

「アイツは嘘をつくのが苦手なんだよ。本当は思ったことがすぐに顔に出ちまう素直な性格なんだ。騙されやすいし、いや実際騙されやすくて、オレらはついアイツをからかって、ふざけては『後輩で遊ばないでください！』って怒らせたもんだ」

彼はいったい誰のことを言っているのだろう。恵美の知る一之瀬朱理ではない。

「殺人事件の捜査なんかに向いてねぇっつーか、たぶん……所属先を間違えたっつーか、人間として捻くれが足りないというか。まぁ、そういう素直で優しいところがアイツの憎めないところでもあったんだけどよ……」

――なるほど、昔の一之瀬くんのことね。

子離れできない親のぼやきみたいだと恵美は思いつつ、もし彼の話が本当なのだとしたら一之瀬朱理という人物は妻子を亡くす前と後では相当変容していることになる。

――妻子が殺されてあんな性格に歪んだっていうのなら理解できるわ……。

　一之瀬妻子惨殺事件については、恵美ももちろん知っている。調べたからではなく、今年の春に『被疑者が死亡した衝撃的な連続殺人事件』として、一瞬ではあるが大きく報道されたからだった。しかも悲劇の警察官が執念の捜査で己の復讐を果たした事件として。それがあの「一之瀬くん」だと知ったのは奇特捜に異動を命じられた直後だ。

「だからもしアイツが嘘をついてるんなら――」

「あのさ、ちょっと待って」

　恵美は思わず乗り出す。

「なんでアタシに訊くの。あなたのほうが一之瀬くんをよく知ってるんでしょう」

「そ、そりゃあ……そうだ」

「あなたが言うには彼は嘘をつくのが苦手なんでしょ？」

「おぉ……」――浅倉は自分に言い聞かせるように応える。

「だったらあなたにはちゃんと本当のことを話しているんじゃないの？」

　すると鳩《はと》が豆鉄砲を食らったような顔をされた。恵美は「なによ」と怪訝に睨む。

　浅倉はぺたりと額に手を当てたかと思うと、髪を掻き上げてしばし呆然《ぼうぜん》とした。

「アタシなにか間違ったこと言ったかしら」

「いや、……間違ってねぇ……」

　浅倉が言うには、五年前、犯人に頸動脈《けいどうみゃく》を切られて昏倒した朱理は致死量を超える失血だったにもかかわらず奇跡的に助かった。連絡を受けた浅倉は病院に駆けつけ、かつての相棒の事情聴取を担当したらしい。時折意識を失いそうになる手を握ってやりながら。その手はまるで死人のように冷たかったことをいまでも覚えているそうだ。

「……だったら、あの話は本当なのか……」

「え？」──恵美は耳を寄せる。

「アイツは嘘をついてねぇ。嘘をつけばオレにはわかるんだ」

浅倉は手を握ったり閉じたりしながら、あのひどく冷たい身体を思い出している。

「一之瀬はこの前、オレに言ったんだ。自分はもうあのときに死んでいるって。それがもし本当だとしたら……あの話も嘘じゃねぇってことになるよな……」

「……え、……？」

生きてるじゃないと反論する恵美に、浅倉はかぶりを振った。

「悪魔にそそのかれて仮の生命と引き換えに『殺人犯』の魂を奪う契約をしたんだと」

浅倉は難しい顔をしながら己のうなじを平手でトンと叩く。

「首には悪魔契約の証《あかし》『黒い歯車』があって、それが消える前に『殺人犯』の魂を奪わないと一之瀬は死ぬ。だからアイツは被疑者を殺しているんだって言いやがった」

頭上の蛍光灯がジジっと鳴った。

「……あなた疲れてるのよ」

「オレじゃねぇ、アイツがそう言ったんだ」

「本気で言ってる？　冗談じゃなくて？」

平手を首に押し当てたまま、浅倉はゆっくりとうなだれる。

「日を改めても、場所を変えても、何度訊いても、おなじことを言いやがった」

恵美は釈然としない相づちを打ちながら顔を傾けた。

「オレも……なに馬鹿なことを言ってんだって笑ったさ――」


浅倉が朱理から打ち明けられたのは今年六月――休職明けの面談の席だった。

『だったらその黒い歯車とやらを見せてみろよ』

そうでなければ信じられやしないと浅倉は鼻で笑った。

朱理は躊躇《ちゅうちょ》しながらもネクタイを外して、シャツの前ボタンをふたつ外した。

俯いた彼はシャツの襟を開き、襟足を搔き上げてうなじを見せてきた。

半分ほど欠けた黒いアザを浅倉はまじまじと見下ろした。

『まぁ確かに……歯車、と言われりゃあ……。ケーキの切れっ端っぽいが……』

こんなものはシールかなにかだろうと爪を立てたが剝がれなかった。まさか警察官の身分でありながらタトゥーか……と疑ったところで、朱理が『しばらく見ていてくださ い』と言うので浅倉は半信半疑でそのアザらしきものをじっと見つめていた。するとほんのすこしずつだが黒い歯車がじわりじわりと欠けていくのだ。

『これが俺の時間制限付きのかりそめの魂です』

シャツの襟元を直しながら朱理は硬い口調で言った。

『これから半月以内に俺は契約している悪魔に殺人者の魂を捧げます。そうしなければ俺が死にますので』


「――……そうかそうか、って適当に流しちまったんだ。この五年でアイツには辛いことが重なりすぎた。妄想っつーか、変な夢でも見てんだろうなと。けどそのあと奇特捜案件でまた被疑者が死にやがった。オレはすぐにアイツを呼び出して首《ココ》を見た」

浅倉は己の首を押さえ、泣きそうな子どものように顔をくしゃくしゃにする。

「あのとき欠けていた黒い歯車が、満月みてぇに黒々していやがった」

言わんとすることは恵美に伝わっている。まるで漫画やアニメの世界への逃避だと思っていたことが現実に起こったのを、彼は目にしてしまった。フィクションではない。一之瀬朱理は死んでいる。けれど悪魔に魂を捧げる条件付きで生きている。

「それって……」

なにを馬鹿なと笑って一蹴できないのは、確かに五年前から、一之瀬朱理が担当した事件の被疑者は全員死んでいるからだった。

「アイツが嘘をついていたらオレにはわかるんだ……」

　湿気っぽいと思ったらいつの間にか雨が降っていた。奇特捜の小さな窓にぱたぱたと雨粒が当たる音がする。冬のじれったい低気圧がふたりの頭を締め付けるようだった。

「いまはどうなのよ」

「……なにが」

　浅倉はうなだれたまま力なく応える。

「その、歯車とかいうの。欠けてるの？」

「知らん。怖くて訊けてねぇ」

「あなたが訊かなきゃ誰が訊くのよ」

　悔しそうに下唇を噛みながら、浅倉はがしがしと髪を掻く。

「わーってる……アイツを止めなけりゃならねぇのは、わかってんだよ……」

　不意に恵美は半開きの引き出しをそっと押した。

「男の人っていっつもそう。ひとりで抱え込めなくなったときに、やっと女に頼るの」

「あぁ……？　オレはおまえになんとかしろなんて言ってねぇ」

「あなたには無理よ。あなたには止められない」

「なんでそう思うんだよ」

　自信のない、低く掠れた声が落ちた。

「その話を全面的に肯定するならだけど。一之瀬くんは実はもう死んでて、復讐を果したいまも、悪魔の言いなりになって『殺人犯』を殺して生きることを選択している。……ってことは、彼にはまだ生きる理由があるということよね？」

「あぁ……まぁたぶん、そうだろうな……」

深刻に受け止めたくないのか、浅倉は組んだ両手で目元を覆った。

「あなたも一之瀬くんにはどんな姿でも生きていてほしいと願ってる。だからあなたたちは頭の隅で、とっくに殺人を犯した犯罪者なら殺してもいいじゃないかって、人間の命の価値を秤《はかり》にかけた上で答えを出しているんじゃないかしら」

「オレがアイツの殺しを容認してるって言いてぇのかよ……」

「えぇそうよ。もしあなたにとって一之瀬くんが警察官の正義よりも重い存在になってしまっているのなら、一度冷水シャワーでも浴びて頭を冷やすべきね」

「そうだな……、悔しいけど、そうだ。チクショウ……わかってんだ……」

彼は自分が正しくないことを自覚している。そうでなければ、生意気な女同期の前でこうも情けない苦悶の表情を浮かべたりはしない。

「できるなら嘘であってほしいんだ。くだらねぇ冗談だって信じてぇ」

「だからアタシに彼が変なことを言っていないか訊いたのね。妄言を吐き散らかしているのならそれはそれで問題だけれど。残念ながら彼に虚言癖はなさそうよ」

「おまえはなにも聞いてないのか」

「悪魔だの歯車だの、かりそめの生命だの、そんなファンタジーな話は一度も口にしたことはないわね」

恵美は「人間にも欠陥品はある」という記事を目にしたことがある。そのとき恵美が不気味だと思ったのは、賛同する意見が多かったことよりも、自分が「欠陥品ではない」と信じて賛同している人間がごく当たり前に存在していることだった。

——……アタシたちの命に優劣はないはずなのに。

恵美はその記事にぶつけられる意見の数々を思い出していた。

殺人犯を「欠陥品」と思う人たち。

一之瀬朱理を「欠陥品」とは思わない、自分と、浅倉。

必要とされている人間が生きるべきで、必要とされていない人間が死ぬべきだという偏った考え。それは長い歴史の中で、なんらかの争いが起こるごとに議論されてきた。

——アタシもいままで職務を理由に人間を分別していたかもしれない。

性善説を肯定するならば罰するべきは罪だというのに。罪を誘発した動機を取り除けば誰も犯罪なんておかさない。恵美も警察官を志した当時は性善説を信じていて、過ちをおかした人間の更正は可能だと思っていた。

けれどいつしか犯罪そのものよりも犯罪者を罰するべきだと考えるようになっていた。

一之瀬朱理と出会ったあの事件――中学生の連続不審死事件で被疑者が死んだと聞いたとき、恵美は、あぁこれで連続不審死は止まると思ってしまった自分にすこしだけ薄情のような、恐怖にも似た寒気を覚えたのだった。

――だからって彼は死ぬべきとは思わない、……でも……。

彼の妻子は『殺人犯』を殺し続けてまで、彼に生きてほしいと願うだろうか。

――死ぬなら、警察官のまま死なせるべきじゃないかしら……。

人間にのみ許される死への決断は、最終的に誇りだと思うから。

「一之瀬くんが死んでもあなたのせいじゃないわ。もちろんアタシのせいでもないわよ。アタシたちは警察官。どんな犯罪者だろうと断罪するのはアタシたちじゃない。如何なる理由があろうと、相手が『殺人者』であろうとも、故意に殺すことは許されない」

浅倉は血がにじむほど唇を噛んでいた。デスクの上の拳が震えている。

「部下のアタシが責任をもって一之瀬くんを止めるわ。その悪魔とやらをふん縛って、被疑者は殺させない。……よかったわね、アタシがまだ彼に情を持つ前で」

「ま、待て、殺させないってことは」

恵美は冷ややかに見咎《みとが》める。

「待て？　時間がないんじゃなかったの？　あなたが迷っている間にも、一之瀬くんは罪を重ねるかもしれないのよ――」

ダンッ、と大きな手のひらがデスクを叩いた。

「……睨む相手が違うわよ」

獣のような形相で恵美は見下ろされる。だが恵美は怯まない。いまにも摑みかかってきそうな同期の男が、たとえこれから自分を殴っても構わないと思いながら睨み返す。

「冗談なら笑って流すまでの話よ。もし真実なら一之瀬くんの最期はアタシが見届ける。彼が誰かを手にかける前に死なせてやれないなら止めないでちょうだい」

――だから一之瀬くんより先に……アタシが被疑者を捕まえる。

「浅倉くん、あなたは彼の前ではもう警察官を貫けないのよ」

偶然を握りしめながら、恵美は己に言い聞かせるように告げた。

†

深夜二時は、寒空に浮かぶ星の涙がもっとも輝く時間だ。

ベルはそっと一之瀬家の寝室の扉を開けた。朱理はあまり寝相がよくない。くしゃくしゃの黒い頭が枕からずり落ち、横向きの姿勢で掛け布団を斜めに崩している。

「……シュリ」

彼はベルが部屋に入ってきた気配には気づかず、すぅすぅと心地よい寝息をたてている。薄暗がりの中、ベルは屈んで朱理のパジャマの襟元をつんと引っ張った。

——やはり焦っておらぬか。

黒い歯車は、彼のかりそめの生命を——あと一日切った、と示している。

「おい、シュリ」

刻印を指の腹で撫でても彼はくすぐったそうに身じろぐだけで起きる気配はない。

「貴様もしやあの程度の安いメシで最後の晩餐《ばんさん》を済ませたつもりか」

昨夜はまたも市販のルウの箱の裏に書かれたレシピ通りに朱理が作ったクリームシチューが夕食だった。それを食べながら、互いになにか強烈に記憶に残るわけでもない、どうでもいい話をした。

思い出せないほど意味のない会話だった。

——こやつの前はどうであったか。

ベルはらしくなく、前の契約者はどう生きてどう死んだのかを思い出そうとしたが、残念ながら概念である悪魔に「思い出」は存在しない。いや、もしかしたら忘れたくて意図的に忘れたのかもしれない。なぜなら黒い歯車が消えた契約者は血肉を失い、灰になって消えていく運命にあるからだ。それだけではなく、かりそめの魂を得ていた期間に生きた記憶は人々から失われる——契約した時点で死んでいるから——。悪魔《ベル》以外は、ただそこで誰かが亡くなったことしか人々の記憶には残らない。

――覚えていても意味などなかったな。

だからベルはきっと覚えていても仕方のない「思い出」は、自動的に忘れることにしたのだろうと思った。

「……貴様も死ぬのか」

朱理《こやつ》はもしや月日の流れとともに、あの黒い悪魔への復讐心を解消したのだろうか。悪魔を殺す方法はないと諦めたか……。それとも自分が生きるために殺人を繰り返す、正義とは逆行した行為に疲れたのか。確かに妻子に直接手をかけた人間は一応殺せたのだから、その結論に至るのはおかしくはなかった。

「明日のこの時間には貴様はこの世から消えるぞ」

たった独りで眠る日々に虚しさも感じているはずだった。

早く死にたいだろう。ずっと葛藤していたのだから。

きっと契約者は己の死を受け入れた――悩まずとも、それが正直な答えだろう。

「明日からは誰もが貴様のすべてを忘れる」

人間の最大級の尊厳は「己が望むときの死」とも理解はしている、けれど――、

「そろそろ殺せ。別に貴様が選定しなくともよい。そうだ、もう一度現場に行くのだ。証拠はなくても我ならばそやつが殺人者の魂か、匂いで嗅ぎ分けられるぞ」

「……ん……、ぅ……」

朱理は眠そうに寝返りをうって喘《あえ》いだ。うっすらと目を開ける。

「なんだ、真由……眠れないのか？」

寝室を訪ねてきたのは娘だと勘違いしているらしく、寝ぼけた朱理は腕を伸ばして金色の頭を掴むと、わしゃわしゃ掻き回した。そしてぽんぽんと布団を叩く。

「ほら寒いから中に入れ……」

「な、っ──」

ベルは驚愕に目を見開き、顔を真っ青にして腕を振り払った。だが当の本人はベッドに投げ出されても目を閉じている。またすやすやと寝息を立て始めた。

「わ、我を誰だと……っ、寝ぼけおって、愚か者め！」

苛立ちとともになぜか激しい焦りを覚えた。

──まさかこの我が人間に死んでほしくないなどと……。

悪魔という概念の域を超えたなにかがベルの言動をおかしくさせる。

──……我には人間のような感情などありはしない……。

カレーライスだのクリームシチューだの、朱理《人間》とおなじものを口にしすぎたかとベルは苦々しいため息をついた。おそらく同調と共鳴というものだ。衣食住を共にすることでまったく別の種族でありながら近しい存在だと錯覚してしまったのだろう。

「最近の貴様はなんなのだ。ふわふわと気が抜けおって、調子が狂う……」

ならば人間ではできない、悪魔らしいことをすればすこしは和らぐかもしれない。

——すこし夜風にあたるか。

ベルは蠅の姿に変わって寝室を出た。

「……」

羽根の音が聞こえなくなると、朱理はゆっくりと瞼を持ち上げた。

「……気が抜けてるのはどっちだか」

うなじに触れてしばらく天井を見上げる。ベルとの契約はあと一日——。

やがて朱理は、ある覚悟をもってスウェットの襟首から手を差し入れた。ふーっと大きく深呼吸すると、再びまどろみの中に意識を落としていった。


今宵は風が穏やかだ。

ベルはビル群の狭間を飛び抜けていき、スカイツリーと呼ばれる高い塔の骨組みに羽根を落ち着けた。金髪碧眼の姿に戻り、展望台のさらに上で後ろに手をついて脚を組んだ。さらさらと流れる横髪が頬を撫でる。ベルは目を細めて髪を掻き上げた。

——まぶしいな……。

「なんと汚らしい明かりだ」

この島国は静かに病んでいる。

戦のない世を望んだ結果が、完全なる闇の排除ということか。

湧き上がる欲望を否定しながら、暗闇にすこしでも浸かる者を食い物にするうち、いつかこの国の人間たちは己の首を絞めて滅びるだろう。

殺意を持たない人間などいやしない。

そこかしこから美味そうな匂いが漂ってくる。

またひとり、またひとりと、明かりの陰で命が奪われていくのをベルは感じていた。

「しばらく人間の魂を食べていないご様子ですね……お腹は空《す》かないのですか？」

月に雲がかかったとき、その悪魔はぬるりと姿を現した。

「また貴様か。我にウザ絡みして愉しいのか？」

「ええ……それはもう、とっても……。貴方のような高等な御方が、こんな島国で穏やかに暮らしていらっしゃることが本当に不思議で可笑しいですよ……」

朱理にそっくりな姿形ではあるが、瞳が赤く、髪は足下の影に溶け込むほど長い。

悪魔に決まった姿はない。人間を誘惑するためならば年齢も性別も自由に変えられる。ベルに限らずこの黒い悪魔も同様のはずだが、ベルの前では頑《かたく》なに朱理の姿で現れるのだった。

「なぜ貴様はこの国に来たのだ」

すると黒い下等悪魔はくつくつと喉を鳴らした。

「なぜって、……貴方こそ、なぜまた、この国にお戻りになられたのですか？」

「なんの話だ」

ベルは声を硬くした。

「貴方はいつもわたしに捧げられるあの贄に限って横から奪っていくのです」

そのときベルの肌は切れるような寒さを感じた。やけに乾いた風が頬を撫でたのだ。

「なぜですか」――まるで朱理本人に問われているようだった。

ベルは前の契約者のことも、その前の契約者も、すべて忘れたはずだった。

だが忘れたということは事実「在った」ということだ。

「あの人間の魂は、幾度、輪廻《りんね》転生を繰り返してもわたしのものにはなりません」

ベルは嫌な予感がした。無意識に遙か遠い記憶の糸をたぐり寄せている。


忘れろ。


だが、どこか懐かしく、遠い誰かの声がそれを必死に遮った。

ベルは我に返った。靡《なび》く髪をまとめて掻き上げる。

「ふん、逆恨みか？　たまたま貴様が食いそびれたヤツをそそのかしただけだが」

「では彼に特別な執着があるわけではないと……？」

不意にベルの喉がぐっと詰まる。偶然、という言葉がするりと出ない。

――死ぬのが怖いのか？

死ぬのは、怖くない。

――貴様には死よりも怖いものがあると？

……ある。

――それはなんだ。

あの日、瀕死《ひんし》の朱理にベルはそう尋ねた。

日本にいたのはたまたまで、声をかけたのもただの気まぐれのはずだった。

肉体は限界を迎えているのに、無念の怒りだけで魂がつなぎ止められている人間は、頑なに黒い悪魔の供物になることを拒んでいた。その傍らでは、若い女と子どもの魂を食らった下等悪魔が、死を受け入れない目下の人間をどうすべきか戸惑いを見せていた。さばかれる魚が暴れ狂って料理人を困らせているかのようだった。ベルはどちらを滑稽だと思ったのか、いまとなっては――正確に思い出せない。

「……貴方は忘れても、わたしは受けた屈辱は忘れていません……」

初めてではない波打つ回想に揺れるベルを前に、黒い悪魔は静かに笑みを消した。

「これで三度目です」

風が止《や》んだ。

あの日、朱理は——なんと答えた。


悪魔《おまえ》が来たからだ。


ベルは青い目を見張る。そうだ——なぜこの肌で、なぜ金の髪で、あの魂の前に降りたったのか、忘れていた何百年もの映像がベルの内部から一気に湧いてきた。

「間もなく夜が明けます……」

次第に黒い悪魔の姿は指先から透けていく。

朝日が鈍色のビル群の隙間からうっすらと漏れてきた。一瞬、街が漆黒に染まったかのように陰った。闇の中ではあれほどまぶしかったネオンの明かりも、自然界の光の前では溶けて見えなくなるほどだった。

「この国には『三度目の正直』という言葉があります」

ベルは組んでいた脚を解いた。

「それはなんの自信だ。ようやく食らう機会を得たとでも言いたいのか？　貴様のほうこそ執着しているように思えるがな。そんなにあやつを食いたいか？」

「執着しているといえば……わたしも確かに、そうかもしれませんね」

「あやつはもう死んでいる。悪魔と契約して堕天した魂など食っても味はせぬぞ」

すると消えかけの黒い指先がすっと目の前に翳《かざ》された。

「食べる以外にも楽しみかたは数多《あまた》にありますよ……たとえば――」

それは険しい顔つきをしたベルの眉間に向けられる。

「ふふふ、いいですね、王の歪んだ美しい顔……。悪魔の本質を失った貴方がわたしに屈服する未来はとても愉しくて仕方がないですよ」

天高く聳《そび》えるタワーから、陽に照らされて落ちていく深い影。

「……雑魚が」

ベルはなにもない空を睨みつけた。

†

科捜研のベテラン・川上純子《かわかみじゅんこ》は年末年始にたまった仕事を片付けようと、ひとりで休日出勤をしていた。

担当する案件の責任は基本的に各々にある。特別に指名がなければ、案件は適当に割り振られる。現場の捜査員のようにチームで動くことはほとんどない代わりに期限が設けられないルールだった。

そのため捜査責任者にせっつかれたり、急ぎだと怒鳴りつけられたり、何日の何時までにと言われることはあれど守る義務はないので、精度を重視できるのがこの研究所の強みだといっていい。義務はないが——もちろん新規の案件は待ってくれない。無限に増え続ける案件を適度なペースでほどよく消化していかないと、また今年も誰かがパンクしてしまう。そのパンクした案件を、やっと自分のぶんを消化したメンバーが渋々と受ける。そんな日々を繰り返していくうちに昨年の春に新しく入ってきた新人ふたりは、昨年のうちにふたりとも辞めた。

現場の捜査員ですら人手不足だと悲鳴を上げている。いまや常識になりつつある科学捜査の部門は当然ながらもっと深刻な人材不足だ。鑑識が拾った証拠を更に詰めるのだし、自分たちが見落とせばひとつの犯罪を見逃すのと同義というプレッシャーもある。

川上は自分でもよくこの仕事を続けているなと思う。今年で四十五になるが、研究員に就いてからは結婚を将来の視野に入れたことがない。女の幸せに逃げようと考えたらこの仕事を辞めるより他ないのだ。化粧をする余裕もないのは一般の警察職員とおなじだろうが、ただ科学と向き合うだけで、人と話さなくてもやっていける職場に慣れた女は、世間が求める女性像ではないのだろうと川上は思っている。

「……で、いつまで？」

川上は寝癖まみれの頭をボールペンでごりごりと掻きながら、女刑事に訊く。

「なるべく早くお願いします」

黒髪を後ろでひとつに束ねた彼女は、川上よりもずっと年下に見えた。つい年齢を尋ねたら四つしか違わないことを知って休日出勤が余計にだるく思えてしまった。

「みんな言うよ。いつまで、って。具体的な日時を訊いてんの」

「明日の朝までには」

「は……？」

思わず胸ぐらを掴むところだった。今日は日曜日だ。

「科捜研《うち》の仕事ナメてんの？　理科実験のリトマス紙じゃないんだよ」

すると鈴城恵美という捜査員は受付カウンターに額を押しつける勢いで頭《こうべ》を垂れた。

「……お願いします」

物《ブツ》はハンカチ。案件は不明。依頼は未解決事件の被害者データとの照合。

しかも完全一致ではなく、曖昧な血縁関係も含むというのだからやっかいだ。

せめて「都内のこの案件」と指定されれば最短数日、遅くても一週間あれば絞れるかもしれない。唾液やタンパク片からＤＮＡ型の判定をするのは難しいことではない。問題はどの案件の誰にぶち当たるか、探る作業だ。

「私に不眠不休でやれって？」

「時間がないんです」

「みんな言うよ」

「これ以上犠牲者を増やしたくないんです」

「どの事件だってそうでしょうよ！」

川上はカウンターに拳を叩きつける。ストレスが爆発した。

「だったらアンタのクビ賭けてでもさっさと捕まえてきな！　いつから警察官は科学に頼りっきりの臆病者になっちまったんだよ。疑わしきは罰せずってか。それはアンタらの仕事じゃない、検察官が犯罪事実の検挙責任を負うんだ。警察官は誰でも彼でも疑ってかかる悪者なんだよ。そんな基本的な知識すら警察学校で学ばなかったのかい？」

臆病者と罵られた彼女は「おっしゃる通りです」と声を震わせた。その一方で、両手の指先でカウンターテーブルをぎりりと掻くのが見えた。

「アタシは……上司に黙ってここに来ました」

川上は身分証明として置かれている鈴城恵美の警察手帳に目をやった。

警視庁の左遷部署と悪名高い、猟奇殺人特別捜査課――奇特捜所属の捜査員だ。

「クビは賭けているんです」

どういう意味なのかわからない。川上は腕を組んで彼女を見下ろした。

「親子関係が証明されれば、アタシの勝ちです。彼はこのことを知りません」

「なにを言ってんだか……」

「あなたは一之瀬朱理の黒い噂をご存じですか」

川上は顔を上げた彼女と目が合い、はっとしてしまった。誤魔化そうとしても遅い。奇特捜の一之瀬朱理といえば担当事件の被疑者がなぜか怪死することで有名だ。

「彼から依頼された案件はありませんか？」

「わ……私は持ってないけどね。他の担当が持っているかは知らないよ」

「これ、アタシの携帯番号です」

結果が出たら昼夜問わず、すぐに連絡くださいと川上に依頼書を押しつけて、彼女はまた深々と頭を下げていった。

「ったく、みんな余裕がなくて嫌になっちまうよ……」

川上は自分のデスクに戻ると爪を噛んだ。とんだ青臭い女刑事だ。来月にまで持ち越しても終わらなそうな案件の山に目をやってから、川上はハンカチに手をつけた。

†

たとえばお父さんがおうちにいたら。

たとえばお母さんがやさしかったら。

たとえば妹がお姉ちゃんをだいすきだったら。

……そういう、たとえば、の期待は無駄だと諦めたのは、なにかおおきなきっかけがあったからじゃないと思う。心を刺してきたのは柔らかい言葉なんかじゃなくて、言葉というカタチの無数の釘《くぎ》だった。トンカチで打ち込まれたので奥深くまで刺さっている。


「けーちゃんってすぐ謝るよね」

クラスメイトから笑って言われたのがすべてです。

「アンタなんて産むんじゃなかった」

お母さんから両頬を摑まれて叱られたことは正しいです。

「……話しかけてこないで」

背中を向けたままの妹、これは姉妹の正常なコミュニケーションです。

わたしを身ごもったことで両親は仕方なく結婚したそうです。ですが妹ができてほどなくして、朝から夜まで泣いたり騒いだり、目を離すとすぐにどこかへ行ってしまうようなわんぱくだったわたしの育児をめぐって両親は喧嘩《けんか》を繰り返すようになりました。そしてお父さんは家を出ていったそうです。だからお母さんはわたしを責めました。

お母さんは毎日のように、わたしに言い続けました。わたしはなるべく誰かと関わらないで生きること——それが誰にも迷惑をかけない唯一の生きかただと。

じゃあ自殺したらいいのかと思い至って自殺を図ったら、意外とうまく死ねなくて、自殺未遂になってしまいました。警察署に駆け込んできたお母さんは、警察官の前ではぺこぺこと頭を下げてわたしを連れ帰りました。家に帰ると激しく蹴られました。

死ぬのも迷惑です。自殺をすると処理に困るそうです。

なのでわたしは生きるしかなくて、なにも感じず、なにも考えずに十五歳まで過ごし、ふたりに迷惑をかけないように家を出ることにしました。それについて反対されることはありませんでしたが、保証人の欄に名前を書くときのお母さんは機嫌が悪そうでした。今度は自殺なんてばかなマネするんじゃないよ――と。賃貸の物件に住むので、孤独死をされると事故物件になって多額の賠償金が親族に請求されるそうです。

わたしはスーパーマーケットのレジで商品をスキャンする仕事に就きました。「レジ袋にお入れしますか」と「お会計は〇〇〇円です」と「ありがとうございました」を言う仕事です。週に五日、朝の九時から夕方の六時まで二年ほどレジに立っていました。関わる人は多かったのですが、毎日とても忙しくて、ほとんどそれ以外の会話をしなくて済みました。わたしは誰にも迷惑をかけていない、むしろ社会の歯車になれている気がして、生まれて初めて充実しているという感覚がありました。そんな毎日に変化があったのは、ある日セルフレジというものを導入することになってからです。

「山本さん、お客様をご案内して」

と、店長から言われましたが、誰にも迷惑をかけない接客がわかりませんでした。

　けれどやることは変わらないと思い「いらっしゃいませ」「ありがとうございました」を交互に言うことにしました。すると店長が走ってきて「そうじゃなくて」と苛々し始め、これはレジで商品をスキャンする以外のお仕事なのでしょうかと尋ねました。すると店長はわたしにロッカールームに来るようにと言い、規律命令違反だの解雇も止むなしの考えだの淡々と続けました。いますぐ貸与していた制服を脱げと言われたので命令に従い、わたしは裸になりました。ロッカールームの内側から鍵を掛けろとも命じられました。店長はわたしの上に乗って息を荒くしました。

　つぎの日に出勤したらわたしのロッカーはありませんでした。別の人の名前がありました。店長は二度と来るなと吐き捨てて、わたしを突き飛ばしました。

　翌月からわたしは駅の清掃員になりました。週に五日、朝の六時から昼の三時まで、電車で各駅に移動しながら駅構内のトイレを掃除し、階段とエスカレーターの手すりを拭いて、ゴミを回収して所定の場所に運ぶことが仕事です。この仕事は特別誰と話すこともなく、便器が綺麗になる達成感もあって、わたしはまたも充実感を得ることができました。

　あるとき職員の人から、年末年始の夜間シフトに入ってくださいと言われました。

　わたしはいつものようにトイレを掃除しました。すると酔っ払いの男性が入ってきて吐き気を訴えていたので掃除を中断し、彼が個室から出てくるまでトイレットペーパーの在庫を数えていました。しばらくして水が流れる音がして個室のドアが開きました。わたしは補充するトイレットペーパーを二個持って、彼とすれ違うように個室に入りました。吐いたものは便器からおおきくはみ出て床に散乱していました。アルコールの臭いに混じって中途半端に消化した食べ物が異臭を放っていたので、持っていたトイレットペーパーを引っ張り、屈んで押し当てました。

するとしめたはずじゃないのに個室のドアは閉まっていました。あれ、と振り返ろうとしましたが、酔っ払いの男性にズボンを無理矢理引き下げられて、わたしは吐瀉物《としゃぶつ》に顔から突っ込みました。耳元で「騒いだら殺す」と言われました。

「あーすっきりした」

男性は便器のペダルをがんと蹴り飛ばして去って行きました。

痛い。臭い……。なんでわたし、トイレの床でゲロまみれなんだろ、と思いました。

とりあえず仕事に戻らないと、と立ち上がろうとしたら別の男性がものすごい形相でわたしを見下ろしていて、警察を呼んでいました。わたしは駆けつけた警察官に両脇を抱えられ、パトカーに乗せられて最寄りの警察署まで連れて行かれました。

「男性トイレで下半身を脱いでなにをしていたの？」

誰にも迷惑をかけたくなくて、わたしはなにも答えませんでした。

「答えたくないなら、ご家族に連絡するよ」

咄嗟にお母さんにも妹にも迷惑がかかると思いました。

「トイレが我慢できませんでした」

そう答えるのが正解だと思いました。

「ご迷惑をおかけして申し訳ございませんでした」

つぎの日には電話で即日解雇を告げられました。業務時間中に男性に猥褻《わいせつ》な姿を見せたことは社会的にも許されることではない、本来あなたは拘留されてもおかしくないが、穏便に済ませたいのは双方の望むところだろうから懲戒解雇に留めておくそうです。

それから駅の構内に置いてある求人雑誌を貰《もら》ってきては、百円ショップで買った履歴書に名前と学歴と職歴を書いて郵便局に持って行きました。返事はなかなか来ませんでした。やっと来たと思ったら「この度は……」から始まる一枚の紙切れで、それは何度も繰り返すことになり、預金はみるみる減っていきました。

ガスが止まりました。エアコンはそもそも部屋についていません。暑さはなにも考えなければ耐えられますし、公園で水を汲《く》めば水分の補給はできます。けれど寒さを凌《しの》ぐには衣類を買わないと厳しいと思いました。下着は公園で水洗いを繰り返しているうちにカビが生え始め、靴下も、布が薄くなったところから破れました。

炊き出しに並んでいたら仕事を紹介してくれると言ってくれた男性が家にやってきて、

しばらく一緒に住んでいましたが、いつの間にかいなくなっていました。預金を全部おろしてきて「紹介料」として渡したつぎの日だったと思います。

お腹が空きました。お金はありません。

でもそれを理由に万引きをしたら、犯罪です。

炊き出しは来月までありません。

「――山本敬子さんですか、うちみたいな仕事は初めてでしょう。まずは応募動機を訊いてもよろしいですか？　……ええもちろん、即採用で毎週お給料が出ます。できればフルタイムで入っていただきたいのですが……、あぁはい、待機所にはお菓子もフリードリンクもありますし、インターネットは使い放題ですよ。漫画もいっぱい用意してありますからね。衣装もメイク道具も揃ってますし、ウィッグも無料で貸し出しますよ。都外なら車でお迎えもしますよ。あぁご不安ですか……。男性とのご経験があるのでしたら、そのときのことを思い出せばいいんです。お客さんを気持ちよくさせてあげる行為は、あなたも気持ちよくなるってことですからね」

その面接を受けた帰りの電車で、わたしはあの女性刑事さんに会いました。

いただいた名刺は途中の駅で捨てました。

誰にも迷惑をかけてはいけません、誰にも迷惑をかけてはいけません、誰にも迷惑をかけてはいけません、誰にも迷惑をかけては……、誰にも――絶対に……。

†

恵美は新宿南《しんじゅくみなみ》公園のベンチで柱時計を睨んでいた。

右手には砂糖たっぷりの缶コーヒー、左手には携帯電話を握っている。

息は白いが不思議と寒さは感じない。期待と不安で胸がいっぱいで、脳が沸騰したように熱かった。ジャケットの下にタートルネックのシャツを着ているとはいえ、寒さを凌ぐためのコートやマフラーの類いを纏っていない。かじかんだ指先は色を失っている。けれど恵美には家に帰るか警視庁に戻って暖を取るかという選択肢は頭になかった。

月曜日だ。あと三時間も経てば、上司は警視庁に出勤する。

錆びた柱時計の針が朝の五時半を指した。

「……っ」

待ちかねていた恵美のスマートフォンが鳴った。番号は科捜研である。

「はい、鈴城です」

手柄を前にした新人のように興奮して立ち上がった。スマートフォンを両手で握りしめる。電話の先からは、まずひどく疲れた女性のひと息があった。

『……川上だけど、いま大丈夫？』

「もちろんです!」

それで、と前のめりに問う。川上は落ち着いた口調で返してきた。

『例のハンカチに付着していた唾液とタンパク片からのDNA型の照合なんだけれどね、悪いけどやっぱりこんな短期間で未解決事件の被害者と、血縁関係を含む項目の一致を探すのは無理だよ』

厭みを含む言葉に恵美は当然か、と肩を落とす。

『けど児童売春法違反の件でパターンが似た結果を見たなぁと思い出して……』

「児童売春法違反事件……ですか?」——恵美は思案する。

『あぁ、弾いた患者の項目だよ。児童売春法違反との関連そのものはない』

「それはどんな事件ですか?」

『詳しくは言えないよ。アンタんところの案件じゃないし』

確かにそうだ。守秘義務もある。恵美は小さな声で謝罪した。

『ただ成人女性だったし、昨年の暮れに病院を受診した患者のひとりだったってだけ。……でもなんで覚えてたかっていうと、妊娠歴がなしにもかかわらず子宮に血液がたまってたんだよ。感染症にもかかっていたし。カルテにはそう記録もあるのに、なんの薬も処方してなくて処置も施してないってことはヤブ医者かと思って覚えてたんだ』

子宮に血液がたまるとはどういう状況だろうか。

　川上は渋々といった口調で産婦人科の知識を嚙み砕いて恵美に説明した。中絶をした後の女性は、通常の出産分娩《ぶんべん》の悪露と同様に、一週間から長くて一ヶ月近く出血をするのだという。だがそれは病院で適切な中絶手術を受けた場合である。

『流産を放置した場合もおなじだね。剝がれた胎盤や卵膜がうまいこと外に排出されないと、子宮の内部で血液と一緒にたまって炎症が起こる。生理の延長のような出血が続いて、発熱と痛みだけならまだしも、感染症にかかれば子宮の摘出もあり得るだろう。女の体ってのは繊細なんだ。妊娠出産も命がけだが、中絶や流産も命がけなのさ』

「知りませんでした……ご説明ありがとうございます」

『少子化に悩む国なら義務教育に取り入れるべきだよ』

　話が逸れたけれど、と川上は深いため息をついて軌道修正する。タバコでも吸っているのだろうか。忙《せわ》しなくライターを擦る音がした。

『誤魔化して言えばコンドーム無しの売春斡旋《あっせん》をしていたクソな業者らの摘発案件だね。依頼されたのは未成年女性の中絶に関するＤＮＡ型照合だったんだけど、その成人女性と検査対象を間違えたのさ。私は悪くないよ。捜査員の漢字変換ミスだから』

「検査対象を間違えたんですか……」

　ただのオウム返しのつもりだったが、厭みと捉えたらしい川上はチッと舌打ちする。

『名前の漢字が一字違いだったんだよ。名字は一緒で、敬子と圭子！』

「けいこ……？」

その瞬間、恵美の脳内に散らばっていた点と点がみるみる繋がっていった。

『山本敬子、二十五歳。まぁ怪我《けが》の功名と言っては悪いが、その間違いのお陰でハンカチに付着していた唾液とタンパク片から類似のＤＮＡ型パターンの被害者は十数名まで絞れたよ。こちとら徹夜でやったんだ、もうこれ以上は勘弁してほしいね』

「そ、それで充分です！　ありがとうございます！」

『あぁそう……じゃあ奇特捜の共有データに投げておくからあとは――』

「アタシの個人メールに添付でお願いします」

『はいはい、そうだったね』

電話が切られた。しばらくして恵美のスマートフォンにメールが届いた。

添付された被害者の情報は十八件あった。恵美は背を丸める。目を皿のようにして、被害者たちの身体的特徴や死因、発見場所を慎重に吟味する。

――いち、に、……さん……。

該当する被害者を数えていくうちに、ざわざわと全身が粟立っていった。

乳児の死体遺棄事件と三件一致。扱いは所轄刑事課。いずれも猟奇殺人特別捜査課に捜査責任は帰属することとする、担当責任者は――一之瀬朱理。

――落ち着け、アタシ。

——いまはまだ疑いの域を出ていないわ。

川上が言うように、山本敬子を死体遺棄で起訴するかどうかは検察が決めることで、逮捕は現行犯でない限り裁判所が決める。警察が事件に対してできることは捜査とその後の手続きだけである。彼女は確かに被疑者の射程内に入っているが、いまの段階だと、実際に己の子を殺して捨てたかまでは証拠がないのだ。

——いい、それでいい、目的は逮捕じゃないから。

恵美にとって重要なのは、一之瀬朱理よりも先に被疑者と接触することである。

理由がなければ相手と接触しようがない。つまり恵美は「被疑者を特定」したのではなく、いま「重要参考人と接触する権利」を得たに過ぎない。

——アタシは彼女に自首をさせる……！

浅倉が言うように、一之瀬朱理が被疑者や重要参考人を悪魔の力とやらで殺すには、一度相手に接近するという条件がありそうだった。遠隔で殺すことはできないようだ。甲州街道まで出た恵美はタクシーを拾った。川上から送られてきた山本敬子の住所まで急行する。

……そのとき恵美は気づかなかった。新宿南公園の柱時計から伸びていた黒い影から、赤い双眸がぎょろりと見つめていたことに……。

†

こんこん、とアパートのドアが叩かれる音で山本敬子は目覚めた。

隙間から入り込む冷気で、玄関に吊《つ》り下《さ》げられたリクルートスーツのスカートがゆらゆらと揺れている。目覚まし時計の時刻は朝の六時だ。天気が悪いのか、カーテンの掛かっていない曇りガラスの窓の外は淀《よど》んでくすんだ灰色だった。

耳をそばだてると微かに雨粒がアスファルトの上で撥ねているのが聞こえた。

「誰……」

山本敬子は震えながら頭から布団をかぶった。

お母さんだろうか、それとも大学に通う妹が通学前に寄ったのか。……いいや違う。どちらもこの部屋のスペアキーを持っている。ノックをする理由はない。

そもそも訪ねてきたことはあっただろうか。……ない。訪ねてくる理由もない。

「……？」

廊下でなにか食器のようなものを持ち上げる音がした。

山本敬子はそれにはっとする。そういえば昨日の夜——……。

「……煮物は嫌いかね？」

上の階に住む諏訪部令子さんだ。

なるべく誰かと関わらないで生きるように努めてきたけれど、彼女が五年前に引っ越してきたときに偶然にも関わってしまった。

あの日も雨だった。外階段で足を滑らせて階段から落ちそうになった彼女を、山本敬子は身を挺《てい》して受け止めたのだ。以来――、雨の日にトントンと階段をのぼる音がするとつい反射的に外に出てしまうようになった。その度に振り返った諏訪部令子と目が合い、ありがとうねと声をかけられるのだった。

お礼を言われるようなことはしていない。

……また雨で足を滑らせたら大変だから。

山本敬子は交流を求めているわけではなく、ただそれだけの思いだった。

「余計なことしてごめんね」

扉の向こうに――違います――と言いたいが、声は出ない。

「ハンバーグなら食べるかい？　ご近所さんから美味《おい》しいって聞いたからコンビニで買ってみたんだけれどね、ちょっと年寄りには味が濃くて残しちゃってるんだよ」

お腹が鳴った。涙が溢れてくる。お肉なんていつから食べていないだろう。うれしい。煮物だって嫌いじゃない。きっと出汁《だし》のしみた大根や椎茸《しいたけ》は、噛みしめるとじゅわっと甘辛い美味しさが口いっぱいに広がるだろう。

でも受け取れない。ごめんなさい……、関わって、迷惑をかけてはいけないから。
「ちょっと温めてこようかね」
トン、トン、トン。
外階段をのぼる足音は年々おぼつかなくなる。
危うい足運びに山本敬子はいたたまれなくなって起き上がった。
そのとき――ドン、と一瞬激しい揺れがアパート全体を襲った。
「……あ……」
なにかが滑った。いまもしかして、誰かが、落ちた……？
想像した恐怖に膝がぶるりと戦慄《わなな》いた。
「あ、あ、あ、あ」――そんな、そんな。
寝間着のまま髪を振り乱し、素足でばたばたと玄関に駆け出した。
急いで内鍵を外してドアを開けた。
赤い月。黒い雨――……。
氷のように冷たい瞳に見据えられて山本敬子はドアノブを摑んだまま固まった。
外の世界はこんなにぼやけて暗かっただろうか。
彼が目の前にいるということは、自分はまだ夢の中にいるのか。

「あなたは……、悪魔……さん……？」

不意に腹をさする。すると下半身が濡れていることに気づいた。

毛羽だった寝間着に染みているのは、己の赤黒い血だ。

あの肉塊を公衆トイレでひり出して流した日から、生理が終わらない。粘ついて止まらない出血を忌々しく思う。恥ずかしさを覚えて内股を擦り合わせた。

「……おまえに訊きたいことがある」

山本敬子は不思議そうに首を傾げる。

あの悪魔と声が違う。強くなってきた雨音にかき消されるほど、掠れて低い。

よく見るとトレンチコートの両肩が雨でしとどに濡れていた。緩やかなウェーブがかかっている黒髪からも雫が落ち、石膏《せっこう》のように白い頰にも汗のような筋が見えた。夢の中でずっと自分に微笑みかけてきた悪魔とはどこかが違う。まるで人間のようだ。

「あ……、おばさん――……ッ」

一瞬、夢と現実の境目がわからなくなっていたが、山本敬子はやっと我に返った。

おたおたとドアを押し開けると、ニンジン、大根、椎茸、こんにゃく、ゴボウ……、出汁の染みた煮物の具材がぽつぽつと散乱し、割れた陶器の欠片が、鮮血と混じった雨筋に洗われていた。裏のすり減ったサンダルの片足は諏訪部令子のそれだ。

山本敬子は言葉を失ってずるりとその場にくずおれた。

……救急車を呼ばなければ。

けれど携帯電話の類いを持たない山本敬子は、どうしたらいいかわからず振り返る。

そういえば夢の中で彼は言っていた。悪魔の名前を呼べば、不思議な力を使わせてくれると。あの名前はなんといっただろうか――。

「申し訳ありません……あなたの、お名前を……」

山本敬子は頭を垂れると自然と土下座の体勢になった。

「もう一度、あなたのお名前を……教えていただけないでしょうか……」

他人と関わることを極力避けてきたせいで名前を覚えていない。

「おまえも悪魔の契約者か」

「……？」

なにを言われているのだろう。頭上から降ってくる声はやはり夢の中とは違うようだ。

あぁ謝罪が足りないのかと思い至った山本敬子は、さらに額を地面に擦《こす》りつける。

「覚えていなくて、申し訳ございません……。どうかお名前を――」

「無駄だ」

「え……？」

「彼女は俺が殺した」

啞然と見上げると、夢の中の悪魔に似た彼は冷たく睨んできた。

……殺した……？

「どうして」

瞬きを繰り返す。その間にもザアザアと雨は激しくなっていく。

「おまえのことを話さなかったからだ」

「わたし……？」

「胎児を捨てるところを見ていながら、おまえのことを庇《かば》った」

「そんなことで、おばさんを殺したの？」

途端、彼はぎゅっと眉間に皺を寄せる。

「……どのみち悪魔には人間を蘇《よみがえ》らせる力はない」

彼はいつものように冗談ですと笑うことはなかった。

「許さない……――」

胸の奥がざわざわする。目頭がじわりと熱くなって、ぼろぼろと涙が溢れてくる。

「自分の子どもを殺しておきながら他人が殺されるのは許さないのか」

「おばさんは、他人じゃない」

「血の繋がりはないだろう」

「他人、……違う、知ってる人だから、他人じゃない！」

青いストライプのネクタイが目に留まる。夢の中の悪魔はネクタイなんてしていなかった。もし目の前の彼が本当は悪魔じゃなくて人間なら、首を絞めれば懲らしめることができるかもしれない。

　山本敬子は獣のように咆哮《ほうこう》して摑みかかった。

「家族より、わたしにとっては家族だったのに！」

　五指がひゅっと空を掻いた。山本敬子はバランスを崩してよろける。

　脇腹をアパートの壁に叩きつけてしまい、瞬間的に呼吸が止まってごほごほと噎《む》せた。

「母親と妹がいるそうだな」

「違う……」

　苦しい。涎《よだれ》と胃液がコンクリートに飛び散って、それでも涙だけははらはらと流れる。

　山本敬子は明確になにが苦しいのかわからなかった。このどうしようもなくむしゃくしゃする感情を、誰にぶつけていいのかもわからない。

「あんなの……お母さんじゃないもん……」

　子どもを産むって大変なことだと思う。男性と痛くてつらいセックスをして、膣《ちつ》に生ぬるいものを吐き出されて。生理が止まって。全身がむくんで。どんどん太っていって。お腹が丸くなって。なにを食べても美味しくないし、食欲はないのに食べ続けないと吐き気がこみ上げてくる。そうやって眠れない十ヶ月を過ごして股間の間に手を入れて、また痛い痛いとわめきながら、やっとの思いで出したら、びっくりするぐらい血まみれの肉塊と対面する。──それが妊娠と出産の現実だった。

いざ自分が産んでみたら、どうして産んだの、とお母さんに言い返せなくなった。

普通じゃない。あんなものを愛せるほうがどうかしている。

「わたしのこと……嫌いだもん……」

お母さんはかわいそうなのだ。わたしを身籠もったせいで仕方なく結婚し、その後お母さんはなにか理由があって、わたしだけではなく、妹まで産むことになってしまった。あの悪夢のような妊娠と出産という工程を再び踏むことになって、せめて次女だけはなんとか愛せる肉塊にしようと努力したに違いない。

「妹も、……わたしのことなんて……好きじゃない……」

お母さんから責められるのはもしや自分だったかもしれないと、妹はわかっていたんだと思う。だから汚物を見るような目を向けてきた。一緒にしないで、と聞こえた。

「わたしは、家族じゃないもん……」

せめてふたりのために死んで償いたかった。生まれるべきじゃなかったと嘆いても、生まれてしまった過去は消せない。でも死ぬことを自分で選ぶことはできる。

死ぬためにはどうするべきかクラスメイトに訊いたら、カッターナイフで太い血管を切ったら死ねると教えてくれた。みんな幼くて「死」に対する恐怖は薄かったからか、ケタケタとふざけていたのだと思う。その笑いは自死への肯定に聞こえた。

太い血管ってどこだろう。手首に浮いて見える血管をずぶずぶと切っても、なかなか死ねなかった。それどころか血で床を汚して、お母さんを怒らせてしまった。

まな板で横っ面を殴られた。一度だけじゃない、何度も、何度も。

梅干しのツボと一緒に地下室に閉じ込められた。すすり泣いていると、一枚の床板越しに、妹の「うるさいよ」という苛立ちの声が降ってきた。

「血が繋がっているから家族なんて誰が決めたの……」

「それがおまえが子どもを殺した理由か」

「あなたになにがわかるの」

コンクリートの床に手をついてよろけ立つ。

「おばさんを殺したあなたに、わたしのなにがわかるの」

口の中は鉄の味がした。唇の端が切れていた。

「……おまえは殺意を向ける相手を間違えている」

彼はまるで妹のような目で見下ろしてきた。

それが余計に暴走しだした殺意を加速させた。

雨の中、泥まみれになって転び、何度も起き上がって眼前でひらつくネクタイに掴みかかる。ようやく触れた指先を力強く絡め取られ、視界いっぱいに漆黒の瞳が迫った。

「おまえは被害者でもある」

雨粒は大きく、激しく、口の中にまで入り込んできた。

「わたしが、被害者……？」

「俺にこれまでの人生で受けてきた被害のすべてを告白しろ」

初めて殺意の矛先を意識した。山本敬子は彼の瞳孔の向こうに光を見る。

「おまえの苦しみごとすべて引き受ける」

「あなたは……」

悪魔じゃない。

†

ひどい雨だった。

急に雷が落ちたかと思えば、暗雲は瞬く間にやってきた。

恵美はタクシーから降りて近くのコンビニエンスストアに立ち寄り、ビニール傘を買った。薄汚れたアスファルトの上をばしばしと撥ねる雨粒は、恵美のスラックスの裾を容赦なく濡らした。

山本敬子のアパートは三人目の乳児が遺棄された公園のすぐ近くにある。それだけで充分な状況証拠だが、焦る気持ちを抑えて小走りに革靴の底を鳴らした。

一階の階段下にある部屋には「山本」と少々歪んだ手書きの字の表札があった。古いアパートだ。備え付けのチャイムを何度も押したが、ただ凹《へこ》むだけで鳴っている様子はなかった。「山本さん！」とドアを叩く。恵美は腕時計を見やった。朝の七時は訪問には早いかと思ったが、確実に在宅している時間だとも言い訳できる。

あらゆる謝罪の言葉を浮かべながらノックを繰り返していると、トン、トン、と誰かが階段を下りてくる気配があった。

「おや、どちらさま？」

「あ……っ、えっと、朝からうるさくしてすみません。アタシは――」

恵美は慌てて傘を畳み、軒先に避難しながら警察手帳を取り出そうとした。するとと老齢の女性はそれを待たずに「おまわりさんですね」と頷いた。

「失礼ですが、あなたは……？」

「上の階の諏訪部令子といいます」

白髪に纏った雨粒を払いながら小さな女性も軒先に入ってきた。よっこいしょと腰を曲げて恵美の足元に手を伸ばす。気づかなかったが、ラップが掛かった大皿が置いてあったらしい。見るからに素朴で美味しそうな煮物が山盛りだ。

「山本さん……煮物はお嫌いでしたかねぇ」

その一言で恵美は概ねの事情を理解した。彼女は山本敬子を気遣って煮物を差し入れたが、手はつけられなかったようだ。

「なぜアタシが警察官だとわかったのですか」

「そりゃあ、あなたで二人目ですからね」

「二人目……？」

　恵美の顔からさぁっと血の気が引いた。

「それは、いつの話ですか！　男性でしたか！　あ、黒髪の、死んだ魚の目みたいな、……違う違う、気だるそうな薄幸そうな若くて、全体的に暗い感じの！」

　唾を吐き散らかされて問い詰められた諏訪部令子はぱちくりと目を瞬かせた。

「一之瀬さんとかいいましたかね。随分前にいらっしゃいましたよ」

「随分前……ってことは、最近じゃないですよね？」

「はぁ、まぁ、先月だったと思いますよ」

　はぁーっと安心して胸をなで下ろす恵美を、諏訪部令子は不思議そうに見る。

「よい子なんですよ。この外階段、危ないでしょう？　雨が降るとあたしが滑って転びやしないかといっつも階段の下で見てくれるんですよ」

　アパートの建物に沿うように外付けされている鉄骨の階段は、雨を遮る屋根がない。そのせいで手すりの腐食が激しく摑まるところがなかった。踏板の滑り止めの凸凹は経年劣化もあってか、意味がなさそうなほど削れている。

いったい家賃いくらの物件なのだろう。地価の高騰が止まらない都内にあって、チャイムといい修繕に費用がかけられていないのに住人がいる。もうすこし田舎にいけば一気に家賃は落ちるけれど、そうなると交通の便が悪い。仕事もないし飲食にも困る。貧困にあえぐ山本敬子や、高齢者の諏訪部令子にとって、都会に住むということは生命を繋ぐということなのかもしれない。

「なにかの事件で逮捕しに来たんですか、刑事さん？」

恵美は気まずい笑顔を浮かべ、壁にビニール傘を立て掛けた。

「いやー……いろいろ訊きたいだけなんで、ちょっとお話できないかなっていう——」

「情状酌量ってのは、他人のあたしでも求めていいもんですかね？」

諏訪部令子は恵美を「刑事」と呼んだ。やけに落ち着いている。おまわりさんではなく刑事が来た理由をわかっているのだ。もしかしたら以前一之瀬朱理が訪ねてきたときに彼女は山本敬子が追い詰められる未来を悟ったのかもしれない。

「その辺りはアタシたち警察はなにも言えないので……。代理人弁護士さんとご相談いただけますと……」

「親兄弟には連絡せんでやってください。女がひとりで生きてるってことは、家族とは一緒に暮らせないなにかがあるんでしょうよ。あたしが親代わりになりますから、それだけは勘弁してやってください」

諏訪部令子は、恵美が申し訳なくなるほど深々と頭を下げてきた。

「山本さんおはよう。上の階の諏訪部ですよ」

コンコン、と彼女は部屋のドアを優しくノックする。

「女性の刑事さんでよかったねぇ」

「……」——山本敬子は無反応だ。

「警察署にはあたしも一緒に行きましょうね」

よくよく周囲に目をやる。曇りガラスの窓の内側にうっすらと人影が見える。

恵美はそっとドアに耳を押し当てた。物音はしない。残念ながらうるさい雨音のせいで生活音までは聞き取れなかった。

「……いる、みたいですね」

諏訪部令子は目を眇《すが》めて恵美の横顔を見て眉根を寄せた。彼女の「それ」は何気ない行動だった。しわくちゃの小さな手でドアノブを捻ると、うっすらとドアが開いたのだ。

「開いてる……？」

驚いたのはふたり同時だった。

直後、諏訪部令子はよからぬものを察したらしい。感情が先走った彼女は、勢いよくドアを引き開けてしまった。「待って！」——恵美の制止は遅れた。

室内からは肉が腐ったような異臭とともに、下水混じりの鉄の臭いがあふれ出た。

「……あぁっ、山本さん、山本さん……！」

薄暗く空気が淀んだ室内からは、二本の足がぶらりと下がって見えた。その下の薄っぺらい布団にはどす黒いシミが広がっている。

「諏訪部さん待ってください！」

恵美は彼女の肩を摑んで思い切り引き寄せた。泣き叫んでそれでも室内に飛び込もうとする彼女を「ダメです！」と無理矢理腕で制して、ドアの間に身体を割り入れた。

「山本さん聞こえますか！　警察です、入りますよ！」

ジャケットから手袋を出しながら、咄嗟にスマートフォンで一一〇番を押した。

「警視庁奇特捜の鈴城です、救急車と、それから機動隊の応援を急いで！」

靴を玄関先で脱ぎ捨てて、口で手袋をはめる。「見ないで！」と諏訪部令子にきつく言ってから思い切りドアを閉めた。外からは彼女の嗚咽《おえつ》が響いてきた。

天井の梁《はり》に打ち付けられた、電灯を下げる太い鈎《かぎ》。

雑誌を括って捨てるときに使うような安物のビニール紐を何重にも巻き付けてある。首だけではなく、耳や鼻にまで紐を掛けて引っ張ったようだ。ビニール紐の束は、リストカットまみれの彼女の左手首に寄り添っていた。

恵美は一度ぐっと俯いた。湧きあがる複雑な感情を押し殺して目を伏せる。

これでも臨場には慣れている。経験上、首をくってどれほどの時間が経過しているのかもわかるからこそ、彼女がもう助からないことは明白だった。

彼女はがくりと前方に顔を下げている。首関節が脱臼し、もはや脳に血液はいっていない。ぽたりぽたりと布団に垂れる赤黒いシミは糞尿《ふんにょう》だ。縊《い》死《し》した直後は目玉や舌が飛び出ることはすくなく、それは死後かなりの時間が経過した場合の話だ。まだ目鼻立ちは生前のまま崩れていない。推測するに三十分から一時間ほどしか経過していないのが、余計に恵美の胸を締めつけた。

彼女が痴漢に遭ったあのとき――アタシがもっと踏み込めていたら。

「ばかね……そんなの結果論だわ……」

力なく呟く。

恵美は重い瞼を持ち上げた。

いま自分にできることは、救急隊員が入ってくる前に現場を記録することだ。たとえ縊死といえど、彼女が自殺とは断定できない。自殺と見せかけて誰かに殺された可能性だってある。それに恵美には一抹の不安もある――一之瀬朱理と悪魔の存在だ。

スマートフォンのカメラで写真を撮りながら慎重に室内を観察する。

女性の部屋とは思えないほど閑散としている。そこかしこから生乾きの衣類の臭いがした。吊り下げられたスカートスーツの他に、衣類は数着。あとはぼろぼろの下着だ。それらは畳まれておらず襖《ふすま》の真ん中の仕切りになぜか伸ばして置いてあった。めくるように手に取ると、襖の下段から異様に漂う臭いが鼻についた。恵美は屈んで覗き込む。

臭い……。拳大くらいの染みには、ウジがへばりつく。

「最近じゃないわね……長い間、腐る物でも置いてあったのかしら……？」

その上に三つ折りにされた真新しい紙を見つけた。

恵美は呼吸を止めながらそれを摘まみ取った。

「……、これは……」

遺書だ。しかも代筆のようだ。


わたしは、頼んでもいないのにわたしを産んだ、お母さんが嫌いです。

わたしたちを捨てたお父さんも卑怯《ひきょう》ですが、残念ながら顔を覚えていません。

生きていることが迷惑と言うのならどうして殺してくれなかったのですか。

自殺も迷惑なら、わたしはどう生きれば、わたしを愛してくれるのですか。

お母さんは悪者になりたくなかっただけですよね。

自分が良ければそれで良いだけですよね。

わたしは好きでお姉ちゃんになったわけじゃありません。

あなたは一緒にしないでと言ったけれど、姉と妹は別の人間です。

あなたがわたしを殺してもよかった。

そうすればわたしは心の底から妹というあなたに感謝しました。

結局ふたりとも、お父さんがいなくなった理由をわたしにしたかっただけです。

ところでお母さんと妹、それからいまから挙げる三人に訊きます。

スーパーマーケットの店長、あなたは従業員をクビにして楽しかったですか。

駅のトイレで陽気に酔っ払っていたあなた、いまもお酒はおいしいですか。

炊き出しに一緒に並んで、一緒に住んだ橋本《はしもと》さん、お金はなにに使いましたか。

わたしはいまからお母さんと妹と店長と酔っ払いと橋本さんに会いにいきます。

わたしの願いは自分が死んで許されることです。

それは誰にも迷惑をかけないことです。

わたしが死ぬことで迷惑をかける人は、思い当たるところでそれぐらいです。

最後にお父さんも探して、責任をもって、みんなで死にましょう。

全員殺したらわたしも死にますから、どうぞよろしくお願いします。


最後に署名があった「山本敬子」の字だけが、怒りに震えるような力強い字だ。

恵美の唇がわなわなと震える。叫びだしそうになる思いを飲み込むのに必死だった。

「……話が違うじゃないの……浅倉くん……」

この細い字には見覚えがあった。奇特捜で幾度となく見た、上司の字だ。

†

早朝から降り続いた雨は、次第に霙《みぞれ》になった。

やけに冷えるリビングでベルはソファに寝転がりながらエアコンをつける。

ハードディスクの容量はからっぽだ。録画した番組はすべて観終えてしまった。

ここ五年の間にすっかりテレビ業界は様変わりし、朝にやっていた時代劇チャンネルもなくなってしまった。いまは外国のトレンディドラマをやっているが、ベルは興味が湧かなかった。日本にいるのに日本のドラマが観られないとは何事だと文句を呟いても、いつもなら面倒くさがりながらも応えてくれる者は、陽が落ちても一向に帰ってこない。

カーテンの隙間から覗く外の景色は、決して美しいとは言いがたい雨嵐だ。

芸人たちがへらへら笑っているだけのバラエティ番組。ただひたすら料理をおいしいとしか賞賛しないグルメ番組。死体の描写が一切ないサスペンスドラマ番組。学歴を名前の上に置いたタレントが答えを当ててるだけのクイズ番組。それらがぶつぶつと細切れに流れては、健康嗜好《しこう》をうたうコマーシャルが流れ続ける。もはや番組を観ているのか、コマーシャルを観ているのかわからないしつこさだった。

ベルはテーブルの上にリモコンをがしゃんと投げて、頭の後ろで両手を組んだ。

「……」——テレビを消すと静かで退屈だ。

ジーパンのポケットに突っ込まれたままのスマートフォンは鳴らない。

ぺたんこな腹をさする。おかしい。つい今朝方までは目眩《めまい》がするほど空腹だったはずなのに、殺人者の極上な魂を食らうことに対する欲求が微塵も感じられない。

「……シュリ……？」——はっとする。

玄関のサムターンが回る音がした気がして、ベルはがばりと起き上がった。

「っ、……いかんいかん、我としたことが」

いったいなにを期待しているのだろうかと苦笑いする。

「なんだ貴様、やっと帰ったのか！　まったく腹が減ったぞ、いい加減——……」

だがスリッパの音がしない。ベルは急に真顔になってそろりとリビングを出た。

もしや雨に濡れてシャワーに直行かと脱衣所を覗いたが、いない。

トイレのドアを開けても真っ暗だった。

「シュリ？」

廊下を抜けて玄関にひょこりと顔を出すと、玄関マットの上にビニール袋が置いてあった。微かによい匂いがする。ベルはふんふんと鼻を鳴らし、それをちょいと摘まみ上げた。あるときから急に朱理が買って帰ってくるようになった、いつもの焼肉弁当だ。

「……っ」——間違いない、とベルは部屋を飛び出す。

エレベーターホールに彼の姿はない。

ベルは蠅に変化し、霙の降りしきる空にひゅうっと飛び立った。

しかしすぐに羽根が濡れてバランスを崩した。よろよろと一階のベランダのへりに留まる。これならばいっそ人間の姿のほうが探しやすい。金髪碧眼の青年の姿に戻ると、シャツを絞れるほど全身がずぶ濡れだった。

「そういうことか、……悪趣味な雑魚めが……」

ぐいと前髪を掻き上げる。激しい嵐の中、気配すら感じられないことに気づく。

大きな太鼓を叩いているかのような凄《すさ》まじい破裂音が宵闇に広がっていた。

悪魔は契約者と物理的に離れていても、その居場所を感じ取ることができる。これまで朱理に呼ばれれば糸で結ばれたような魂の繋がりを頼りにどこへでも駆けつけられた。

それがどうだ、いまはその糸がぷっつりと切れているではないか。

「……くく、……ふ、……ははは、はははは……」

違和感を己に言い聞かせていくうちに、ベルは耐えきれず笑い出した。

「なるほどそうきたか、面白い……！」

丸まった背中に霙が降り注ぐ。

「我との契約が切れる時を狙っておったか！」

ベルは青い目を見開いた。

「あの頑なな魂をどうそそのかしたッ！」

ゲラゲラと笑い続け、ベルは両手の平を見下ろした。あの焼肉弁当――ベルが与えたかりそめの魂の契約は切れているが、朱理は確かに生きている証拠だ。

「挑発か、それとも戯れか！」

ベルとの契約が切れても朱理が死なない方法、不可能なことが可能になる条件はたったひとつしか思いつかなかった。それはベルにとっては屈辱以外に他ならない。

「……どうやら我を本気で怒らせたようだな」

ひとしきり笑ってからベルは顔を歪めてがりりと親指の爪を噛んだ。

「あの魂は貴様ごときが遊んでよい玩具ではない」

ぶちりと爪が剝げた。ベルはそれを勢いよく地面に吐きつける。

したたり落ちた悪魔の純黒の血液は、落ちた場所からぶわりと上空まで広がり、雲が刹那に消《き》え失《う》せた。

荒天は瞬く間に月夜となった。通りがかった若者が急な晴れ間に驚きながら傘を畳み、きょろきょろと辺りを見渡している。

「あれは我の玩具《もの》だ」

悪魔は闇の先を睨んだ。

疲れた顔の同期ふたりは両手を後ろに組んで、横に並ぶ。

浅倉久志と鈴城恵美は、およそ五十代から六十代で構成された警察幹部たちが座る、コの字型に並べたテーブルに囲まれている。彼らは一様に厳しい顔つきでふたりを睨んでいた。

†

「……どれが長官？」——囁いたのは恵美だ。

「知るかよ」——舌打ちしたのは浅倉である。

重苦しい空気の中で、一際いかつい幹部が咳払いをした。

「訊きたいことは山ほどある」

なにやら横書きの文章が印刷された書類が数枚、彼らの手元には配られている。恵美も浅倉もそれを見ることは許されない。彼らから問われたことに正直に答える以外は、質問も意見も許されていない。さすがの浅倉もネクタイをしっかりと締めていた——もとい、呼ばれてやってきた直後に、締めろと怒鳴られて渋々締めたというのが正しい。

ざっと二十人はいるであろう彼らは、皆、恵美と浅倉にとっては上司のさらに上司で、遙か上にどかりと腰掛けている「現場に出ることはない偉い人たち」である。

警察組織の最上は総理大臣だ。その下には国家公安委員会があり、国務大臣たる委員長をはじめ五名が選出されているが、彼らが一介の警察官の前に姿を現すことはない。もし彼らが顔を突き合わせるとしたら国の一大事のときだ。国家を揺るがす規模でない限り、その下に位置する警察庁からの報告程度で留められる。つまりいま目の前に座っているのは警察庁の幹部ということになる。

とはいえ警察庁長官や次長クラスが、一介の警察官の前に出てくるのはやはり異常なことである。命令には絶対の警察組織であっても、浅倉は露骨に嫌そうだった。

「まず本日都内を中心に神奈川《かながわ》、埼玉で同時多発的に発生した『不審な自殺』について、キミたちの意見を聞きたい」

「……意見は許さないんじゃねぇのかよ……」

悪態をつく浅倉に、次々と鋭い睨みが刺さった。

「あ、アタシはつい先ほどまで山本敬子の自殺現場にいました。その『不審な自殺』とはなんでしょうか？」――恵美はすっと手を挙げた。

「質問は許していない」

「いや……知らなきゃ答えられないでしょ……」

一瞬だけでも警察官として素直に答えようと思った恵美は、理不尽さに失望する。

「オレが教えてやるよ。まぁ自殺なんて毎日腐るほど発生してるけどな。今日の朝六時から六時半にかけて、山本敬子の家族とその関係者が全員妙な自殺をしたんだ」

浅倉は声を潜めながら、隣に立つ恵美に視線だけやった。

「母親と妹、それから男が四人だ。気がどうにかなっちまったみたいに電車に飛び込み、首つり、喉に包丁をひと突き、母親と妹なんて互いに首を絞め合っていたそうだぜ」

「その男四人って……」

恵美は浅倉に凍り付いた顔を向けた。もしやあの遺書に書かれていた面々ではないか。

「浅倉久志くん、質問に答えろ！」

激しく叱責されて、慌てて恵美と浅倉は姿勢を正す。

「ただの自殺じゃないっすか」

浅倉は自分の革靴の先端を見るような仕草で適当に答えた。

「鈴城恵美くんも同意見か」

「はい……そう思います」

別の幹部がパン、と書類を手の甲で叩く。

「では質問を変える。本日欠勤している一之瀬朱理くんについてだが……」

恵美は密かに唇を噛んだ。

「……遺書の代筆を行ったと伝え聞いているが、筆跡鑑定を進めている。もし一致が認められた場合には刑法二〇二条自殺教唆罪もしくは自殺幇助《ほうじょ》罪に問われる」

「なんで次長クラスにまで報告がいってんのよ……」

　恵美の囁いた疑問には、すぐに答えが返ってきた。

「彼は昨年の三月にも警察官職務執行法違反を起こしている。報告では被疑者・神楽坂修造《しゅうぞう》は『心不全による事故死』とあるが、特別公務員暴行陵虐罪に問われなかったのは捜査責任者の浅倉久志くんの証言によるものとあるが間違いはないか？」

「間違いないっすよ。被疑者の死因は心不全でしたし」

「改めて昨年の三月に一之瀬朱理くんが行った逮捕状の出ていない囮《おとり》捜査については警察官職務執行法違反が適切だったと思うか？」

「そのほうが穏便に済ませられるってことでまとまったと思いますけど」

「懲戒免職処分ではなく休職処分は妥当だったと？」

「妥当でしょう。猟奇殺人事件特別捜査課所属の捜査官が現状ゼロになるのは組織的によろしくないって判断だったと思いますけど」

「では現場から不自然な硝煙反応が出たことに関してはどう説明する？」

「いや、だからぁ……知らないって言ってるじゃないっすか。アイツの拳銃を調べましたけど発砲の痕跡はナシです。いまさら昨年の三月の件を蒸し返します？」

　方々から矢継ぎ早に質問されても、浅倉はボロを出すことなくのらりくらりと答えている。恵美は自分の番にならないことを祈った。

「一之瀬朱理くんの担当した事件の重要参考人には不審死が多いことについては？」

「偶然じゃないっすか」

「それについて一之瀬朱理くんからは特になにも聞いていないのか？」

「……ええなにも」

ちょっと迷う間があった。嘘をつくべきか、知らぬ存ぜぬを貫くべきかで迷ったのだろう。恵美は内心、いまのは後者を選んで正解だったのではと逡巡《しゅんじゅん》する。

「一之瀬朱理くんの本日の欠勤について——鈴城恵美くんはどう把握している？」

「えっ、アタシ？　あ……ええと」

「把握していないと？」

「は、はい……」

「無断で欠勤しているということで間違いはないと」

幹部たちに緊張が走った。

「……ばかが、適当に腹下してたとでも言っとけよ」

浅倉は忌々しく舌打ちする。

一際いかつい幹部が咳払いし、重い口を開いた。

「今回の件について一之瀬朱理くんが刑法二〇二条自殺教唆罪もしくは自殺幇助罪に問われた場合、懲戒免職処分後に改めて過去の担当した事件の不審死についても事情聴取の上、適宜刑事事件を前提として取り扱うのが妥当と考える」

なんですって——と恵美は青ざめた。最悪の展開だ。

いままでひた隠しにしてきた悪魔による殺人を、すべて背負わされるということだ。

「浅倉久志くんも相応な処分を覚悟するように」

「なんの処分っすか？」

「質問は許していない」

「つまり一之瀬と連絡が取れればいいんすよね」

「意見も求めてはいない」

恵美は肩を落とす。

「聞く耳持たずなのね……」

「最初から持ってねぇんだろ」

浅倉はふんと鼻から息を吹いた。

「鈴城恵美くん！」

端の席に座ってぎろぎろと睨んでいた幹部が声を荒らげる。

いきなり呼ばれた恵美はびくんと跳ねた。

「目白署で問題行動を起こして異動になった件は聞いている。科捜研に対する独断の調査依頼についても警察官として行動が適切であったかどうか、被疑者・山本敬子宅訪問も含めて警察官職務執行法違反を問う予定だ」

「あ、アタシも……？」

「質問は許していない！」

テーブルの上で偉そうに組んだ指を解いてまで唾を吐き散らかされた。

「……明日以降、一之瀬朱理くんが出勤次第、彼から事情を訊く。それ以前にキミたちに接触があった場合にはすぐに上席に報告をするように。以上だ、戻りたまえ」

真ん中に座っていた、いかつい初老の男がおそらく長官なのだろうと恵美は思った。日頃、職務に汗水流す一介の警察官たちに、心を寄せることすらしないらしい。だとすれば血の通っていない組織だ。

浅倉は敬礼すらせずむすっとした顔でさっさと部屋から出て行った。恵美は一応カタチばかりの敬礼をするものの、彼らがこちらに目を向けることはなかった。

†

時刻はすっかり夜の十一時をまわっていた。

ぶつぶつと文句を吐きながら大股で歩く浅倉を、恵美が小走りで追う。

「ねぇちょっとあなた。一之瀬くんと連絡を取る気？」

何気なく尋ねた一言に、浅倉が食らいつかんばかりの勢いで振り向いた。

「取れるもんならとっくに取ってる！」

「え？」

もしやと思い、恵美はもそもそとポケットからスマートフォンを出した。捜査一課の部屋の前で立ち止まり、薄暗い廊下で、アドレスフォルダから上司の電話番号を出す。

『おかけになった電話は電波の届かない場所にあるか、電源が入っていないため、かかりません――』

耳に当てると機械的な音声が流れた。漏れ聞こえた音声に、またも浅倉が舌打ちする。

彼はなにかにずっと苛立っている。幹部たちから尋問を受けている間もその様子は気になっていた。すると浅倉は「あぁちくしょう！」とネクタイを思いっきり緩めた。

「アイツたぶん、スマートフォンをどっかに捨ててやがる」

恵美はみるみる目を丸くし、スマートフォンを耳から離した。

「仕事用もプライベート用も自宅近くから動いてねぇ」

「じゃ、じゃあ……自宅にいるんじゃないの？」

「行った。いなかった」

「寝てる、とか……」

「管理会社に言って鍵を開けてもらってそれだ」

ぶっきらぼうに答えた浅倉の目は血走っている。やり場のない怒りで頭が沸騰しているのだろう。ただの心配と不安だけではなく、せめて自分にはなんでも打ち明けるだろうと信頼していた期待までも裏切られた——そんな表情だった。

「あのさ……」

いっぽうで恵美は別の心配をしていた。

「一応ないと思うけど、今日、身元不明の男性の遺体、とかは……？」

「縁起でもないこと言うんじゃねぇ！」

凄《すご》まれたことに怯えたわけじゃないが、彼も自信をもって否定はできないのかと思うと恵美は目を逸らすしかなかった。時間が解決してくれると願うしかないのか。

「アイツなら絶対に自殺なんてさせない」

「被疑者を？　そんなのわからないじゃない、だって——」

うっかり言いかけて恵美は口をつぐんだ。

「アイツは自分の手は汚しても……自殺はさせねぇよ」

浅倉は窓のへりに腰を預ける。無実を証明するために奔走したのか、その横顔はひどく疲れている。捜査一課の職務は過酷だ。通常の職務をこなしているだけでも家に帰れていないのに、忙しい合間を縫って彼を探すのは相当な苦労だったに違いない。

「信じてるのね」

恵美はいつの間にか晴れている月夜を見上げる。

「ちょっと羨ましい」

「……なにを」

互いを見やれば視線がかち合った。

「アタシは自分以外を信じたことがないから」

「鋼のメンタル自慢か」

「そういう意味じゃないわよ」

恵美の顔にふと自虐の笑みが浮かぶ。

「警察官って疑うのが仕事じゃない。特にアタシたちって人間のまっとうじゃない死を疑うわけだから、他人の人生をなぞっているうちに人間の醜い部分ばっかり受け入れなきゃいけなくなるっていうか。なんか……友達をつくることすら怖くなるのよね」

「友達いない自慢か」

「なんの自慢よ」

「テスト前日に寝てない自慢みてぇな？」

「そういう男子いたわね……って違うわよ、なんでアタシの話をぜんぶ自慢と受け取んのよ！」

恵美は浅倉の二の腕を平手でぺちりと叩く。

「昔おなじ班だったときにアイツにすっげー怒られたんだよ。だから自殺なんてさせねえだろうし、遺書の代筆なんざなんかの間違いだ。自殺教唆も自殺幇助もありえねぇ」

「へぇ、後輩に怒られるなんて、あなたなにをやらかしたのよ？」

彼が怒るなんて想像がつかない、と恵美は後ろ髪の先端をいじりながら訊く。

「や、まぁ……誰でも一度は思うだろ……、よくないことだけどよ……」

浅倉は急に言いよどむ。気まずそうに顎のつぶつぶした髭をさすった。

「ちょうど十年前だったか」

それは捜査一課でふたりがコンビを組んでいたころ――たまたま浅倉がやっとの思いでもぎ取った休日に事件は動いたのだそうだ。その事件は恵美もよく知っている。とある指名手配犯立てこもり事件に、まさか浅倉と一之瀬のコンビが関わっていたとは。

――どっかの国みたいに射殺できりゃあラクなのにな。

――それか自殺する時間でも持たせてやりゃあいいのに。

あくびをかみ殺しながら浅倉は、警察官として言ってはいけないことをつい相棒の前で呟いてしまったのだという。相手が研修中の後輩だから気が緩んだのかもしれない。

すると「失礼します」と一之瀬朱理は頭をぺこりと下げてから、思いっきり拳で先輩の頰を殴ったそうだ。

――寝ぼけてうっかりの一言でも許しません。

そして顔色ひとつ変えずに犯人の説得に戻った。

「あったわね……そういえば」

四十時間かかってやっと犯人を無傷で確保できた有名な事件だ。報道では説得に時間がかかりすぎだの、近隣住民の不安を考えたら強行突入できたんじゃないかとコメンテーターたちが警察批判を繰り返していたけれど、最終的に犯人に武器を捨てさせた警察官はいったいどんな思いで「説得」を選択したのだろうかと恵美は思っていた。正直なところ制圧を得意とした武装警察官は存在しているのだから、早期解決を考えたら使わない手はない。だが事件の中身はそう単純なことではなくて、実は犯人自らの命を盾にした立てこもり事件だったことが後の発表でわかった。

浅倉は腫れ上がった頬をさすりながらおそるおそる「さっきは悪かったよ」と相棒に謝ったらしい。上席に報告されると一発で始末書ものの発言だ。やっちまったと浅倉は内心びくびくしていたそうだ。

——聞かなかったことにしてあげます。

けれど相棒はさらりとその一言を返しただけで、以降はいつもと変わらない態度で接してきたそうだ。

恵美はそこまで聞いてくすりと笑った。

「なにそれ、ちょっとかわいい」

「先輩の揚げ足取りがめんどくさかっただけかもしれねぇけどな」

「アタシならすぐに上司に報告するけどね」

「おまえならやりそうだ。死んでも組みたくねぇわ」

「組むことないわよ。アタシたちこれから『相応な処分』をされるんだから。デスクに戻ったら仲良く求人サイトでも見ましょうか」

げぇーと舌を出して浅倉は両手を挙げた。

「……ねぇ、なんの音？」

どこかからバイブレーションの音がする。

恵美はスラックスの上からスマートフォンをぺたぺた触ったが、自分ではないという顔をした。すると浅倉は「オレだわ」と上着のポケットからスマートフォンを出した。

「お、なんだ。ふみちゃんか」

仕事用ではなくプライベート用が鳴っていたらしい。

「ふみちゃん……」

いかにもという呼び名だったので、恵美は汚らしいものを見る目を向ける。

「なんだその顔。ちげぇよ、高校のころからのダチだっつーの！　変な時間に電話だな。歩未ちゃんが熱でも出したか──……おー、もしもしオレだ、どうした？」

『ひぃちゃん助けて！』

「なんだ、どうした」

恵美は奇特捜に戻ろうとしたが、浅倉の切迫した声が聞こえて振り返った。

『歩未がっ、誘拐される……』

「ちょ待て、落ち着け。誰に——」

『わ、わたし、わたし……、あっ、——』

やがて浅倉は唖然として手を下ろした。

状況を把握できない、そう顔に書いてある。

「どうしたの？」

恵美の立っている位置からも、電話の向こうからただならぬことが起きている音は聞こえていた。それほど大きな女性の叫び声がしたのだ。

「……すまん、……ちょっと……」

浅倉の表情は薄いままだ。半開きの口から囁くような声が漏れる。

「なに？　アタシにできることがあったら——」

「気のせいじゃねぇと思う」

「なにが」

「一之瀬の声がした」

恵美は慌てて周囲を見渡す。いまの会話を聞いていた人間はいない。

「彼女がどこにいるのかわかる？」

「あぁ……たぶん……」――目が泳ぐ。

「一緒に行動したら怪しまれるわ。場所はどこ？　すこし時間をずらして向かうから」

「……」――浅倉はぼんやりしている。

恵美は彼の腕に飛びつき、「いいわね！」と鼓舞した。

正気に戻った浅倉はひとつ頷いて、すぐに廊下を駆け出していった。

†

「ちょっとお客さん、お釣り！」

「いらねぇッ！」――浅倉は蹴るように後部座席から飛び出した。

タクシーの運転手に札を押しつけ、明かりのついていない雑居ビルに駆け込んだ。

がちがちとエレベーターのボタンを押せば、やがてかごが降下してきて浅倉は八階のボタンを連打した。が、営業を終了した焼肉店は点灯しない。九階も点灯せず、浅倉はとにかくめちゃくちゃに二階以上のすべての階を押した。どこも――点かない……！

浅倉はチクショウと踵を返した。雑居ビルの建っているブロックをぐるりと回った。

むき出しの非常階段に目を留めて、鉄骨の網状の扉のノブを捻った。施錠されていたが、網の隙間から手を差し入れれば容易にサムターンを摘まめた。ザルな警備だが、いまはただそのザルさに感謝しかない。

浅倉ははぁはぁと息を切らしながら階段を駆け上がる。

あれから何度も神宮寺二三子のスマートフォンにも店の固定電話にもかけ直したが、ただ虚しくコール音が響くだけだった。

『浅倉さんからの電話ですか？　すぐに切ってください』

通話が切られる直前、確かにその声がした。

——一之瀬……！

少し前から予感はあった。

浅倉は階を上がれば上がるほど、徐々に重くなっていく脚を叩いた。


『あのねひぃちゃん。最近ね、一之瀬さんがよく来てくれるの』

『へぇ……』——意外だとは思わなかった。

『この前、歩未にあやとりまで教えてくれたのよ』

『そりゃあよかったな』——まぁアイツも父親だったしな、と。

『なぁに無愛想ね。もしかして妬《や》いてる？』

『はぁ？』——オレよりずっと子ども好きだしな、と。

『とってもいい人よ。頭がよくて、落ち着いてて。ずっと年下とは思えない』
『ふーん……』——明日香《あすか》さんの悪口を聞いたことがなかった。

まるで恋をしているみたいにはしゃぐ二三子に、浅倉は拗《す》ねる自分を感じながらも、警察官としてのよくない勘にぴりついてもいた。

朱理が五年前に失ったのは、最愛の妻とかわいい盛りの娘だ。

もうとっくに死んでいるのに、彼は悪魔と妙な契約を交わしてまで妻と娘の復讐のために生きる「苦痛」を選択した。

『これが俺の時間制限付きのかりそめの魂です。……これから半月以内に俺は契約している悪魔に殺人者の魂を捧げます。そうしなければ俺が死にますので』

そして復讐を果たしてからのこの一年を、彼はどんな思いで生きてきたのか。

妻と娘が殺された家でたったひとり。静かなマンションのリビングと浴室と寝室で、思い出をなぞりながら生きることは果たして本当に「幸せ」だったのか。

かつての神楽坂《かぐらざか》の殺人者のように、彼が再びそのぬくもりを求めることなどないという確信はどこにあっただろう。

「はぁ、……っ、はぁ……」

七階をすこし過ぎたところで、階上の気配を察して足を止める。

焼肉店の入った八階の非常ドアが開いた。浅倉は顎にまで垂れた汗をぐいと拭った。

夜風が彼の黒いトレンチコートの裾をはためかせていた。

冬の月よりも冷たい瞳が、元相棒の登場を見下ろす。

「……よぉ一之瀬……、おまえ、なんでこんなとこにいるんだよ……」

「……」——呼ばれて僅かに眉が動いた。

「なんか、……言えよ、……こっちは心配してんだぞ……」

息も絶え絶えに問いかけたが、それ以上の反応はない。

浅倉はよろけつつも階段を一段一段上がる。太ももはすっかりパンパンだ。ずり落ちたスラックスを引き上げる仕草でさりげなく懐を探ったが、拳銃は抜かなかった。

「撃てますか？」

ようやく口を開いたが、その言葉に感情はない。

「抜かねぇよ、バカヤロウ」

「そうですか」

朱理はゆっくりとその両手に黒い手袋をはめた。

「相手が俺だから抜けないんですか」——抑揚のない声だった。

浅倉は折り返しの踊り場から元相棒を見上げる。

「うるせぇ、先輩の余裕ってやつだ……」

強がったが心の内はひやついた。相手は警察学校の射撃演習で全弾命中させて表彰されたあの一之瀬朱理だ。その天賦の才は現場に出るようになって衰えるどころか、さらに際立った。上級ライセンス持ちとはどれほどのものかと射撃場に立ち会った浅倉は思わず震えた。的に弾を当てることはそう難しくない。だが朱理は装塡した九ミリパラベラム五発をすべて的のおなじ場所にかすめたのだ。落ちた的を拾い——なんでこいつ警備課配属じゃねぇんだ、と呆然とした。

「オレが撃っちまったらうっかり殺しかねねぇだろうが」

階段の十三段上で、朱理が非常扉をバタンと閉める。

「おまえにはいっぱい聞きてぇことがあるんだ」

「あなたに話すことなんてありません」

「まぁそう言うなよ一之瀬、一緒に帰ろうぜ？」

「俺にはまだやることがあります」

「あぁそうかよ……じゃあ、」

浅倉は指を鳴らしてその最初の一段目に足を掛けた。

「力尽くで、連れて帰ってやるぜ！」

三段飛ばしで詰め寄り腕を伸ばしたが、後方に避けられて摑み損ねる。つんのめったところに足払いが迫ってきて、浅倉は——計算済みだ、と、あえて飛びかかった。

「ん、ぐっ……！」

朱理の膝がモロに腹に入った。浅倉の視界がぐらりと揺れる。

が、倒れかかるように青いストライプのネクタイごと胸ぐらを摑み、非常階段の鉄柵に朱理の背中を叩きつけた。ふたりはもつれて八階の扉の前で崩れるように倒れた。

朱理は端整な顔を歪めてごほごほと噎せた。浅倉は体格差で勝ったのだ。

「っ、おとなしく、しやがれ……！」

肘と膝が顎と胸に乱雑に入れられるも、浅倉は制圧の手を緩めず掻き抱く。

「大丈夫だ……おまえはっ、オレが助ける——」

床に押さえ込んで朱理の後頭部を守りつつ浅倉は大きな手のひらでその肩を叩いた。

「この世に、悪魔なんていねぇんだ……、ぜんぶ、悪い夢だ、……なっ？」

「——いますよ」

浅倉の驚愕と、朱理の否定は同時だった。

「がっ、ぁっ……！」

一瞬の隙を突かれて金的をくらった浅倉は横に転がった。

「……お、まえ……っ」——気づいてしまった。

白いうなじにはあの欠けた黒い歯車がない。

起き上がるのは朱理のほうが早かった。

「い、いち、の、せ……──っ！」

這いずり縋った浅倉のみぞおちを朱理は無情にも蹴り上げた。

浅倉は階段から落ちそうになり、咄嗟に──階段の縁に指を掛けた。

「浅倉さんは頭脳派だって自分で言ってましたよね」

その手を朱理はがつんと踏みつける。

「ぎ……！」──激痛に耐えきれず指がほどけた。

浅倉の身体が階段を転がり落ちていく。

──ちくしょう、ちくしょう……！

やっとの思いで摑んでいたのは元相棒のネクタイだけだった。

回転する視界の中に、その布がはらはらと揺れる。

格闘の末に前ボタンがちぎれた彼のシャツの隙間から、別の形状の黒い歯車が見えた。

鎖骨の左下。うなじに刻まれたあれよりもずっと深い黒──……。

がしゃん、と大きな音をたてて浅倉は踊り場の床に倒れ伏した。

「グラシャラボラス、そいつは食うな」

──それがおまえを惑わす悪魔の名前なのか……。

浅倉は薄れゆく意識の中で何度も呟く。

「……かならず……、オレが……、……助けてやるから……」

生まれたときから僕は王になる運命だった。
父は戦争で死に、母は産後の肥立ちが悪くまもなく亡くなった。
たったひとりの純血の王族《僕》は大切に育てられた。
病魔を避けて、僕には五十八人の女中と、二十七部屋が用意された。
欲しがるものはなんでも与えられ、食事は好きな肉だけを。
宮廷中の女を抱くのに飽きると美しい男児にも手を出した。
世の中に存在するすべての生命は僕のものだった。
彼が成長するまでは。
僕が暴食の王と呼ばれるころ、僕に純潔を奪われた男児は宰相になっていた。
腰に佩《は》いたその剣が、月夜の晩に、背後から僕の心臓を貫いた。
だから僕は——憎悪を浮かべる彼の目を潰した。
そうして僕は、彼が僕を見間違うその日まで、彼を欺き心を殺していった。

第三章　許されざる幸せ

†

天井が白い。

神宮寺二三子が左腕に違和感を覚えて持ち上げると、腕を曲げるところからチューブが伸びて大きな袋に繋がっていた。液体の中身は透明だ。「5％」と大きく印刷してある以外は細かい文字が並んでいてよく読めない。

なにがどうなったのか理解できず二三子はしばしぼんやりしていたが、数度の瞬きを繰り返して、独特なアルコールの臭いに覚醒した。そうしてやっと自分が寝かされている場所が病院のベッドだと気づく。

十五平方メートルくらいの個室には小さな窓がついている。外は暗い。壁掛け時計の三時は昼ではなく深夜を指しているようだ。

「……ひぃちゃん」

傍らの丸椅子にはひどく疲れた顔をした浅倉が座っていた。左腕を肩から吊り、首には頸椎《けいつい》カラーが巻かれている。額と頬には大きな絆創膏《ばんそうこう》が目立った。二三子は彼の痛々しい姿に狼狽《ろうばい》して起き上がろうとしたが、ずきりと頭が痛んでよろめいた。

「しばらく寝てろ」

「でも……ひぃちゃん、怪我して……」

するとと浅倉はふんと鼻で笑った。

「こんなの怪我でもなんでもねぇ」

誰がどう見ても満身創痍《そうい》だが、昔から彼にはこういうところがあったなぁと二三子は懐かしむ。そろりと手を伸ばして目の横の青たんに触れれば「いててっ」と撥ねられた。

「強がっちゃって」

ふふっと笑って引かれた二三子の指を、浅倉は硬い面持ちで摑む。

「おまえ、アイツの目を盗んで、オレに電話をかけてきたんだろ」

二三子はぎくりと顔を強ばらせる。

「なにがあった。歩未はアイツが誘拐したのか？」

昨夜の出来事をみるみる思い出したのか二三子の顔が青ざめていった。


……恵美に頰を叩かれて浅倉は意識を取り戻した。正確には彼女の平手で叩かれた衝撃で、頸椎にびきりと激痛が走ったために強制的に起こされたのだった。

「もうちっと優しく起こせよ……」

勝ち気なばかりでなく暴力的な女だなと愚痴る浅倉は、けれど彼女の真剣な表情に、最悪の事態を察して立ち上がった。恵美の両手には白い手袋がはめられ、靴カバーが掛かっていた。見上げた先の八階の非常ドアは開いている——。

「先に中を確かめさせてもらったわ」

「一之瀬は……！」

はっとする浅倉を恵美は鋭く睨みつけた。

「会ったのね？」

「……あ、や……、これは……」

「それ一之瀬くんのネクタイでしょ」

浅倉が手にしっかりと握っていたものは青のストライプネクタイだ。慌ててさっと背中に隠したが、脚の間にぷらりと垂れ下がる。疑わしい目で顔と交互にじろじろと見た恵美は、ふーっと重いため息をつくだけでそれ以上はなにも訊いてこなかった。

「店内に女性がひとり倒れていたわ。……大丈夫よ、気絶してたけど目立った外傷はなかったし、息もある。一応いまさっき救急車は呼んだ。消防本部には片付け中に転んだって適当に誤魔化しておいたから後はよろしく」

手袋をひと組、ぽんと手渡されて、浅倉は素早く両手にはめた。

焼肉店『天狼』の店内の明かりは消えていた。早々に営業を終えていたのか、肉を焼いた煙の匂いはこもっていない。椅子は方々に倒れ、小皿や割り箸の類いがテーブルの上や床に散乱していた。

「ふみちゃん！」

浅倉は店内の中央辺りでぐったりと横たわっている二三子に駆け寄った。エプロン姿のままだ。誰かと揉み合ったのか髪の毛の結び目はほどけて、明るい色の髪は乱れていた。浅倉はそっと肩を抱き上げた。胸にかくんともたれた彼女は、落ち着いた呼吸を繰り返している。

恵美は浅倉の背中に「そろそろ救急車が来るわ」と声をかけた。

「上もテナントかと思ったけれど、住居になっているのね。そこの厨房の奥の階段から上を見てきたわ。……誰もいなかったけれどね」

「警察には……通報はしたのか？」

震える声で浅倉は尋ねる。

「アタシを誰だと思ってるのよ」

恵美は落ち着いていた。

「エレベーターの昇降ボタンは作動していなかった。このお店の営業終了時間が夜の十一時だから、それ以降は止められていたんじゃないかしら。あなたに着信があったのは十一時過ぎてたわよね？　他に店内に侵入する方法は非常階段からのみ。七階からの折り返しの踊り場であなたが倒れてたから――」

「下の入り口に扉があっただろ」――あのザルな非常階段の扉だ。

やがて恵美の探るような視線が投げられる。

「内側から鍵が閉まってたわよ。簡単に開けられたけど」

「おまえどっから手袋してた」

「タクシーに乗る前からよ。どっかの誰かさんと違ってアタシは冷静だから」

「たぶんオレは施錠してねぇ」

「あらそう……ふぅん。曖昧そうだけど一応信じるわ」

つまり浅倉が昏倒した後に誰かが非常階段を下って、一階の非常階段入り口の扉の鍵を閉めたということだ。頭に血がのぼっていた浅倉の記憶は若干怪しいが、すくなくとも浅倉は扉を閉めたかもしれないが内側から鍵を掛ける余裕はなかったし、後から追ってくる恵美のことを考えれば鍵を掛ける理由はない。

「ということは、あなたがぶっ倒されてアタシが来るまでの間だから……、誰かさんが現場に残った証拠を隠す余裕はなさそうね」

恵美はエレベーターが昇降しないことに気づいてから浅倉とおなじルートをたどった。非常階段の入り口の扉のノブを捻っても開かず、扉の網の隙間から手袋をした右手を差し入れ、サムターンを回した。七階から八階にかけての踊り場に倒れていた浅倉を発見するまで、恵美は誰ともすれ違わなかったということだった。

「もし一之瀬くんの痕跡が見つかれば大事になるわね」

「……」――浅倉はゆっくりと二三子を寝かせる。

上席に報告するのは二三子の口から経緯を聞き出してからでも遅くない。

「……ねぇ浅倉くん」

「なんだよ……」

救急車のサイレンが聞こえてきた。

「アタシ、辞表を持ってきたの」

浅倉は驚いて振り返った。恵美は厳しい表情で腕を組んでいる。ギラギラと刑事睨みをきかせているのは、エレベーター前で横倒しになった青色のコンテナから散乱した未使用の「おしぼり」に対してだった。レンタル業者の名前が印刷されたビニールに包まれている。薄暗い店内でよく目を懲らすと、たった一枚だけビニールに包まれていない使用済みの「おしぼり」がくしゃりと潰れて見えた。

「警察官として行動が不適切？　警察官職務執行法違反ですって？　あなたはどうだか知らないけど、アタシはあんだけ好き放題言われてだんだん腹が立ってきたのよ」

言葉では怒っていても恵美の表情は至って普通だ。

「あいつらはゲロのにおいを嗅ぎ分けたことはあるのかしら。腐乱死体と夜を明かしたことはあるのかしらね。職質したらいきなり刃物を向けてこられて、拳銃《ハジキ》撃たずにどうやって制圧するのかとか、自分の命を天秤に掛けて迷ったことはないんでしょうね」

「……ねぇだろ、たぶん……」

彼女に応えるわけじゃないが、浅倉はぽつりと呟いた。

「嘘をつけない一之瀬くんは捕まったらきっとあそこに呼び出されて悪魔の話をするのでしょうね。いつも現場で汗水かいてほとんど家に帰れないアタシたちに、質問も意見も許さなかったあいつらは、果たして一之瀬くんの突拍子もない話を聞くかしら」

「……聞かねぇよ、聞く気すらねぇだろ。そもそもあいつらが一之瀬を課長代理にしたのは奇特捜ごとすべてを背負わせて有耶無耶にするためだ。そもそも奇特捜がつくられた理由自体が未解決事件の責任転嫁のためじゃねぇか」

今度こそ彼女の耳に入ったらしい。

ぶちん、と堪忍袋の緒が切れた音がした——気がする。浅倉は女刑事の豪胆に参って怖い怖いと立ち上がった。あぁなると男より女のほうがずっと恐ろしい。

浅倉は救急隊員を招くために非常階段へと向かった。

「ルールも法律もクソッタレなのがよくわかったわ。そんなもん守るのが正しい警察官の在りかただっていうなら、こっちから辞めてやる」

「そりゃあ最後の手段にしとけよ……」

ここは恵美に任せてもよさそうだ。

「休暇届け出しとけ、どうせ有給余ってんだろ。上の連中にバレねぇように動くぞ」

恵美は朱理とおなじ奇特捜の捜査員だ。上司の不在を不審に思って探ったなどと、この後の行動に理由づけができる。目立つ行動は彼女にさせて、浅倉は隠れて動いたほうがよさそうだ。

「ヘマしないでよ」

「オレこれでも頭脳派だからな」

ここから別行動になっても終着点はおなじだ。目指すは――一之瀬朱理である。


「……そう……。歩未は、まだ、見つかってないのね……」

浅倉から意識を失っている間の話を聞いた二三子は、怯えた声で言った。

「ふみちゃん」

丸椅子に座り直し、浅倉は二三子の目をまっすぐ見つめる。

「歩未が誘拐されるって言ったよな。そりゃあ、誰に？」

「……」

二三子は上半身を起こした状態で俯いている。彼女は気まずそうに布団の上で両手の指をこすり合わせた。浅倉はしばらく彼女の回答を待ったが、だんまりを決め込まれた。

やれやれと仕方なく質問を変える。

「アイツは『俺にはまだやることがあります』って言ったんだ。残念だが一之瀬が歩未を誘拐したんだとしたら、いろいろとオレん中では邪推しちまうんだわ」

急に息を詰めたように彼女の表情が曇った。

「前におまえ、一之瀬がほぼ毎日のように店に来てるって言ってたよな」

「……」――二三子の唇は開かない。

「オレはその話をおまえからしか聞いてねぇんだわ」

朱理に贔屓にしてくれと言った手前、別に尋ねることでもないかと浅倉は思っていた。

「いま思えばアイツの顔色がよくなったのって、おまえら親子に会ってからなんだよ。別に私生活にまで口だしする気はねぇけど……アイツちょっと昔いろいろあったから」

浅倉にしたら幼馴染《おさななじみ》と元相棒の間になにかがあったとなると複雑な思いだ。

「オレには言えないことか？」

噛みしめた唇が震え、次第に嗚咽が漏れ出す。浅倉は眉間に皺を寄せた。

「すこし前に、一之瀬さんから……明日香さんと真由ちゃんのこと……聞いたの……。娘の真由ちゃんが殺されたのって、小学校に上がる直前だったたって聞いて……。歩未も懐いていたし、つい……歩未は前からパパがほしいって言ってたわね？　って……」

ぱたぱたと布団に涙が落ちた。二三子は咄嗟に口を押さえる。

「ご、ごめんなさい……一之瀬さんの気持ちを考えなかった、わたしがバカだったの。ぜんぶわたしが悪いの……一之瀬さんは悪くないの。ごめん、なさい……――」

二三子はただひたすらわぁわぁと泣いて謝るばかりだった。

†

朝を迎える前だったが、恵美が一之瀬家に入るのはそう難しいことではなかった。

奇特捜に一度辞表を取りに戻ったとき、何気なくネームプレートを見ると、隣に警察車両の鍵が掛かっているのが目に留まった。ついこの前まではその一本しかぶら下がっていなかったはずなのだが、見たことのない鍵が寄り添っていた。

複雑な形状からして家の鍵だと思った。恵美は小さな「奇特捜」というプラスチックのプレートが付いたその鍵を取った。

――もしかして……？

確証があったわけじゃない。これまでふたりで捜査に出るときに車を運転していたのは彼だった、たったそれだけの事実が恵美にある閃《ひらめ》きを抱かせたのだ。

浅倉にはこの鍵のことは伝えなかった。直情的な彼に伝えればきっと自分を押しのけてでもまた一之瀬家に行くと思った。それは目立ちすぎる。いま一之瀬家の周辺に上層部の蟻《あり》が潜んでいないとも限らない。

彼よりも恵美のほうが比較的冷静なのには理由があった。逆転の発想で、自分が目立てば、浅倉の行動はかえって目立たないと恵美も気づいたのだ。奇特捜という特殊な捜査員であることを逆手に取って自分は動き回る。最終的に咎められても上着の内ポケットには辞表が控えている。そのとき浅倉に有益な情報だけを渡せばいい。

「……ま、当然マークされているわよね」

ひとしきり『天狼』で情報を集めたあと虎ノ門駅付近でタクシーを拾った。恵美が乗り込んだタクシーの前後左右にはあやしい車がついて回り始めたのを途中から悟った。こんな変な時間に恵美が住む警察公舎からは遠い住宅街で降りたというのに、ついてきた二台は近くで停まったのだ。

「わざとよ、バァカ」

スマートフォンの電源を切らなかったのは自分を追わせるためである。

一之瀬家の扉の前にたどり着くと、恵美はさっと踵を返して廊下から階下を見やった。電信柱の陰にひとり。向かいのマンションの入り口にひとりだ。片方には見覚えがある。捜査一課の浅倉班ではない若手だ。やはり上層部の本命は浅倉らしい。

念のため浅倉に電話をかけてみたが、電源が入っていないアナウンスが流れた。

「頭脳派ってのは嘘じゃなさそうね」

ひと安心して恵美はスマートフォンを上着のポケットにしまう。

一之瀬家の家の鍵は素直に回った。恵美は落胆して口の端を引きつらせる。あのお騒がせ上司はいったいなぜ家の鍵をあんな目立つところに置いていったのだろうか。

「お邪魔しまー……す」

扉をうっすら開けて恵美はひょこっと顔を覗かせる。五年前から男性の独り暮らしにしては意外にも綺麗な玄関だ。替えの革靴が一足と、彼には似合わない白いスニーカーが一足、後者はなぜかぐっしょりと濡れていて雑に脱ぎ捨てられた状態だった。

近隣住民に音を聞かれないように恵美はそーっと身体を割り入れ、慎重に扉を閉めた。万が一、スペアキーを使って彼が中に身を潜めていることも考慮し、そっと後ろ手に鍵を掛けた。警察官は家の内部を捜査するとき自衛の意味でも鍵を掛けないが、いまはあえて自分の身の安全確保は捨てる。恵美にとっては、外で張っている警察官が容易に入って来られないようにするほうが自衛だった。

「一之瀬くーん……、は……？　そりゃあまぁ、いないか……」

暗闇の中に呼びかけるも家主の返事はない。

靴を脱いであがるとすぐに右に折れる廊下だった。

恵美は手探りで廊下の明かりのスイッチを見つける。パチン、と押せば、細長い廊下の脇には扉がふたつ並び、つきあたりではリビングに続く扉が半開きだった。

「結構広いのね」

ファミリー物件だ。妻と娘との三人暮らしだったのだからそりゃあそうかとも思うが、ここで家族が殺されて、そのあとひとりで暮らすのは息苦しくなかったのだろうかとも思う。殺人があったから事故物件になってしまい売るに売れなかったのだろうか。

恵美は手前からひとつひとつ明かりを点けては中を覗いていった。

便座カバー、床マット、トイレットペーパーカバー、スリッパに至るまで、トイレ内のすべてが緑色のカエルで揃えられていたが、それらは色あせている。脱衣所の手洗い場のタオル掛けもカエルで、洗濯機を覆う銀色のラックの上にもカエルのキャラクターの籠が鎮座していた。風呂場の鏡にも剝がれかけのカエルのシールがくっついている。

「カエルが好きなのかしら……？」

なにか意味があるのだろうかと恵美は不思議に思った。

しかしそれらが年季の入っていることが引っかかる。消耗品はともかく、いまのところ備え付けの生活用品で真新しく感じられたものはひとつもない。生活感が薄いわけではないが、そこかしこに違和感を覚える家に、恵美は居心地の悪さを感じていた。

「めんどくさがり、な……わけじゃないわね……」

掃除は行き届いている。

「……あ――」

リビングに入って明かりを点けると、恵美はその違和感の正体を知った。

「あぁ……」――呆然と口を手で覆う。

後退し、壁にどんと背中をつけて恵美は天を仰いだ。

思わず涙がせり上がるが、ぐっと堪える。

窓辺に、妻と娘の骨壺《こつつぼ》がそのままだ――。

その下には見るからに新品のランドセルが置いてある。

彼は奇特捜に異動になる前は捜査一課の捜査員だった。浅倉と同様に、もしくは真面目な彼は浅倉以上に残業が多かっただろうし、休日などほとんどなかったに違いない。

きっとカエルグッズは彼の妻か娘がせっせと用意したものだ。「カエル」だけに、父親の早い「帰り」を願って、家の至るところで彼の目につくように置いたとしたら――。

――そんなの、捨てられるわけない……。

思い出を感じる品物に囲まれて、彼は「五年間も生きてきた」んじゃない。ここは思い出の品とともに「五年が経過してしまった」家だ。一之瀬朱理はもう死んでいる。

――一之瀬くんの時間は……あの日からずっと止まったままなんだわ。

恵美はふらふらと窓辺で笑うふたりの写真に近づいた。骨壺の前には、ささやかながら仏具が置かれている。燃え尽きた線香からはまだ白檀の匂いがした。

「どうか……」――力を貸してくださいと妻子の笑顔に祈る。

手を合わせたあと、線香立ての横に気味の悪い写真が置かれているのが目に留まった。

父親らしき人物の顔だけが切り抜かれている。

――なにかしら……これ……。

「おい女」

それを手に取ろうとして、後ろから何者かに声をかけられた。ぎくんと恵美の肩が跳ねて振り返る。

「え、誰……」――恵美はぱちぱちと睫毛を上下に揺らす。

見事な金髪に青々とした瞳の青年だ。年のころは二十代前半ぐらいだろうか。冬なのに半袖Tシャツにラフなジーパンを穿いている。白い腕を組んで、むっつりと不機嫌そうに立っていた。見た目からして、たぶん外国人だろうと恵美は思ったが、さっき聞こえたのは流暢《りゅうちょう》な日本語だ。

彼の背後で全開になっている扉の向こうにはベッドが見えた。

――ここ……一之瀬くんの家、よね……？

「久しぶりであるな」

「……会ったことありませんけど」

彼が見目麗しい美青年と同居しているとは聞いたこともない。

すると青年は「うぅん？」と唸ってこくりと首を傾げた。

「ふむ……そうか……。そういえばあのときはそうだったな。我は貴様を知っているが、貴様は我を知らなくて当然か」

なにをわけのわからないことを言っているのか。恵美は想定外の赤の他人と遭遇したことに激しく困惑していたが、慌てて取り繕う。

もしや不在を知った物盗《と》り――、恵美は素早く腰のホルダーに手を掛けた。

「あなた一之瀬くんの家でなにしてるの。返答次第によっては――」

青年は恵美のひりついた雰囲気に気づくと、目を細めてにやりと笑った。

「そんな鉛の弾など我には効かぬぞ、人間よ」

「……人間……？」――彼は口調もおかしいが、なにかが変だ。

「なんだその変な顔は。……そうか……貴様もしや、悪魔を知っているな？」

先ほどから語らなくてもなぜかこちらの胸の内が伝わっている。

「まぁ我のことはベルとでも呼べ。我の真なる名は聞くなよ、貴様にも貴様の周辺にも災いが降りかかるぞ。シュリのように悪魔の力を使いたいのならば別だがな」

呆然と恵美の手が下がる。

――この子が……例の、悪魔……？

「ふははっ、恐ろしくて声も出ぬか！」

ベルと名乗った青年は恵美を見下し、ゲラゲラと下品に嗤った。

「あっ……ごめんなさい……気を悪くしたら申し訳ないんだけど、全然怖くない……。悪魔ってこう、羽根が生えてて、歯が尖ってて、尻尾がうねうねしてるもんだとばっかり思ってたから……。本物ってとってもかわいいのね、びっくりしちゃった」

素直な感想を述べると彼はショックを受けたらしく白目を剝いてよろめいた。

「かっ、か……かわいい、我が、か……かわいい、だと……？」

青年はその場にへたり込んで頭を抱え始める。

「ぐぬぬぬぬ……愚か者め……我を何者だと……、し、知ったら絶対ビビるであろうに……人間相手に真の名を言えないのがこれほどまでに屈辱とは……！」

悪魔とはいえ意外にも見た目が恐ろしくないことに安堵し、恵美は彼に近づいた。

「一之瀬くんに憑いてた悪魔なら知ってるわよね。一之瀬くんはどこ？」

訊きつつさりげなく恵美は、その丸くなった青年の肩に触れてみた。人間とそっくりだ。触れる。悪魔なのに背中には羽根もなければ、お尻から尻尾も出ていない。

「なんだ貴様もシュリを探しておるのか？」

「ええ、あなたも？　せめて元気かどうかだけでも――」

「おそらく生きていると言ったら？」

「生きているかどうかはわかるのね。よかった……」

「一応……我はあやつと契約していた悪魔であるから」

ベルは抱えた膝の上にちょこんと顎を乗せた。

「って、ちょっと待って。契約して『いた』ってことは、いまは一之瀬くんは悪魔の制限つきの命じゃないの？　悪魔の力を使えない状態？」

「まぁ落ち着け人間。貴様なぜそんなにいろいろ理解しておるのだ……さてはあやつ、我との約束をべらべらしゃべりおったな……。今更だから別にいいが」

ぽってりとした唇を尖らせる。人間以上に表情が豊かな悪魔だ。

「あやつはいま別の悪魔と契約し、悪魔の力をフル活用して、己の痕跡を消しながら移動しておるようだ。アレは我よりもずっと格下の悪魔ではあるのだがな……隠れることに関しては少々厄介な力を使うのだ。影があるところに潜られたら我でも探知できぬ」

「あなたはその別の悪魔をやっつけられないわけ？」

「そううまくいかぬ。人間ごときには到底理解できぬ悪魔という概念の解釈の違いというやつだ。シュリめ……あやつ、あの雑魚の力の使いかたをわきまえておるらしい」

恵美は困惑しつつも彼に希望を見いだし、うんうんと相づちを打つ。

「契約した悪魔の力を使えば使うほど、人間は自我を悪魔に奪われ、善悪の分別がつかなくなっていき、次第に善き道から外れていくのだ。それは人間にとってときに罪であり恥でもある。つまりあやつはいま相当な罪人扱いになっておるのではないか？」

ベルは難しいことを言いながらすくりと立ち上がった。

急に振られて恵美は懸命に頭を捻る。

――罪人扱い……遺書の代筆のことをさしているのかしら。

ちょっと乱暴な表現だと思いながらも、うぅんと曖昧に頷く。

「アタシもなにがなんだかよくわかってないけれど……」

「貴様はシュリをまだ罪人とは思っていないようだな？」

「え？　そ、そりゃ……だって確たる証拠もないのに」

「ふむ……そうか……んー……、そうかそうか、もしや……なるほど……？」

ベルは顎に手を当てて考え込む仕草をする。恵美はしばらくじろじろ彼を観察したが、やがて他に手がかりはないかと、ぐるりとリビングを見まわした。寝室以外にもう一室部屋があるけれども、カエルのプレートが下がっていることから察するに、朱理の妻と娘の寝室兼自室といったところか。ドアノブにはうっすらと埃が被《かぶ》っている。いくら手がかりが欲しいとはいえ、そんな大切な部屋に踏み入るほど恵美は野暮ではない。

「悪魔でも一之瀬くんの居場所はわからないか……」

厭みを言ったつもりではなかったが、ベルは悔しそうに「むぐぐ」と呻《うめ》いた。

「あっごめんね、そういう意味じゃ――」

「ええい仕方があるまい！」

ベルは重い空気を破るようにぱちんと指を鳴らした。

「貴様、我を連れていけ！」

指を突きつけられた恵美は慌てふためく。

「あ、アタシも悪魔に憑かれるのッ？」

「そりゃあそうしたほうが我も思う存分に力が使えて手っ取り早いが、貴様が我と契約をするには――……」

途中まで言いかけてベルはなぜか一度口をつぐんだ。

「……まぁいい。我の知恵を貸してやろう。とにかく貴様がここに来たということは、シュリから家の鍵を託された女なのであろう？」

恵美は勢いに負けてこくこくと首を縦に振る。正確には違うが、ここは肯定しておいたほうがいいと思った。

「くく……あやつがなにを考えているのかわかってきたぞ」

アタシは微塵も理解してないんだけど、と恵美は顔を引きつらせた。

†

「別に手伝わなくてよかったのに」

念のためあと一日入院を勧めたが、二三子は夕方から焼肉店『天狼』を開けると言って聞かなかった。

「いいんだよ、どうせしばらく休みだから」

浅倉は二三子についてきて、とっちらかった店内の掃除を手伝う。

——ふみちゃんから目を離したらやべぇ気がすんだよな……。

歩未が誘拐されたことを通報もせず伏せたのは浅倉の意向ではない。二三子はすっかり泣きはらしてから、あのとき浅倉に助けの電話をかけたのはうっかり朱理との約束を忘れてた、寝ぼけていただけだとはぐらかしたのだ。歩未は誘拐されたのではなく「パパが欲しいという歩未の願いを叶えて一之瀬さんに預けただけ」の一点張りで、じゃあいまアイツはどこにと尋ねても、ウーンと首を捻られるだけだった。

——いやいや……おかしいだろーが。

大切なひとり娘の歩未を、知り合って半年も経たない赤の他人に預けるとはどういう了見だ。百歩譲って本当に歩未が望んだのだとしても、そもそも子どもを預ける約束を交わすという時点で、朱理と二三子はどこまで深密な関係なのか。

浅倉は汚れてしまった割り箸の束をゴミ袋に詰めながら、むすりと顎をしゃくらせる。

状況的にどう考えても二三子の話はおかしい。

——だったらなんでオレがあいつに蹴られんだよ。

『あなたに話すことなんてありません』

——後ろ暗いことがねえなら逆にオレには話せるだろーがよ……。

そこに男女の親密な関係を邪推してしまうと辻褄《つじつま》が合ってしまうのがもどかしい。

――た……たぶん、ちげぇな。

脳内でいろんな理由付けをしては必死にふたりの関係を否定している自分も情けない。歩未の保護者は浅倉ではなく二三子だ。歩未の身になにかあれば二三子の保護責任だし、浅倉には関係ないと言われたら確かに余計なお世話なのである。

「ひぃちゃん、騒がせちゃってごめんなさい。それまとめたらお家《うち》に帰って？」

割れた皿の破片をちりとりに掃き込みながら二三子は言う。

「や……歩未が戻ってくるまでいるわ」

「やぁね、なにを心配してるの？」

――そりゃ心配するだろーが。

なんでもないように破顔する彼女を浅倉は盗み見る。

「一之瀬さんにちょっと小旅行に連れていってもらってるだけよ」

――今度は小旅行……言うことが二転三転してやがるし。

「店の邪魔はしねぇよ。ゴミは下だよな？」

浅倉は首から下げていた三角巾を外し、その辺の椅子の上にポイと投げ捨ててから両手で大量のゴミ袋を抱えた。エレベーターのボタンを肘で小突く。

「ちょっとひぃちゃん、怪我してるんだから！」

「もう治った。ついでに看板の電気も点けてくるわ」

「まったくもう……」

実際、打撲の痛みはあっても、骨に響いて動けないわけではなかった。

一階までかごが下りて、エレベーターの扉が開いた。

「お？」——浅倉は一歩踏み出したところで止まった。

目の前に青いコンテナを抱えた青年が立っている。エレベーターを待っていたようだ。ツバつきの帽子には「ＥＬレンタル」と印字され、だいぶ着古された制服のツナギ姿から、このビルのテナントに出入りしている業者と見てとれた。

「……？」——いま、睨まれたか？

すれ違いながら頭をひょこりと下げたが、浅倉の会釈に青年は応えなかった。

——ま、だいぶ若そうだったしな……。

二十歳かそこらの子どもに目くじらを立てるのも大人げない。会釈に気づかなかっただけかもなと軽く流しつつ、ゴミをビルのゴミ置き場の隅にまとめた。その上にさっと烏《からす》よけのネットを掛けてエレベーターホールに戻った。一階の制御盤を開いてボタンを操作すると、夕闇に包まれた虎ノ門のビル街に『天狼』の看板がぽっと点いた。

「あー……そうか、おしぼりか」

浅倉は制御盤を閉じて呟く。エレベーターが八階で止まったままだ。先ほどすれ違ったのは『天狼』に出入りしている業者だったらしい。

幼馴染と元相棒の怪しい関係にいつまでももやもやしつつ、店に戻った浅倉は、扉が開いて早々「いいかげんにして！」と怒鳴る二三子の声にはっと息を飲んだ。

「どうした！」

ツナギ姿の青年が背後の浅倉にちらりと目をやる。

「……」――青いコンテナを抱えたままだ。

「あっ……、ご、ごめんねひぃちゃん、なんでもないから！」

二三子は苦笑いでなんでもないと手をぱたぱた振った。

「……誰ですか」

「てめぇこそ誰だよ」

「誰って、見てわかりませんか」

「挨拶の仕方がなってねぇな。オレはふみちゃんの高校時代の同級生で警――」

「ひぃちゃん！　なんでもないって！」

浅倉としてはなぜか睨まれているから睨み返しているだけなのだが、二三子は一触即発とでも思ったのか双方の間に割り入って「なんでもないの」とだけ繰り返す。

「じゃ、新しいのと交換だから……」

青年は二三子がまとめておいた青いおしぼりコンテナの横に、自分が持ってきた青いコンテナをどすりと置いた。手際よく伝票を切り、その上に控えの伝票をのせる。

――名前は、伊波《いなみ》……ね。

不遜な態度の割には存外綺麗な字で「担当者」の欄に名前を書いたのを、浅倉は見下ろした。

「ちょっと、ゴミ……入れとかないでよ……」

青年はぼそりと文句を口にし、二三子の手に丸まった紙くずを放る。

「え、入ってた？　ごめんなさい」

「……こいつの前だと謝るんだ……」

古いコンテナを抱えてさっさとエレベーターに乗り込んだ青年は、やはり浅倉とすれ違うときに、じろりと睨んでいった。

「なんだあのクソガキ。社員教育がなってねぇな。どこの業者だ、あとでクレームつけてやろうか」

「やめてひぃちゃん、取引先なんだから」

「ったく、最近の若いもんはよ……。そりゃなんだ？」

浅倉は二三子が握っている紙くずをひょいと摘まむ。

「ゴミが入ってたみたい」

「ふーん……こんなちっせぇゴミくらいそっちで気ィ利かせて捨てろよな」

ゴミ箱に投げようとしたが、ふと指に紙類だけではない硬い質感を覚えた。金属か。

丸まった紙をかさかさと開く。二三子はひょいと浅倉の手元を覗き込んだ。

「きゃ……っ」

浅倉の表情がみるみる刑事のそれになる。

上質な紙に包まれていたのは、奇特捜の捜査員の証である『不吉の黒』だ。留め具は外れて、針には血らしき赤黒い液体が付着している。

その針の先端で書かれたのか、紙に書かれた血文字は意味深だ。

「……『レンラクヲスル』……」

浅倉が読み上げると、腕にしがみついている二三子がぶるりと震えた。

†

軽快なダンスミュージック。

そこかしこで叩かれるタンバリン。

座席にしみついた煙草の臭い。

スポットライト以外の明かりはない。

時折吹き出してくるスモークには、アジアンな香の匂いが混ざる。

これでもかというくらつくほどの非現実的な演出にあてられて酔いそうだ。

恵美の目の前では異常なまでに張り出した胸と尻がゆっさゆっさと揺れていた。

「で、なんでここ？」──出されたウーロン茶をずずっとすする。

ストリップ劇場のかぶり席で恵美の横に並んで脚を組んでいるのは、Ｇカップの現役ストリッパーである。豪勢な縦巻きロールの髪、妖艶に微笑む分厚い唇、瞬きをするたびにばしばしと音がしそうな睫毛は、およそ恵美とはかけ離れた生物のもののようにすら感じる。おなじ女とは思えない色気と迫力に、ちょっと恐れのようなものを抱きながら恵美はジト目でストローの先を噛んだ。

スーパーマーケットで夕飯の買い物をしていた恵美に、彼女はいきなり声をかけてきた。全身ど派手な蛍光色の服装で──そのカゴ置いていいとこ行きましょ──と、さも世間話のように誘われ、恵美はすぐに浅倉の協力者だと直感した。

「いいでしょ？」

「よくないわよ」

自分をマークする警察官まで劇場内に入ってきていた。場違いな気難しい顔で入り口付近に立っているのは滑稽だが、それよりもここに恵美が出入りしたという情報を持ち帰られていったい上にどんな報告をされるのかヒヤヒヤする。

──しかもあの子、ずっとついてくるし……。

金髪碧眼の美青年ベルは、あれから恵美が住む警察公舎まで押しかけてきて、悠々とベッドまで占拠された。お陰で恵美は床に布団を敷いて寝る羽目になった。

ちらりと見やると、彼は円形の舞台の隅っこでつまらなそうに頬杖をついている。

見れば見るほど見目麗しい青年だ。ストリッパーたちは演目をこなしながら彼に猛烈なアピールをするものの、靡く様子は欠片もない。

——悪魔だから人間の女の子には興味ないのかな……。

そんなにつまらないのなら外で待っていればいいものを。無言で劇場の入り口を通過するものだから、恵美は彼のぶんまで金を払うことになった。

「ここなら暗くてうるさいから、いいでしょって意味よ」

マリコと名乗った隣の彼女は、そう言っておもむろに己の胸の谷間に手を差し入れた。

「はい、これ」——小さく折りたたまれた紙だ。

恵美は背後の警察官に気取られないように前屈《まえかが》みでそれを受け取った。両手をウーロン茶に添えたまま、セーターからこぼれんばかりの胸の谷間で……。

「お上手じゃない」

マリコは面白そうにふふっと嗤った。

「なんでアタシがこんなことしなきゃいけないのよ」

「我慢なさいな。男性警察官の身体検査をクリアする序の口でしょ？」

「間違ってるけど正しいわ……やっぱり間違ってるけど」

「あたしずる賢いくせにカマトトぶってる女って嫌いなのよね」

浅倉の協力者らしい一言である。

表立っては言えないマリコと浅倉の関係だが、恵美にも彼女のような前科持ちの協力者は存在する。警察官、とりわけ刑事の中には、過去に罪を犯した人物を自分の協力者として利用する場合がある。もちろん彼らは罪を償って刑務所から出てきているわけで、警察官にとっては避けるべき相手ではなく、むしろ彼らの情報網を有効活用したいわけだ。悪事を働くための利害関係ではなく「一般市民として協力」している体である限り、前科持ちの協力者の存在は上司や同僚からも黙認されている。

「悪かったわよ、ありがと」

目の前で繰り広げられる演目をぼんやり眺めながら、恵美はそっと紙を開いた。

はがきサイズですこし厚めの上質な紙だ。一度ぐしゃりと丸められた形跡がある。

「……ふぅん」

血文字で『レンラクヲスル』とは、わかりやすく悪者だ。

「あと彼からは『不吉の黒』って言えばわかるってさ」

マリコは、よくわかんないけど、と首をすくめた。

まるでなにかを包むように紙が一度くしゃくしゃに丸められた痕はそれだ。

恵美のスーツの胸元についたものではないことは確かだ。となると彼のバッジ以外にはありえない。実物がないのは浅倉が持っていたほうが都合がいいと判断したのだろう。互いに彼の情報は共有すべきだ。賢明な判断だと思う。

「これをどこで受け取ったの？」

「いつもの焼肉屋。お店の名前なんだっけ……忘れたけど」

おそらくあの雑居ビルに入っている『天狼』のことだ。浅倉は協力者とのやり取りにもあの店を使っているらしい。

「あぁそうそう、あともうひとつ。それ、おしぼりの箱の中に入ってたらしいわよ」

「……おしぼり……？」

恵美は紙を折りたたんで胸とブラジャーの隙間に差し込む。

役目を終えたマリコは「じゃ楽しんでいって」と艶《なま》めかしく立ち上がり、そのままステージの上にカツンと踵《かかと》を乗せた。

「見てる暇ないわよ」――恵美が席を立つとベルも立ち上がった。

ストリップ劇場を出たが、後ろをぴたりとついてくるベルのお陰か、自分をマークし続ける警察官たちは容易に接近してこない。恵美は警察公舎に戻る。その帰り道の途中でコンビニエンスストアに寄り、カレーライスを手に取った。

「あなたもなにか食べる？」

「人間のメシは食わぬ」

「あ、そーなんだ……じゃあ飲み物は？」

「飲み物も必要ない。我のことは蠅とでも思っておけ」

そんな綺麗な顔なのに蠅って例えはどうなのかと思いつつ、恵美は会計を済ませた。

ベルはなにに対しても無関心だ。あのとき以来、恵美と目を合わせようともしない。

恵美が動けばついてくるけれど、それ以上でなければそれ以下でもない。しかしその見目麗しい見た目はどこでもひどく目立ち、人々の関心を引きつけて止まなかった。

――悪魔は幽霊とは別の存在なのね。

恵美がテレビを観ながらカレーライスを食べていても、六畳一間のベッドの上でベルは寝転がってぼーっとしていた。音に惹《ひ》かれそうなものなのにテレビも観ないらしい。

「お風呂は？」

「いらぬ。放っておけ」

「……便利なのね」――まるで餌のいらない猫のようだ。

濡れた髪をタオルでまとめた恵美は、ようやくテーブルに落ち着いた。

改めて浅倉から託された紙を出して観察する。この血文字は誰のだろうと最初に疑問を抱いたが、思い当たる人物はふたりしかいない。朱理か、神宮寺歩未のものである。

前者よりも後者だと恵美は思った。この『レンラクヲスル』のメッセージはきっとあの女店主にあてたものだからだ。だがたとえそれが前者だろうが後者だろうがわかったところで恵美たちの目的は彼らふたりの「保護」なのだから調べてもあまり意味はない。置物のようにおとなしい悪魔ベルを背に、恵美は考えを整理する。

——これをアタシが見落とした……？

ありえない。恵美はあれから改めて雑居ビルの周囲も含めて隅から隅まで調べたのだ。あの日の夜、焼肉店にも九階の居住スペースにも、こんなものは転がっていなかった。もし本当におしぼりのコンテナの中に入れられていたのだとしたら、恵美が店を施錠して出た後ということになる。二三子が運び込まれた病院に立ち寄って看護師に鍵を託してきたから、第三者が出入りすることは不可能だ。ありえるとしたら二三子か、だが——。

——浅倉くんのことだから二三子さんについていったはずよね。

「そういえば、あれって偶然……にしては、気になってたのよね……」

恵美はしばし黙考してから黒革の手帖を開き、メモした業者の名を確認した。

†

翌朝の八時過ぎに恵美は家を出た。無論ベルもふらりとついてくる。労務担当者から休暇申請が承認されたメールを受け取った。そのためなのかはわからないが、今日は恵美の行動を監視する警察官は追尾してこない。

――浅倉くんは大丈夫かしら……。

彼が追及されていないことを祈りながら恵美はタクシーを拾った。

ＥＬレンタルはおしぼりといったタオル類のレンタル・配送・クリーニングをまとめて行う工場併設型の会社だ。オフィスなどの玄関マットもオーダーでリースする。

下町に広がるその敷地に入ると、ベルがふんふんと匂いを嗅ぎ始めた。その様子はどこかそわそわと落ち着きがないようで、うずうずした子どものようでもあった。

――石けんの匂いが気になるのかしらね。

悪魔は石けんの匂いに敏感と、恵美の脳内メモに刻まれた。

第一工場ではボイラーが蒸気を噴射し大型の洗濯機がごうごうと鳴っている。

「おはようございます、榎本《えのもと》社長」

「おや？　――これはこれは、鈴城さん！　ご無沙汰してますな！」

額に汗をいっぱいかきながら恰幅《かっぷく》のいい初老の男性が走ってきた。豪快に笑い、首に引っかけた会社の手ぬぐいでごしごしと顔をこすって、浅黒い肌をテカつかせた。

「また見ないうちにべっぴんさんになりましたなぁ！」

「相変わらずお上手ね。どうせ裏じゃろくでもないことしてるんでしょ」

恵美が愛想笑いを返すと榎本社長は、はっはっはと乾いた笑いを繰り返した。

目白署内でも彼は、有期懲役が引き上げられる前――暴力団対策法が一層厳しくなる以前の典型的な「鉄砲玉」として有名な人物だった。二十年近い刑期を模倣犯として終えた彼はその後、謎の資金援助を得てＥＬレンタルを立ち上げた。

彼を支援したのは「鉄砲玉」を指示した指定暴力団だといわれている。日本の企業のバックに暴力団がちらつくのは珍しいことではない。

ＥＬレンタルでは従業員に少年院出身者や前科持ちを積極的に採用している。そのなかには再犯をして問題を起こす者もすくなくない。そのたびに榎本社長は所轄に頭を下げて回っていた。

恵美も目白署で何度も対応した。最初は人情に厚い昔気質《むかしかたぎ》だと思ったが、不意になにかの機会で赤字経営の帳簿を目にしてから彼への見方が変わった。それなのに従業員たちにはしっかりと給料が支払われ、家賃補助もあり、工場もみるみる拡大している。

しかも彼は出所してからずっと法は破っていないのだ。人がいいだけでは成り立たない処世術だ。警察や役所には尻尾を摑ませないノウハウを彼は身につけている。笑顔の裏には巧妙な闇が潜んでいるに違いない。警察が常に恐ろしいと思っているのは、こういう昔気質を見せながらも知恵を働かせた、人脈の根深い元暴力団組員なのである。

「またなにかウチのもんがやらかしちまいましたかね？」

榎本社長は目を糸のように細くする。

都合がいいことに榎本社長は、恵美が警察の捜査で来ていると勘違いしていた。

「虎ノ門のあたりに『天狼』って焼肉店があると思うんだけど――」

傷跡の見える榎本社長の太い眉がぴくりと動いた一瞬を、恵美は見逃さなかった。

「おたくは契約店の配達は担当制だと伺っているけど、誰が担当なのかしら？」

「……伊波ですねぇ。あいつがなにかしたんで？」

名前を言うまでにすこし間があった。

「ちょっとね」

回答を濁せば、榎本社長からなにやら意味深にうんうんと頷かれた。

「あんまり疑ってばっかりだと美人さんがもったいないことになっちまいますよ？」

「あらご心配ありがとう。で、その人はどこにいるの？」

「用件を言ってもらわんと。ウチも大事な従業員を守らなきゃならん立場ですから」

「仕事の邪魔はしないわよ、訊きたいことを訊くだけ。それともその子はアタシと話すと都合が悪いことでもあるのかしら？」

「ウチらはそういう言いかたされちまうと困っちまいますなぁ」

――珍しいわね。

榎本社長はやけに伊波という人物に会わせることを嫌がる。後ろ暗いところがないという清廉潔白さの押しつけが彼の売りなのに変だ。恵美はより疑いを強めた。

従業員たちはツナギの制服姿であくせく仕事をしながらも、榎本社長が来訪者と長く立ち話をしていることに不審な目を向けてきている。

「鈴城さんもお暇じゃないでしょうや」

このままでは押し問答だ。仕方ない。恵美は上着のポケットから折りたたまれた紙を出した。榎本社長はにこにこと大きな背中を従業員たちに向けて、わざと恵美の手元に影を落とす。内心は後ろ暗いことがあるから、だろうが、ありがたい気遣いだ。

「こりゃあ……」

低い声で囁かれた。榎本社長の口から笑みが消える。

「詳しくは言えないけれど『天狼』のおしぼりコンテナに入っていたの」

「おしぼり……——なるほど、いたずらにしては穏やかじゃないですねぇ」

さすがは「鉄砲玉」、説明しなくともこれが血文字だと察してくれたらしい。

「それのことを訊くだけですか？」

「ええまぁ、そうね」

恵美は曖昧に頷く。すると榎本社長はすぅっと眼光を鋭くした。唇が力強くへの字に曲がり、恵美はその脅しの表情をまともに受けてしまい、背筋が凍る感覚を覚えた。

「伊波は若いんですが苦労人なんですわ。母親を早くに亡くしたんで中卒ですけれどね、腐ることなく休みなく働いて必死に金を稼いどるんです。ここだけの話、勤めてんのはウチだけじゃないんですわ。朝は新聞配達しよって、ウチが終わったらコンビニでバイトしとるんです。……ええ子ですよ」

「留意するわ」

恵美は無意識に目を逸らしていた。ただの温情をかけてほしい発言とも聞こえたが、榎本社長の利き腕である左腕が震えていたのだ。

「おい伊波！」

ぐるりと振り返った榎本社長は、青いコンテナをベルトコンベアに持ち上げようとしていた若い男に声をかけた。

――そういえばベルくんはどこ行ったのかしら。

恵美は背中にぺとりと張りついた金の蠅には気づかない。もしかしたら物珍しく工場を見学しているだけかもしれない、と恵美はさして深く考えなかった。いずれ戻ってくるだろうと思い、駆け寄ってきた伊波という青年に視線をやった。

「……なんですか、社長」

身長は恵美よりもやや小さい。全体的に小柄で声に張りがなく、痩せぎすな若者だ。ＥＬレンタルと印字されたツバつきの帽子を取ると、ふわふわの猫っ毛が静電気をまとって重力に逆らうように四方八方へと跳ねた。まだ幼い面影があるものの、芯のしっかりした雰囲気で、洗練されてはいないが眉目秀麗な印象を受ける。

「このお姉さんが訊きたいことがあるってよ」

榎本社長は彼の背中をばしばし叩いた。恵美を警察官と紹介しなかったのは、おそらく気を利かせたからではないだろう。

「あのほら、虎ノ門の焼肉店『天狼』で、なんか変なゴミが入ってなかったかってなぁ。おまえはなにも知らんだろ？　古いの回収したときに気づくよな、な？」

こんなにノーの反応を押しつけられたら素直に答えることもできないだろうと恵美は渋い顔をした。

「あぁ……アレですか……」

直後、榎本社長の笑顔が固まる。

「たぶんあっちじゃないほうの警察の人ですよね。榎本社長を困らせないでください。コンビニのバイトが終わるの十時なんで……十時半に家に来てもらっていいですか」

†

結局ベルは戻ってこなかった。

——悪魔だしなぁ……。

雑な解釈で恵美は自分を納得させることにした。

伊波岳斗《がくと》という青年からもらった住所を手に、役所周りを訪ねた。彼の母親は確かに六年前に婦人科系の病気で他界しており、彼自身は十五歳で天涯孤独の身だった。戸籍上は父親の欄が空欄になっていた。

前科《マエ》はなし。中学校も母親が病に倒れてからは欠席が目立ったが、学校でトラブルを起こしたという記録はない。榎本社長の言動の怪しさはどうしても引っかかるものの、伊波岳斗本人には後ろ暗いところはなさそうだった。

——浅倉くんと連絡が取れればなぁ……。

例の紙の発見状況を客観的に訊きたかったが、仕方がない。

恵美は夕方からはなるべく騒々しい喫茶店を選んで過ごした。雑音があれば余計な考え事をしなくて済むと思ったし、なるべく小さな建物内にいて、人の目が多いほうがいいとも思った。いつ何時、恵美の行動を咎める警察官がやってこないとも限らない。それに電話が鳴っても小声で話せば周囲の世間話にかき消せて誤魔化せる。

その間に恵美の脳みそを横殴りする事件がふたつあった。ひとつは科捜研の川上からの密告である。

川上もあれから上席に呼び出され、勝手に優先順位を変えて鑑定を進めたことに対して叱責を受けたらしい。いままでそんなこと一度もなかったのにさ、と川上は愚痴をこぼした。彼女も彼女なりに悔しかったらしい。恵美の「その後」も気になったようだ。

「……一致せず、ですか」——電話を受けた恵美は思わず小躍りしそうになった。

山本敬子の家に残された代筆の遺書の、筆跡鑑定の結果が内通されたらしい。

『正確には似ているとは認められるが、本人とは断定できないってところさ。そっくりではあるんだ。おそらく筆圧がゼロだったことが原因だろうって話だけど』

「筆圧がゼロってどういうことですか？」

『人間の書いた文字じゃないってことだよ。……いや間違いなく人間が書いたんだろうけどさ、印刷でもなければ転写でもなく、筆圧ゼロでほぼ彼の字ってことだろうね』

川上は電話の向こうでふぅっと煙草の煙を吐いたようだ。

『つまり人間の書き文字だけど、人間が書くのは難しいってところだね』

「そっか……あぁ、そっか！」

恵美だけが納得して思わず喜びを声にした。

『なんで喜んでんだか』

恵美はここにベルがいないことを悔しがった。彼の確実な証言がほしいところだが、遺書の代筆は朱理本人ではなくおそらく例の悪魔の力に違いない。今朝から恵美への厳しい警察のマークが外れたのも、きっとその筆跡鑑定の不一致が理由だ。

『不可能とは言い切られてないからね。まだ簡易鑑定の結果だよ。わたしが言うのもおかしいけど、ねつ造なんて時間をかければどうとでもできるからさ』

「ぐ……」——その通りだ。

理不尽な大きい力にねじ伏せられる前にどうにかするのが恵美たちの使命だ。

川上に感謝を述べて恵美は電話を切った。

彼女と話している間、実は『天狼』のおしぼりコンテナで見つかった紙にちょっとした発見をしていた。桃色の上質な紙はただの紙ではなかった。それはくしゃくしゃにされた痕かと思っていたが、折りたたんで持ち歩いているうちにしわは伸び、紙には元々皮しぼ模様が入っていることに気づいたのだ。

──レザックっていう紙なのね……。

恵美はスマートフォンで紙の商品名を探し当てる。色の種類は豊富で、厚みも様々あるようだ。発見はそれだけではなく、はがきサイズの紙の隅には、微かに黒インクで文字が刷られた痕が残っていたのだ。

恵美はくるくると角度を変え、光を当てながら印刷された文字の読み取りをする。

「……スウィート、……ムーン……、セレモニー……」

そのあとは漢字四文字が続き、

「……のご用命は、お任せください……かな？」

残念ながら大きめの字の痕がどことなく読めただけで、他にも細かい印刷はされていたが、何度もくしゃくしゃに丸められたせいか、印字の痕を解読するのは困難だった。

伊波に会うまでの時間つぶしも兼ねて、恵美は何気なく「スウィートムーンセレモニー」をネットで検索した。冠婚葬祭の式場を提供する会社のようだ。七年前までは栃木《とちぎ》県の所謂避暑地で結婚式場も運営していた。しかし不景気と少子化の影響は大きいようで、会社の名称を「ムーンセレモニーホール」と改め、現在は都内各地で小さな葬儀場を営んでいるらしい。栃木県の豪華な結婚式場は受付停止状態だった。

「そ、葬儀場……！」

血文字も相まって、読んだ人間に死を連想させるには充分すぎる。

――やっぱり最悪のことしか考えられないじゃないの！

何の気なしに印字の痕を読むんじゃなかったと頭を抱えながら、恵美は閉店時間とともに喫茶店を後にした。


伊波のアパートは山本敬子の住んでいたアパートとどっちがひどいかと張れるほど古く、間違いなく平成の時代ひとつぶんは築年数が経っていた。

幸いだったのはチャイムが壊れていないことぐらいか。

伊波以外の住民はいないらしく、彼の二階の角部屋以外の郵便ポストの口にはべたべたとガムテープが貼られている。

「こんばんは……どうぞ」

伊波は疲れ切った顔で恵美を迎えた。上下灰色のスウェット姿だ。

「夜も遅いしここで大丈夫」

恵美が玄関で結構ですと断るが、伊波は「そうじゃなくて」と掠れた声で応えた。

「僕にフミちゃんと歩未のことを訊きたくて来たんじゃないんですか？」

「え……」

渦中にある『天狼』の母娘の名前が彼の口からするっと出たことに恵美は驚く。

すると彼はふわふわの後ろ頭を掻いて「違いましたか」とばつが悪そうに言った。

「どういうご関係？」

「うーん……」

一言で説明するのが難しいようだ。

「……えっと、立ち話もなんなので……ご近所の目とかありますし……」

「あ、そ、そうね！　じゃあお邪魔します」

恵美は自分よりも遙かに年下の子どもに気を遣われたことに恥ずかしさを覚え、慌てて靴を脱いだ。すぐに一口ガスコンロが備え付けられたミニキッチンが迎えた。

——一応テレビはあるんだ……。

榎本社長の話だとかなり貧乏な生活を送っているとのことだったが、意外にも家電の類いはそこそこあった。六畳一間の和室の隅に折りたたみ式のちゃぶ台が置かれていて、電気ケトルが鎮座している。エアコンはかなり古いがゆるゆると温風を吐き出している。

窓辺にはだいぶ穿き古した靴下がたくさん干してあった。その下では大きなカゴにまだ洗っていない洗濯物がたまっている。ここに来る途中で見かけた銭湯と、併設されていたコインランドリーの「お得チケット」が壁に画鋲《がびょう》で貼り付けられていて、二十一歳の青年が休みもなく働いている生活の様子が垣間見《かいまみ》えた。

恵美は勧められるままぺたんこの座布団に腰を落ち着ける。

「すみません……お茶とかないんで」

「あぁ気にしないで」

伊波は二十一歳ながら落ち着いていて腰が低かった。

「どうして警察の人だとわかったんだろうって思いますよね」

「まぁ、はい」――恵美のほうが恐縮してしまう。

「予想通りっていうか……たぶん警察の人が来るだろうなって思ってました」

胡座《あぐら》をかいた素足の両足首を握り、彼もなにから話すべきかと探っている様子だ。

長居もよくない。単刀直入がいいかと恵美は例の紙を差し出す。

伊波は血文字に驚くでもなく、一瞥すると俯いた。

「これがおしぼりのコンテナの中に混入していたのを発見した状況を詳しく教えてほしいの。アタシはわけあって一昨日の営業終了後にあの店を隅から隅まで調べたのよ」

「……」――伊波は無言で瞬きを繰り返す。

「いまここにはないけれど、ある人物を示す物も一緒にあったらしいわ」

「ある人物って……イチノセさんのことですか」

急に話の流れがぶった切られて、一気に核心へと迫った。

——この子……。

恵美は暗い顔で俯く彼を訝しむ。彼は神宮寺親子のことはともかく、朱理のことまで知っている。ただの取引先同士の関係ではないと恵美は直感した。

「イチノセさんって、一之瀬朱理って名前の警察官のことであってるかしら？」

「あ……、あの人も警察官だったんですか……、そっか、だから……」

彼の脳内ではなにかのつじつまがあったらしい。

朱理の素性は知らなかった——つまり「イチノセさん」のことは知っているけれど、警察官としての「一之瀬朱理」は頭になかった。ならば彼が今朝口にした「あっちのほうの警察」とは、どの誰のことを指しているのだろう。

「一応確認だけど、あなたが言うイチノセさんって、スーツの上着に黒いバッジがついてなかった？　アタシのとおなじ——これ」

恵美はいま着ているスーツの胸元についた『不吉の黒』を指さした。外見的特徴ではなくわざとそれを指し示したのは、わかりやすい誘導尋問だった。

伊波は長い前髪の隙間から恵美の胸元をちらりと見上げた。

「……それ、です」

うっかり口を滑らすというよりも、慎重に考えてイエスを選んだように聞こえた。

「もう一度訊くわね。紙と、それからこれとおなじバッジが、おしぼりコンテナの中に混入していたのを見つけたのは誰かしら？」

「僕です……」

「いつ？」――やっぱりね、と恵美は思う。

「昨日の夕方です。開店準備中に」

「お店には誰がいたの？」

「フミちゃんと……知らない男の人がいました」

「知らない男の人って、見た目は？」

どういった特徴かを尋ねると、背は高くてぽつぽつの顎髭が汚く、顔中に絆創膏が貼り付いていて、よれよれのスーツ姿の三十代後半から四十代くらいの男性だったと説明された。雰囲気は怖かったそうだ。恵美はすぐに――浅倉くんだわ――と紐付けた。

やはり浅倉は二三子に付き添っている。浅倉がその場にいたということは、朱理が直接来店して混入させたとは考えにくい。

「いったい誰が入れたのかしらね」

あんなことがあったのだから浅倉は決して二三子から目を離していないはずだ。

「あなたはどう思う？」

「……」

伊波はどう言い出すべきか迷っているかのように下唇を噛んでいたが、恵美が辛抱強く押しつける沈黙に観念して口を開いた。

「すみません。……僕です」

「どこでこれを手に入れたの？」

「一昨日の夜です」

「お店が閉まる前？　それとも後？」

「閉まった直後……です」

「ということは夜の十時以降ね」

かなり重要な証言だ。恵美は無意識に手をついて前のめりになっていた。

「あなたはエレベーターで店まで上がったの？」

「え……？　あぁ、はい……そうですね」

「店にはあなたと店主以外に誰がいたのかしら。……失礼、順番に訊くわ」

恵美は興奮して質問が荒々しくなっているのを深呼吸で抑えた。

あの夜『天狼』でなにがあったのか――。

「まず、あなたはどうしてそんな時間にお店に行ったの？」

「ちょっと、いろいろ……フミちゃんと約束していた日だったので。コンビニの店長にお願いしてちょっとバイトを早く終わらせてもらって向かいました」

——店主を「フミちゃん」って呼ぶぐらいの仲ってことかしらね。

二三子と伊波は恋人関係と呼ぶには親子ほど年齢が離れているので早々に除外する。

おそらくは天涯孤独で貧乏生活を強いられている伊波に焼肉店のまかないご飯を食べさせているとか、大して問題にもならないドライな事情かもしれない。目的からズレた質問は避けるべきだ。恵美はそこについては言及しなかった。

「あの……先に僕からいいですか？」

伊波は躊躇いながらおずりと手を挙げた。

「歩未は元気ですか？」

「え？」

恵美は目を丸くした。

「いや、元気ならいいんです……すみません」

「ちょっと待って、それってどういう意味？」

「え……？」

伊波も目を見開く。そして眉目秀麗な顔が次第に青くなっていった。

「イチノセさんって警察官なんですよね……？　じゃあ僕は……あの人に怪我をさせた

から、いま、事情を訊かれてるんじゃないんですか……？」

「怪我って、一之瀬くんは怪我してるの？」

「歩未は警察が保護したんじゃないんですか……？　や、やっぱりアイツが、歩未を、僕に会わせないようにしたんですか！」

「待って待って、落ち着いて——」

恵美はいきなりのことに慌てた。態度が急変した彼の肩をぽんぽんと叩いてなだめる。だが伊波が落ち着く様子はなかった。ばっと両手をついて、畳に額をこすりつけて恵美に土下座をしてきたのだ。

「お願いします！　歩未を返してください！　お願いします、この通りです……！」

「ちょ、えっ、ちょっと、顔を上げて。返していってどういうことなの？」

なにをどう謝られても、恵美だって歩未の情報は持っていない。朱理とともにあの夜、忽然《こつぜん》と姿を消しているものの、追って浅倉から行方不明者届を出す指示はないのだから既にあの店に戻っているのではないだろうか。

「あれから心配で昨日店に行ったんですけど、歩未には会えなかったんです。フミちゃんに訊いてもいまはここにいないの一点張りで……それで言い合いになっちゃったら、あの顎髭の怖そうな男の人が戻ってきたんで、それ以上は訊けなかったんです」

歩未は二三子の娘だ。保護者の二三子がいないと言ったのならば、事件性はない。

そう恵美は優しく諭すけれども伊波は納得しなかった。

畳の上で拳が震えている。彼は嗚咽混じりに言った。

「……約束したのに……」

一気にあふれ出した感情が、削れた畳の上にぱたぱたと落ちる。

「僕は約束を守ったんだ……なのに、……僕を、歩未の父親として認知してくれるって、約束……したのに……ッ！　どうしてだよフミちゃん……！」

彼の肩をさすっていた恵美の手がぴたりと止まった。

†

朱理は放棄された木枠だけのベッドに腰を掛けながら、右手に巻いて縛っていたハンカチをほどく。

手の甲に刻まれた横一線の傷からじわりと血が浮いてきた。思ったよりも傷が深い。

それとももう自分の身体は――……、傷口に唇を押し当ててぷっと足元に吐き捨てた。

先ほど川に浸してきた布の切れ端を当て、ハンカチをぐるりと巻き直した。両端を歯と左手で引っ張り、固く縛る。傷は脈を打つ度に痛んだ。

不意に粉のような雪の結晶がちらつき始める。

朱理は天を仰いだ。穴の空いた天井の向こうには月が見えた。

吐く息は白く、空気は静かに澄んでいる。革靴の中の足先はかじかんで感覚がない。

日が落ちると急に冷え込みが厳しくなった。拾った安物のライターに残された僅かなオイルを使って集めた枯れ木に火を点けたが、その炎も一夜を明かすにはまったく足りず、いまはすっかり冷めた灰になっている。

「……パパ……」

寝ぼけた声が膝元で囁いた。

幼い子どもは暖を求めて朱理の太ももに頬をすり寄せる。

トレンチコートを寝袋のように身体に巻きつけてやり、その上にはスーツを掛けてやっていた。それでもやはり寒いのだろう。そこかしこから羽根が出ている古い枕よりも、人間の体温を求めて傍《そば》までもぞもぞと這って来たらしい。

動いたせいでスーツは地面に落ちていた。屈んで拾い、ぱたぱたと埃を払ってから、子どもの背に掛け直した。

「……」——朱理は僅かに微笑む。

柔らかい髪を梳《す》くように朱理は優しく撫でた。子どもの体温が逆に朱理の冷えた身体をあたためる。

撫でても跳ねるふわふわとした猫っ毛をぼんやりと見下ろしていると、雲間から黒い声が降り注いできた。……わかってる、と朱理は呟いた。

意思を持った影がずるりと背後から伸びる。それは腕になり、背後から朱理を抱くように纏わりつく。指を模した幾本のそれがシャツの隙間に入ってきた。鎖骨の下に刻まれた歯車はとっくに八割以上欠けている。ベルといたときには使ったことがなかったから気づかなかったが、悪魔の力を使うと歯車が消える速度が増す仕様だと知った。

「……明日香、真由……。待ってろ……もうすこしだからな……」

虚ろな目で朱理は子どもの頭を愛おしく撫でた。

†

落ち着きを取り戻した伊波は、ようやく恵美にすべてを打ち明けた。

彼はぽつりぽつりとだが、神宮寺親子と己の悲しい関係を語ったのである。

「……理解したわ」――恵美は噛みしめるように応えた。

伊波岳斗は、指定暴力団の現組長の隠し子だった。伊波の母親が自分の死を悟ったときに、母親自身の口から打ち明けられて「疑惑」は確実のものになったのだという。

「学校から帰ってくると知らない車が停まってることが何度もあって……噂はありまし

た。子どもながらになんとなく、その噂は本当なんじゃないかなって思ってはいました。母さんの昼間のパートの稼ぎだけじゃ食べていけるはずはないですから――」

伊波の母親は押しに弱い人間だったそうだ。家庭教師のセールスを断り切れず、中学二年生の後期の間だけという約束で、伊波には家庭教師がつけられることになった。

そうして週に二日、家庭教師として通ってくるようになったのが神宮寺二三子なのだそうだ。当時の彼女は独身で三十代半ば、伊波はまだ十四歳になったばかりだった。

「ダメなことだとはわかってました……でも勉強に集中しなければって思えば思うほど、僕のベッドに腰掛けているフミちゃんが気になって――」

気まずくてどうしようもない多感な少年をからかうように二三子から火遊びを提案したのだそうだ。行為そのものは無理矢理ではなかったと彼自身は言う。

エスカレートしていった関係は、二三子の妊娠と同時に終わりを迎えた。二年生の後期が終わり、家庭教師の継続はされなかった。伊波の母親が倒れたのである。

「フミちゃんには産んでほしいってお願いしました……。中学校を卒業したら働くから、結婚は無理でもせめて責任は取りたいって伝えました。僕自身が私生児だった影響もあります。父親の顔も名前も知らないなんて子どもがかわいそうだから……でも――」

二三子は結婚も認知も拒否した。

認知したいなら養育費として一億円用意して――と冷たく言われたそうだ。

お腹の子どもにすっかり情が湧いた伊波は、堕ろされることを危惧してこれを承諾。伊波は進学を諦め、働く決意をした。願いはただひとつだった。二三子が産む子どもの父親になりたい、それだけの理由で伊波は現在に至る過酷な労働を選んだのである。

……伊波の言い分が真実かどうかは恵美にはわからない。

だが二三子は確かに歩未という子どもを産み育てていて、伊波が見せてきた通帳からはこの七年近い期間に相当な額の振り込みをしている。振込先はもちろん神宮寺二三子の口座だ。恵美は通帳を失敬して試しに振込額の合計を計算した。これを執念といわずなんというだろう。振り込み手数料は除いて、先日付でぴったり一億円である。

「母さんが残してくれた遺産は自分の生活費に充てました。フミちゃんに振り込んだお金はすべて僕自身で稼いだお金です。……顔も知らない父さんからは一銭ももらっていません。歩未にヤクザのお金で育てられたなんて思われたくないので――」

ＥＬレンタルは二三子が経営していた『天狼』の出入り業者だと知って、伊波から頼み込んで勤めだしたそうだ。目的はもちろん二三子に会うためで、繋がりを通帳を通してだけにはしたくなかったからだが、次第に歩未の成長を見守ることのほうが伊波にとっては大事になった。二三子とは振り込んだことを伝えるだけの間柄になり、いまは歩未の「父と母」の関係ではあっても「男と女」かどうかは怪しいという。

「榎本社長ですか……？　すごくいい人だとは思いますけれど……。残業代もちゃんと出していただいていますし、ボーナスも毎年もらえてます。あの人がなにか――」

あの「鉄砲玉」の榎本社長が庇うわけだ。おそらく伊波の素性を知った上で榎本社長は己のプラスになると思って雇ったのだろう。伊波自身は気づいていないが、伊波の父親に世話になっていたのが「鉄砲玉」の元親分だ。

恵美はそれについては自分は黙っているべきだと思った。その給料は間接的にヤクザの金なのだが、「ヤクザのお金で育てられたなんて思われたくない」と誓って七年近くも必死に働いてきた伊波の耳に入れる情報ではない。

「――……で、一億円を振り込み終えたあなたは、二三子さんに約束を果たしてもらうために『天狼』に行ったわけね？」

伊波は泣きはらした目をしょぼしょぼとさせながら小さく頷いた。

「どうしてそこに一之瀬くんがいたのかしら」

「わかりません……でも僕は――」

二三子と伊波の口論の仲裁に入った朱理と揉み合ううちに、伊波は朱理に怪我を負わせてしまったそうだ。「イチノセさん」の右手から血が出たのに驚いて、伊波は転がり落ちた『不吉の黒』を拾って思わずその場から逃げ出した。

――一之瀬くんが都合よく営業終了後の店舗にいた理由が引っかかるわね。

「じゃあこの血文字は？」

「血文字って……そんなの僕は知りませんけど」

不思議な顔をしている伊波に、恵美は「だから……」と畳の上に置いたまま放置していた、例の折りたたまれた紙を見下ろして、はっとした。

恵美は素早く立ち上がってそれを蛍光灯の光に翳す。伊波はなにがなんだかわからない顔をして、恵美を見上げた。

てっきり『不吉の黒』を包んでいた紙だからと誤った思い込みをしていた。針に血を付着させて書かれたものだと思っていたのだ。

――これも筆圧ゼロだわ……！

「その紙はもういらないから……」

伊波はどこか寂しそうに言った。

「この紙はあなたの？」

「昔フミちゃんからもらいました。僕が彼女からもらえた唯一のプレゼントです」

葬儀屋の紙がプレゼントとは、別れの比喩にしては冗談が過ぎる。二三子にとっては中学二年生の少年とは本当にただの火遊びで、本気にされて困ったといったところだったのだろうか。恵美は当時の二三子の胸中を想像した。

――一億円用意してってのも本気で言ったつもりじゃないのかしら。

だが本当に七年近くかけて一億円が振り込まれたわけだ。恵美が二三子の立場ならば、その執念に観念して認知ぐらい構わないと思うのだが。

伊波が歩未の親権を持ちたいというのであれば話は別である。日本では子どもの親権者として相応《ふさわ》しいかどうかは親権者の適格性が問われる。たとえば揉めて調停になり、これまでの養育状況や今後の養育環境を裁判所に提出を求められたとして、貯蓄のない伊波は圧倒的に不利だ。それに慣例としては母親が親権を持つことがほとんどである。二三子が負けることはまずない。

——女心って複雑ね……。

とはいえ、なにからなにまで推測の域を出ない。彼女が浅倉の高校時代の同級生ということは、同い年の女性のはずだが、恵美とは価値観が違うのだろう。

「最後にいいかしら」

「はい……」

「歩未ちゃんの意思はどう思う?」

一昨日の夜にあんな騒動があって、子どもとはいえなにも耳にしていないはずがない。警察官の朱理が仲裁に入って怪我をするくらいだから相当激しい喧嘩だったことは想像に難くない。交わされる言葉の端々から、きっと自分のことで揉めているのだろうと、幼いながら理解しただろう。

「フミちゃんは気づいているか知りませんが、歩未は……僕が父親であることをわかっています」

　伊波は苦しそうな顔をして俯いた。

「僕がおしぼりの替えを持っていくと、わざとフミちゃんに聞こえるように言うんです。歩未パパがほしいなぁ、って。唐突なんですよ。そんなこと僕の前で言ったらフミちゃんに怒られるってわかっててても言うんです。まさか僕とフミちゃんの日頃の短い会話から知ったのかと思ってたら歩未と目が合いました。僕にそっくりな顔で笑ったんです」

「そう……」――思っていたよりも長話になってしまった。

　伊波から携帯電話の番号を教えてもらい、恵美はお暇《いとま》することにした。

「歩未が無事だったら連絡ください。会いたいなんてワガママは言いません。元気にしてるならそれだけでいいです」

　玄関で靴を引っかける恵美に伊波は頭を下げながら言った。

「あと、イチノセさんに、怪我させてすみませんって……」

「……うん、言っとく」

　恵美は苦笑しながら応えた。

　夜空は快晴で、乾燥した冷たい風が吹いている。

　朝に着て出たダウンジャケットは暑いだろうかと思ったが、夜になるとこれだけでは物足りないくらいだった。

「うう寒……きっと北のほうは雪ね」

背中に張りついた蠅も密かに小さな手を擦り合わせていた。

†

浅倉が焼肉店『天狼』に居座って一週間が経った。

彼は営業時間中、客が来たら厨房に身を隠して仮眠を取り、客が帰ったらまた店内に戻った。二三子が食材を買いに行くときは「荷物持ちだ」と理由をつけてついていった。

二三子が就寝するときには八階と九階の間の階段に座って、やはりそこで仮眠を取った。いつでもどこでも寝られる習性を身につけている刑事の体力と根性は想像以上だった。

彼の睡眠は絶対に熟睡ではないらしい。二三子がうっかり調理箸をからりと落とした物音だけで、はっと目を覚ます。隙がない。つくづくおそろしい職業だと二三子は思った。

「ひぃちゃんって昔っからしつこいわよね」

「なんのことだ?」

「歩未は帰ってくるって言ってるじゃないの」

「オレは久しぶりの長期休暇で暇を持て余してるだけだぞ。独身男はすることがねぇからな。歩未が帰ってきたらついでに一之瀬も誘って遊園地にでも行こうかと思ってよ」

そんな調子で互いに腹の探り合いをするものだから、二三子も強硬手段に出るしかなくなった。だが相手は高校時代にバカなことばかりをやって女子たちに悲鳴をあげさせていたあの「ひぃちゃん」ではなく、いまやすっかりベテランの刑事である。

彼は自分のために作った二三子の手料理には手をつけない。客に提供した料理の残りを摘まむばかりで、飲み物も水道水以外は口にしなかった。

仕方なく二三子は料理や飲み物に睡眠薬を仕込むのをやめた。

砕いて溶かした睡眠薬を調味料の液体に混ぜ、そこに大根とニンジンで作った飾り花を漬け込んだ。客が食べないことを願いながら何気なく料理に添えて提供し、やがて浅倉が皿を下げて持ってくるのを待った。

「ここにいて。まかない作るから」

そう言ってフライパンを振った。わざと彼を厨房に立たせ、一緒に食べるものを作っているように見せた。浅倉の皿に客が食べなかった飾り花をのせると、自分の皿にも同様にのせた。しかし二三子の飾り花だけは睡眠薬が仕込まれた飾り花ではない。

浅倉は客の皿を片付けることはしても、二三子が客に提供する皿までは見ていないことに気づいたのだ。たとえ見ていたとしても、どの皿にどの飾り花が置かれていたのかまでは細かく見ていないはずだ。

「一緒に食べよう」

「おまえも食うのか？」

「うん、どっちでもいいよ」

五分五分の賭けだった。浅倉がもし今日仕込まれた皿を選ばなかったら、明日また挑戦するしかないと思ったが、見事に引っかかってくれて二三子はほっとする。

そうして飾り花をぽりぽりと食べる二三子に安心し、浅倉も飾り花を食べた。


二三子はテーブルに突っ伏してイビキをかく浅倉に毛布を掛ける。

「ほらもう……ひぃちゃん、風邪ひいちゃうよ？」

薬が効いているか試しに肩を揺すってみたが、起きる気配はなかった。

二三子はすぐに行動を開始した。九階の寝室までスマートフォンを取りに戻る。

あれからずっと電源を切りっぱなしにしていたが、電源を入れ直しながら素早くコートを羽織った。厨房で包丁をタオルで包み、鞄に押し込んだ。

「ひぃちゃん……ごめんね」

去り際に涎を垂らしている浅倉の頬に触れる。

「ありがとう」——囁いた声は思わず震えた。

素早くエレベーターに乗り込み、二三子は降りていった。

闇の中を駆けていく。やがて二三子のスマートフォンに着信があった。

実は一週間前から鳴り続けていた。浅倉の監視下にあって気づかれないために電源を入れるわけにはいかなかったのだ。

「……もしもし」

電話は約束した彼からだった。

「お待たせしてごめんなさい……。ええ大丈夫よ、誰もついてきてないわ」

二三子は角で曲がってぱっと元来た道を振り返った。浅倉は追ってきていない。

「ううん、わたしがあなたのところに行く。いまどこ？」

もう一度、鞄の中に包丁を持ってきたことを確認する。

指定された住所には心当たりがあった。二三子は思わず立ち止まり、なんでそこにと躊躇う。終電は既に行ってしまった。いまから乗るとしたら夜行列車しかない。そして夜行列車ならば明日の始発列車よりもすこしばかり到着が早い。

「朝には……着くと思う」

電話の主は二三子にいくつかの確認事項を伝えてくる。

「ええそう、すべてあなたの言われた通りにした。それで――」

夜行列車の始発駅までは走ればすぐだ。まだ間に合う。

二三子は交通ＩＣカードにじゅうぶんな金額をチャージした。

「……あなたがわたしを信じてくれて本当に感謝しています」

†

「ベルくん……どこぉ……」

すっかり床で寝ることが定着してしまった恵美は枕を抱きながら寝言をもらした。

伊波岳斗に会ってから一週間——。恵美は方々に手を尽くしたが、朱理の行方は知れなかった。それどころか悪魔のベルまで姿を消したのである。

あれからなんの進展もないが、気になることはある。窓辺に置いてある観葉植物のサボテンに時折、金色の蠅が止まっていて、恵美はきゃーきゃー叫びながら殺虫剤を乱射し退治を試みたが捕まえられなかったことが何度かあった……それぐらいだ。

そして昨夜からまた恵美への警察のマークが始まった。ついに上はねつ造した証拠を用意したのだろうと思い至る。深夜〇時とともに、恵美のＩＤでは共有ネットワークにアクセスできなくなった。いよいよ辞表の使いどきかと覚悟を決めた。

朝になったら焼肉屋『天狼』にいるであろう浅倉と接触をはかる。いま持っている情報を彼に託すべく、恵美は体力の温存のために一旦すべてを忘れて睡眠をとった。

「……っ、なによ……、……さっきからうるさいわね……」

深い眠りは耳元の激しいバイブレーションで無理矢理覚醒させられた。

「まだ四時……じゃないの」

半分寝ぼけながらスマートフォンを摑む。発信元は公衆電話だ。

「なんで公衆電話……？」

長い髪を掻き上げながら首を傾げる。

そうこうしているうちに切れたが、数秒後に再びスマートフォンは震えだした。

「……しつこいわね」

「おい女、その電話に出ろ」

へ、と顔を上げるとベルがベッドに腰掛けてふんぞり返っていた。

「ギャアアア——ッ！」

どこに行っていたのかという疑問が吹き飛ぶほど恵美は驚いて後ずさった。

ばたばたと室内灯を点けるとやはりあの悪魔のベルだ。脚を組んで頰杖をついている。

「シュリかもしれん」

「え……」——恵美は呆《ほう》ける。

「ぼけっとするな。いいから出ろ」

「も、もじもし——」

心の準備もないまま恵美は電話に出た。

『遅ぇよバカやろう！』

恵美の鼓膜を貫いた怒号は朱理ではなく、あの浅倉であった。

「……一之瀬くんじゃなかったわよ」

ベルは自分で言っておきながら責任をもつ気はないらしく、つんと顔を背けている。

『あん？　誰と話してんだ！　時間がねぇ、いまどこだ！』

「自宅よバカ！　いったい何時だと思っ……てゆーかあなたスマホはともかく、なんで公衆電話からかけてきてんのよ。『天狼』にいるんじゃなかったの？」

『二三子が消えた』

「は……？」――一気に緊迫する。

『やられた。たぶん一之瀬のところだ。おまえオレの代わりに動いてただろ、なにか思い当たる情報持ってねぇか』

朱理の名がベルにも聞こえたのか、彼は興味の目を向けてきた。

「ちょっと待ってよ、なんで時間がないの？」

『共有ネットワークに入れなくなってやがる』

「あぁ……そうね」

自分が深夜〇時の時点でそうなっていたのだから、彼もそうだろうとは思った。恵美の嫌な予感は当たっているらしい。まったく警察官の勘はいつも良いほうには運ばない。

苦々しいため息をついて恵美はスピーカーモードに切り替え、すぐに着替え始めた。

「貴様……我がいるのだが、羞恥心というものはないのか」

ナイトブラを足元に落とせば大きな胸がゆさりと揺れた。恵美は洗濯物干しのハンガーに干しっぱなしのスポーツブラを頭から被った。

「そんなの気にしてたら警察官なんてやってらんないわよ」

『だからさっきから誰と喋ってんだよ！』

床に放置されたスマートフォンから浅倉の怒鳴り声が響く。

「歩未ちゃんは？」

『あれから一度も帰ってきてねぇ』

「なるほど、それから？」

シャツを羽織ってスラックスに足を通す。

『厨房から包丁が一本なくなってやがった。あとなくなっていたのはスマートフォンといつも持ち歩いている鞄ぐらいだ。あいつ電源を切ってる。ICカードの履歴で二三子がA駅まで行ったことまでは辿《たど》れてんだ』

——包丁……。

その単語にふと恵美は、ある可能性に賭ける気になった。

恵美はこの一週間、ただ闇雲に動いていたわけではない。

恵美は恵美なりに、もし伊波の話が全面的に正しいとして、二三子と朱理が結託していたら「どうなるのか」を考えてみたのだ。朱理の目的は未だはっきりとはしないが、二三子にとっては歩未が行方知れずになることに利点がある。

「A駅ね、わかった。つまりあなたはその駅周辺にいるわけ？」

『言わせんな。気づいてるか？』

「ええ気づいてる。撒《ま》いたらまたかけ直して。一応確認したいことがあるの」

浅倉は返事もなく唐突に電話を切った。彼が警察の追尾に気づいたか、電話の探知を恐れたかのどちらかだった。

スーツの袖に腕を通して恵美はスマートフォンを拾う。頬と肩でそれを挟みながら、発信音を鳴らした。時刻は朝の四時半。この時間ならば彼はおそらく起きている。

カーテンの隙間に指を差し入れて外の様子をうかがった。

――車が一台にふたりか……アタシも舐められたものね。

夜の張り込みに強そうな若い男が、堂々と警察公舎前に警察車両を停めている。

運転席でハンドルに腕と顎を置いて恵美の部屋を見上げていた。だが若いということは経験による感覚が足りないということだ。恵美の部屋から助手席の男も丸見えだった。

――あれなら簡単に撒けるわ。

恵美は口の端を上げた。

『……はい、もしもし伊波です』

「あぁもしもし伊波くん、鈴城です。朝早くからごめんなさい。そろそろ新聞配達の時間よね？　……うん、念のためにひとつだけ確認したいことがあるんだけれど——」

彼が七年近く前に二三子から受け取ったという、あの紙。

大切にしていたそれを、彼が約束の日に『天狼』に持っていった意味である。

もし朱理が二三子からその紙が繋いでいる意味を「誤った意味で」聞かされていたら、朱理は歩未を連れてそこで二三子と落ち合うはずなのだ。

†

ねぇ……あなた、早くこっちにきなさいよ。

なんでパパだけ生きてるの？

そうよね真由、わたしたちずっとさみしいわ。

痛いよ、寒いよ。助けて、パパ。

早く……　タ　す　け　テ　——　パ　パ　……、……

「……大丈夫？」

幼い子どもが顔を覗き込んできて、朱理ははっと顔を上げた。

「あ……」──俺はいま、眠っていたのか。

真由の心配そうな表情と重なってつい抱き寄せそうになったが「一之瀬さん」と呼ばれて、無意識に目の前にいる少女の背にまわしていた手をゆっくりと下ろした。

「具合悪そう……」

紅葉《もみじ》のような小さな手がぺとりと額に押しつけられる。

「大丈夫だ、ありがとう」

「でも汗……おでこもすっごく熱いよ……？」

言われるまで気づかなかったが、脂汗をかいていた。朝を迎えて間もないというのに心なしか身体も小刻みに震えている。特に傷を負った右手は化膿《かのう》してしまったのか青紫色に腫れていた。鎖骨の下の歯車はすっかり欠けてあと一センチもない。

「俺のことは気にするな。それよりお腹すいてないか？」

朱理はコンビニエンスストアのビニール袋を歩未に差し出して話を誤魔化した。

「一之瀬さんそればっかり。歩未はおにぎりもサンドウィッチもお菓子もいっぱい食べてるのに、一之瀬さん、全然食べてないよ？」

「俺はさっき食べたぞ」

「嘘つき。ゴミ増えてないもん」

「……賢いな」――朱理はふっと笑った。

人里を離れて廃墟《はいきょ》を転々としていたが、歩未はひとつも文句を言わない。それどころか山奥の廃れた温泉街で源泉を見つけては「きれいにすれば入れるよ！」と棄てられていた旅館の桶《おけ》を持ってきて積極的に掃除し、ホースを引っ張って露天風呂を復活させ、朱理を驚かせた。さすがに裸は見せられないからと朱理が風呂に入る間は目の届くところにいるように言えば、その隙を突いて逃げ出せばいいものを「シャンプー見つけたよ！」と喜んで散策結果を報告してくる始末だった。

子どものサバイバル適応能力には驚かされるばかりだったが、昼夜を一緒に過ごしているうちに朱理は歩未に違和感を覚えた。

「なぁ……連れ出した俺が言うのもおかしいが、家に帰りたくないのか？」

子どもはどんなに遊ぶのが楽しくても、疲れたら家に帰りたいと喚《わめ》くものじゃないのだろうか。六歳の子どもが、母親の二三子の声を聞きたいとも言い出さないのは変だと朱理は訝しんでいた。

改めて尋ねると、歩未はうーんと悩む素振りを見せてから「楽しいもん！」と言って、ぴょんと長椅子に飛び乗った。朱理の肩に後頭部をくっつける。

「春から小学校に通うからそれまで」

「それまで俺と遊んでくれるのか？」

「うん、あと二ヶ月くらいあるよ！」

朱理は柔らかい笑みを浮かべながら、やれやれと肩を落とす。残念ながら自分はそこまで長くは生きられそうもない。

「長いな……」

刻一刻と自分に死が迫る感覚は、おなじ悪魔契約でもベルとのときよりこちらのほうがずっと強くある。すこしでも気を緩めると正常な判断を持っていかれる。常に背後からやんわりと心臓を摘まれているような居心地の悪さには慣れそうもなかった。

——俺はまだ……俺自身の意思で動けているか……？

悪魔に力を使わせるたびにざらざらと魂が削れていく感覚がした。ベルのときにはまだ生き地獄に対して「仕方ない」と言い訳できる余裕があったのだと思った。

黒い悪魔はそこかしこの暗い影の中か、はたまた朱理の身体のどこかに潜んでいる。光の当たらない場所からの禍々《まがまが》しい監視の視線。目を閉じてもねばついて絡みついてくるのが余計に朱理を不快にさせた。休めるときはなく体力も気力も奪われる。

「このお菓子おいしいよ」

歩未は苺《いちご》のクッキーの小袋を朱理の頬にぺちぺちと当ててきた。

——子どもに気を遣わせてしまった……。

朱理は「ありがとな」と言って一応受け取るものの、封を切るでもなく、歩未の隙をついてビニール袋の中にそっと戻した。

彼女とは連絡がついた。

朱理はやれるだけのことはした。これで長い悪夢を終わらせられる。

「楽しいかくれんぼ旅行も終わりだぞ。二三子さんがもうじきここに来る」

「え……」――ふと声が硬くなった。

「どうした？」

「ううん。そっか、そうなんだ。もうちょっと遊びたかったな～」

歩未は取り繕って明るく言い、短い脚をぷらぷらさせた。

「ねぇ一之瀬さん、もうちょっとだけ遊ぼうよ」

甘えて朱理の腕に腕を巻きつけてくる。

「おじさんはもう疲れたぞ」

「え～一之瀬さんはまだおじさんって年齢《とし》じゃないよ。……あ、ねぇねぇ、娘さんから遊んでってねだられなかった？　パパ今日休みなら遊んで遊んで～って！」

「言ってたかもなぁ……」

記憶の限りでは一度だけ遊園地に連れて行った気がするが、すぐに呼び出しがあって結局明日香に真由を託して現場に急行した。残念ながら娘とレジャー施設で「遊んだ」記憶はないかもしれない。

「歩未ね、パパが欲しかったんだ！」

「……俺でいいのか？」

真由が生きていればいまごろ思春期に差しかかるくらいだ。あんなに一緒にお風呂に入りたいとねだってきた娘が、パパの下着と一緒に洗濯しないでとか、勝手に部屋に入ってこないでと父親を拒絶する年齢だろう。それはそれでかわいいのだが、朱理はいまになって思う。素直に甘えてくる娘のかわいい時期をもっと共に過ごしたかった。

「ねぇお願い～パパぁ遊んで～？」

「まったく、甘え上手だな……将来が不安だ」

これは相当な人たらしに成長しそうだ。

「パパって、ひぃちゃんじゃダメなのか？」

「お髭が汚いからヤだ。あとたまに臭いし」

「ふ……確かに。俺もあんなパパは嫌だな」

ふたりは顔を見合わせ、笑い出した。

しばらく浅倉の悪口を言ってはくすくすとじゃれあっていたが、歩未はふと背中に感じる視線に気づいて笑みを消した。朱理の腕を握る指に力がこもる。

ふたりのいる廃教会の飴色に艶めく木張りの床には、うっすらと埃が降り積もっていた。その埃がふわりと浮いて来訪者を迎える。

「一之瀬さん……お待たせしました」

五人掛けの長椅子がヴァージンロードを挟んで左右に整然と並ぶ。

すっかり煤けていながらも荘厳さを醸しだす七色のステンドグラスの天井からは、月光か、顔を出したばかりの太陽の輝きかは判断がつかない、淡い光が屈折して燦々《さんさん》と降り注ぎ、舞う埃を結晶のように彩っている。

朱理と歩未は朽ちかけた十字架を前に、最前列の長椅子に腰掛けていた。

その背に腕を掛けて朱理は振り返る。

「彼とは話がつきましたか？」

柱の陰からおどおどと二三子が顔を出す。

「えぇ……すみません……長い間、面倒なことに巻き込んでしまって」

「いえ、俺もちょっと身を隠さなければならない事情がありましたから」

歩未は大きな目を瞬かせて朱理を見上げてきた。

「一之瀬さん、そんなこと言ってなかった……」

「……かくれんぼ旅行をして遊びたかったのは本当だ」

不安がらせまいと朱理は歩未の耳元で密かに言い聞かせる。

利害の一致というやつだ。二三子が金に困っていることは説明されなくても容易に想像できた。そのことを打ち明けられたのは、店に通い始めて一ヶ月ほどたったころだ。

『天狼』は立地が悪いため繁盛していなかった。そのくせ出す肉の品質は異常に高い。二三子は他に仕事をしている様子はなかったけれども、借金の取り立てに困っている気配もなかった。当初は浅倉が独身貴族のパトロンなのかと考えたが、どうもそうではない。……そして二三子は店を閉め、歩未を寝かしつけてから重い口を開いた。


お金を援助してくれていた人がいるんです……。

でもその人の目的はわたしではなくて、幼い歩未……。


相手からついに引き渡しの日時を指定されてしまった。だが援助された金はほとんど使ってしまって返そうにも返せない。

警察官の朱理は、当然そんな要求は犯罪だと説明した。

しかし二三子は涙ながらに「幻滅されるかもしれませんが」と前置きをして、相手は歩未の実の父親であると語ったのだ。


あの人とは話をつけます。

かならず歩未を迎えに行きますから……。

無理を承知ですが、お願いします……一之瀬さん。

歩未を約束の日からしばらく預かっていただけませんか。

……なるべく人の目のつかないところで。


朱理は話を持ちかけられた帰り道で、黒い悪魔からしつこいほどの誘惑を受けた。ヤツは常にベルがいないときを狙ってやってくる。実は神楽坂課長にトドメを刺したその夜からずっとだった。復讐の根本は決して消えることなく、朱理の足下に潜み続けた。

だが影から姿を現す悪魔を殺すことは、人間が何をしても不可能だった。

悪魔は概念であり解釈だからとベルは言う。

自分に宿して自害しようと悪魔は「消えない」こともわかった。

山本敬子は自ら望んで試したが、黒い悪魔は消えることなく朱理を嗤い続けた。

数多もの可能性を潰し続けた朱理は、やはりこの世から憎き「悪魔を殺す方法」は、たったひとつしかないと思い至った。

だから二三子が指定した約束の日に、多くの証拠を残して歩未を連れ去った。

黒い悪魔と契約を交わした瞬間から綱渡りの戦いは始まっている。

だが――……すべてが思い通りにいくとは限らない。

「歩未いらっしゃい。お母さんと一緒に帰ろうね」

二三子は廃教会の入り口で右手を後ろに隠しながら、ばっと左腕を広げた。

歩未の頭をぽんぽんと叩くと、朱理は立ち上がった。たったそれだけの動作をしただけなのに目の前が砂嵐のようにくらむ。

——ここまでは大丈夫だ……あとは俺がまだ俺であるうちに……。

よろめきそうになる膝で踏ん張ると、脂汗がじとりと額に浮かんだ。

いまの自分は、もしかしたら子どもの歩未よりもずっと弱いかもしれない。

「一之瀬さん、どうしました？」

二三子はきょとんと小首を傾げた。

「人の多いところまで一緒に行きましょう」

「なぜですか？」

「あなたを殺人者にしないためです」

大きな違和感は三つあった。最初に朱理が二三子に違和感を覚えたのは、仲裁に入ったときだ。彼女は隠れて浅倉に電話をかけていた。偶然にも浅倉からかかってきたのかと思ったが、揉み合って倒れた二三子が気を失っているうちにスマートフォンを確認すると「発信」と記録があった。朱理はぐずる歩未を抱き上げていたが、もし事情を知らない浅倉が駆けつけたとしたら——客観的にどう見えるだろうかと思ったのだ。

それから『なるべく人の目のつかないところで』という一言だ。いまの朱理にとっては都合がいいが、それを二三子に話してはいない。なのに二三子は相談を持ちかけた時点で朱理が身を隠す必要があるという状況を把握していた。

三つ目は、浅倉を撒いてやってきたことだ。保護者である二三子がきちんと説明すれば、浅倉がなんと言おうと朱理は誘拐犯ではない。朱理に相談を持ちかけたそのままの内容を話せばいいところを、彼女は一週間という時間をかけてでも浅倉の目を盗んで単独で来た。だが移動手段に夜行列車を使っている時点で、浅倉にこの場で落ち合っていることがバレるのは時間の問題だろう。

導き出される答えはおそらく最悪だ。朱理は歩未をそっと己の背に隠した。

「その右手に持っているもので、この子を殺すつもりですね？」

すると二三子は固まった表情のまま朱理を凝視した。

「……なんの話ですか？」

「理由はわかりませんが、子どもを殺して、俺に罪をなすりつける計画ですか――」

途端、あらゆる方向から黒い悪魔がくつくつと笑い出した。また、だ。朱理は眉間に皺を寄せる。腕に……脚に、契約した悪魔の殺せ殺せとたぶらかす声が絡みついてくる。

「……っ、やめろ……」

締め付けられるような頭の痛みに朱理は苦悶の表情を浮かべた。

それはときに明日香の声で、ときに真由の声で、朱理は惑わされて自分の意思ではない振る舞いをさせられそうになる。黒い悪魔と契約してからというもの極力眠らずに意識を保とうと抗ってきたが、いよいよ体力の限界も近い。

「俺は殺人者にはならない……」

ただそれだけを誓い、朱理は揺れる視界の中、なんとか二三子を見据える。

「なにをおっしゃっているのですか？」

鞄が転がり落ちた。白い布がはらりとほどけて、床でとぐろを巻いた。

ぬるりと下がった彼女の右手は、鈍い光を放つ包丁の柄を握っている。

「わたしは誰も殺しません」

彼女の行動に気づいた朱理がはっと息を飲むよりも早かった。

包丁を逆手に握り直した二三子は、己の左腕を突き刺したのだ。

「っ、なにを……！」――朱理は目を見張った。

「痛いっ……あぁっ、やめて、やめてぇ……！」

続けて振り上げ、脚を裂き、二三子は呻いてその場にくずおれた。

「あぁぁ、あぁぁっ！」

「お母さん！」

母親の悲鳴が聞こえたためか、たまらず歩未が飛び出す。

直後、朱理の頭を黒い声がより一層強く締めつけた。

「ぐ……」――朱理は膝から崩れる。

咄嗟に床に手をついたが、自分の意志で動けたのはそれだけだ。明らかな「異常」に向かった子どもを引き留められなかった。

二三子は目をぐわっと見開いて包丁を握り直し、ヴァージンロードの中央まで駆け出すと、向かってきた子どもを強く抱き留めた。

「あぁいい子ね、歩未……！　わたしはいま誰に刺されたかわかる？」

歩未は血で汚れながらゲラゲラと笑う母親の表情に色を失っている。

「お、お母……さん……」

「違うでしょう、いつも言ってるでしょ？　ほらあなたはいつだってお母さんの味方でしょう。あなたはいい子だからお母さんが望んでいることがぜぇんぶわかるわよね？」

包丁ががらりと母娘の傍らに落ちる。

恐怖に震える小さな頬を、鮮血まみれの両手が包んだ。

「お母さんを殺そうとしたのは誰かしら？」

「い……一之瀬さん……？」

「そうねぇ一之瀬さんが刺してきたわね！　あぁ恐ろしい、痛いわ、痛い、痛い……」

肩と背をその胸に掻き抱いてから二三子は天に響くほど高く笑った。

「いい子ね歩未……、そう、絶対に動いちゃだめよ……？」

二三子はその固まった身体をぐるりと反転させ、歩未の細い首に腕を巻きつけた。

「歩未、ほら、お母さんから離れないで……」

子に愛おしく頰ずりをする母親は、血の臭いにうっとりと酔っているようにも見えた。

「暴れないで……おとなしくしてなさい……？」

朱理から目を離さないまま、二三子は落とした包丁に右手を伸ばそうとしている。

「大丈夫だから……痛いのは一瞬だから……、ね……お母さんの言うことが間違ってたことはある……？　なかったわよね……？　歩未が欲しいってねだったものはぜぇんぶ買ってあげたし、美味しいものもいっぱい食べさせてあげたでしょう……？」

朱理は頭を振ってなんとか立ち上がった。

「くそ……っ」

わかっていたのに――。彼女は娘を殺して「誘拐犯」である朱理の凶行の「被害者」となり、娘の死体の「第一発見者」になるつもりだ。そして駆けつけた浅倉に「証人」を演じさせる……最初からそういう計画だったのだろう。

――そこまでして娘を殺す動機はなんだ……！

朱理はホルスターの留め具を外し、拳銃に手を掛ける。気づいた二三子が一瞬だけ顔色を変えたが――ダメだ、と朱理は抜くのを躊躇った。歩未が近すぎる。

拳銃にこめられた弾は一発しかない。

一方、二三子の指は包丁まで既にあと数センチだ。

『……ひとつだけ全員が助かる方法を教えてあげましょうか？』

どくん、と明瞭な声が、朱理の鼓膜を震わせた。

「や、やめろ……」

『その親子を殺しなさい』

己にうりふたつな顔の黒い悪魔は、愉しそうに喉を鳴らす。後ろから朱理の身を包み、右肩から肘、そして手首までいやらしく撫でては手に手を重ねてきた。

『あの親子を殺せば、貴方の歯車は戻り、貴方の生命は繋がれる……ただそれだけだとお思いですか……？　人間は生きていてこそ幸福と思うのは誤解です。魂を持ちながら魂の真なる在りかたを理解して、ようやく人間は共感し共存できるのです』

「やめろ……やめろ……っ」

朱理の指が一本ずつ、拳銃から外される。

『死の共有とは人間に等しく与えられた共存意識の儀式のひとつです……貴方は魂が求める欲求に応えるだけですから、躊躇うことはありません。貴方の中であの親子の魂はひとつになるのです』

「……やめろ……！」

朱理には悪魔の声が、明日香の声にも真由の声にも聞こえた。

『貴方が望むのであれば、彼女たちは明日香と真由なのです。名前というものは魂の共存儀式を忘れ、知恵という罪の産物から人間が人間を分別できなくなったことを誤魔化すためにつけた記号にすぎないのですから……』

さぁ、と誘われるまま朱理の意識は混濁し始め、意思に反して一歩、また一歩と、親子に近づいていく。

「おまえは……最初から、俺を操るつもりで……」

『……いいえ、貴方を苦しみから救って差し上げようと思ったのですよ』

二三子が包丁を手に取った。朱理は眼球でただその事実を受け入れただけだった。

『悪魔は天使の堕天と解釈する人間がいた歴史を、あなたの魂はよく知っています』

「……明日香……、……真由……」

朱理は朦朧として母娘の前に立つ。

『目を閉じて耳を塞いで、魂の解釈だけを広げれば、貴方がかつて求めたモノとうりふたつではありませんか。家族のぬくもりは貴方の願いだったでしょう?』

「……それが……俺の望み……」

黒い悪魔は天井のステンドグラスにその姿を大きく晒《さら》した。

殺人者は、連鎖を成すのだった。

†

栃木方面へと向かう特急列車のボックス席には恵美の斜め向かいに伊波、通路を挟んで隣のボックス席にベルが腰掛けている。

浅倉に張りついた警察のマークはきつく、A駅周辺から大きく移動してU駅まで出ると言って、浅倉は二回目の電話を切った。おそらく浅倉が乗ったのは、A駅始発の急行列車だ。そのつぎにA駅を出発する特急列車は、U駅には停まらない。恵美たちは浅倉が乗っているであろう先発列車を追い越す特急列車に乗り込んだ。

……恵美は車窓の縁に肘をついてぼんやり外を眺めるベルをちらりと盗み見る。

彼は恵美に伊波《そいつ》も連れていけと指示してきた。恵美はなぜかと理由を尋ねたが、頑なに答えなかった。恵美の考えは逆だった。伊波を連れていくことは二三子の思惑通りになってしまわないかと思ったが、迷った末に、改めて伊波に電話をかけなおした――。

「鈴城さん……」

伊波は不安げに貧乏揺すりを繰り返していて落ち着かない。

「どうしてフミちゃんはここにいるんですか？」

手にはあの折りたたまれた紙が握られている。

「どうして、歩未をここに……」

「アタシはあなたを保険だと思う」

伊波の窪《くぼ》んだ目は戸惑いの色を浮かべた。

「……なんでもない、忘れて」

恵美は車両後方に移ってきたある男の視線を察した。恵美は完全に撒いたはずだが、もしかしたらどこかで情報を得た警察官が伊波に張りついていたのかもしれない。

栃木県に入った。車内ではまもなくT駅に到着のアナウンスが流れた。現在T駅では急行列車が向かいのホームで停車中で、おそらくその列車には浅倉が乗車している。彼はきっと終着駅に最も早く着くこの列車に乗り換えてくるはずだ。

「ベルくん……彼らを頼んだわよ」

「よかろう」――ベルは微かに笑う。

やおら立ち上がった恵美を、伊波が不審そうに見上げた。

特急列車がホームに停車するのを待ってから恵美はわざと派手に走って車両を降りた。向かいに停車中の急行列車に駆け込む途中、自動販売機の陰に潜んでいた浅倉に目をやり、彼が特急列車のドアが閉まる直前に素早く乗り込んだのを見送った。

†

『スウィートムーンセレモニーよ』

　場所を変えてかけ直した電話で、浅倉は恵美から栃木県の避暑地の住所を告げられた。七年ほど前に閉鎖されてすっかり廃墟と化した、宿泊施設つきの結婚式場だ。

　なんでそんなところに、と浅倉が疑問を抱くより早く恵美は続けた。

『二三子さんは包丁を持って行ったのよね？』

「あぁ、たぶん……そうだ……。それでおまえは場所がわかったのか？」

『ええそうよ。でも浅倉くんは理由を知らないほうがいいと思う。とにかく歩未ちゃんの保護を急いで。万が一マークが外れなかったらアタシが請け負うわ』

「おい待て、なんでオレに理由を――」

『それと一之瀬くんには悪魔が憑いてる。あなたがいままで彼から聞いてきた悪魔とは違う悪魔よ。もう彼は正気じゃないかもしれない。ともかく、いいわね、なにがあっても歩未ちゃんの保護が最優先だってことを忘れないで』

　彼女は用件だけまくし立てると早々に電話を切った。

　まったく、どいつもこいつも……。もうちっとオレにもわかるように言え、と浅倉は思い出しながらタクシーを降りた。運転手に警察手帳を見せて、強引に赤信号を無視させてきたが、山深い廃れた田舎町には乗用車がほとんど走っていなかった。

坂の上まで続く蔦《つた》のアーチを見上げる。朝日が影を縫うように細く差し込み、雪道を照らしていた。雪に足を押し込めば腐った枯れ木に混じる雪解け水を靴底に感じた。およそ七年間、ずっと人の手が入っていないのだろう。

浅倉は白い息を跳ねさせた。何度も足を滑らせながらも坂を駆け上がった。

屋根には欠けた十字架。白かったであろう外壁はひび割れて煤を纏う。

石の階段をのぼった先で、正面の木扉は片側が外れて倒れていた。

建物の中に入ると浅倉は歩を弱めた。

広いエントランスホールだ。窓ガラスはすべて割れていて枠組みだけになっている。遙か先に見えるエレベーターは空洞で、夜のように暗い。この棄てられた建物に足を踏み入れた人間を飲み込まんとゴウゴウ唸って風を吸い込んでいた。

中央には豪勢な飾りが施されたらせん階段がそびえ立つ。その階上が教会で、教会の奥が宿泊施設として使われていたようだ。

呼吸を浅くして鼻奥にへばりつくカビの臭いを遮断した。

「……」――浅倉は耳をすませる。

直後、階上から女性の悲鳴がした――。

「ふみちゃん！」――らせん階段を駆け上がる。

浅倉は無意識に拳銃を抜いていた。

「一之瀬ぇッ！」

蹴破った教会の扉が前方に大きく倒れた。

互いの銃口がいまにも刺さんと突きつけられる。ステンドグラスの天井から七色の光が差し込み、ひとりの男をまるで天使か――悪魔かのように、神々しく照らしていた。

「降ろせ！」

浅倉の怒号が、虚ろな目をした朱理を貫く。

「……」――無言だけが返ってくる。

彼の足元で倒れたまま動かない親子の横には、赤黒く光る包丁が転がっていた。

朽ちた神の彫像がひび割れた首をもたげている。彼の背から伸びる黒い影が、背徳を象徴するように縦一線の純黒を彫像に刻んだ。

「おまえまで神楽坂《アイツ》みたいになっちまったのか！」

瞬間沸騰した怒りに浅倉の目が血走り、息が上がった。

じりじりと足先をにじり寄せるが、朱理の表情は微塵も変わらない。濁った瞳からはなんの感情も伝わってこなかった。両手で構える朱理の銃口の先はブレずにまっすぐ浅倉を捉えている。浅倉は射撃場で彼に感じた、あの畏敬にも近い恐怖を思い出す。

「なにか……言いやがれ」

朱理の拳銃には一発しか弾は入っていないはずだ。

「それを外したら終わりだぞ……」

脚を開いて横に飛ぶ動作をしてみせたが、眼前の銃口はまったく揺れない。

脅しもフェイクも利かない相手だ。撃たれたら終わりの未来よりも、彼の眼球が異常なほど揺れないことが余計に背筋を寒くさせた。

「まぁ……おまえなら動いてる的だろうと外さねぇだろうけどよ……」

緊張した浅倉の背に冷や汗が伝う。

浅倉が最後に撃ったのはいつだったか、思い出してもあまりいい記憶はなかった。

「……ひぃちゃん……」——弱々しい声がした。

二三子だ。彼女は肘をついて首を持ち上げた。

「い、……一之瀬さん、手を、怪我してる……」

朱理は足元で這う二三子に気づいていないのか、それとも完全に悪魔に心を奪われているのか、ただ双眸が捉えたままに浅倉を見つめている。

「……歩未っ、……歩未……」

二三子は我が子に手を伸ばした。

浅倉、やや離れて歩未、二三子、そして朱理の距離だ。

うぅんと歩未は唸って薄目を開けた。

小さな頭のすぐ傍には、包丁が投げ出されている。

「浅倉さん」

呼ばれた浅倉は震える人差し指を用心金から滑らせて、引き金に掛ける。

「どんな状態でも俺は外しません」

歩未は浅倉に気づいたのか、なにかを伝えようと口を開けた。——タスケテ——……。

「安心して撃ってください」

朱理の指も引き金に掛かった。

「浅倉さんが外しても、俺は外しませんから」

十年前の立てこもり事件で強行突入を推し進める声が大きくなる中、新人の彼だけが粘り強く説得を続けることを主張し続けた。判断は最初に犯人と交渉を始めた浅倉に委ねられた。いけるヤツなのか、どうなのか。刑事の勘を問われた浅倉の背中を支えたのは他ならぬ朱理だった。——俺はあなたの教えを信じています。

見える景色がすべて真実とは限らない、違和感を疑え。

まさか自分の言葉が自分に響くとは思わなかった。この場の違﹅和﹅感﹅……包丁だ。

「……上等だ、——相棒……」

浅倉は口の端を引きつらせ、引き金を引いた。

伊波がらせん階段に足をかけたそのとき——、
パン、パンと、二発の銃声が連続して轟《とどろ》いた。

†

「歩未……！」

ベルは伊波が階段を駆け上がっていくのを見送ると、ふっと嗤って蝿に姿を変えた。

焦る青年の背にひゅるりと張り付いて息を潜める。

「歩未ッ！」

駆け込んだ目の前に広がる光景は、青年に絶望を与えるのには充分すぎた。

「……わ、わかってても……痛ぇな……」

男の刑事が脇腹を押さえてその場にうずくまった。二三子は激しく狼狽えている。

「ちょっとズレちまった……けど……、あ……あとで、褒めろよ一之瀬……、こういうときには、ちゃんと当てんだよ……」

ヴァージンロードの先で「イチノセさん」が拳銃をおろして叫ぶ。

「ひいちゃん！」「逃げろ歩未！」

叫ばれた子どもはいち早く駆けだした。いったいどういう状態なんだ。わけもわからず倒れている刑事を素通りし、伊波もただ目の前の子どもを目指した。

恐ろしい形相をした母親が二発の銃弾に迷わされたことを悟る。

先に歩未を抱き留めた伊波の安堵は、けれど一瞬だった。

目的を思い出した二三子の手が、赤黒く光る包丁を拾ったからだ。ふたりの警察官の狙い通り浅倉が撃った弾は包丁の柄に命中し、回転しながら二メートルほど弾け飛んだ。

その僅かな時間稼ぎが子どもの歩未を走らせるには必要だったのだ。

「ぐっ、あ……」――「イチノセさん」が苦しそうに膝をついたのが見えた。

伊波は歩未をきつく抱きしめたまま尻餅をつく。

「フミちゃんッ、ダメだ……！」

二三子は「もういい、もううんざり！」と喚いて凶器を振り上げた。

「お金が欲しいなら、僕がいくらだって払う！　たくさん働く！　だから――」

――自分の子どもを殺しちゃダメだ――、声が響き渡り、鮮血が二三子の頬に散る。

歩未を庇った伊波の腕を、刃が切り裂いた。

「ふざけやがって、ヤクザのガキが、一億ごときちまちま送ってきやがって、さっさと出してこないから七年も育てる羽目になったじゃないかッ！」

「違う、あのお金は、僕が……っ」

突き刺そうとした二撃目は伊波の肩をかすめる。

「夜泣きもミルクもおしめ換えも、ぜんぶめんどくさいったら……あぁ子育てなんて地獄の日々だった！　ガキはうざったいったらありゃしない！」

血で滑って包丁を取り落とすが、二三子はすぐに刃ごと掴んだ。

「……中学生のガキが、産めだなんて簡単に言ってくれるよね……」

二三子は忌々しげに髪を掻いた。

「違うでしょうが……年齢相応の責任の取り方ってもんがあるでしょうが！　クソみたいな一方通行の愛情を持たれても困るんだよ、こっちは金さえ貰えりゃあよかったのに、アンタがおとうちゃまから金をふんだくってこなかったから、腹ん中のガキだけぶくぶくぶくぶくでっかくなって、この世には純愛を信じてる大人なんていないんだよ！」

「そんなこと……できない……」

うぅと痛みに怯むも伊波は歩未を胸に抱えて、二三子に丸めた背を向けた。

「だって、僕は……フミちゃんと、歩未を——」

「うるさいうるさいうるさい、あぁぁぁもういいッ！　あの警察官《サツ》にぜぇんぶ押しつけるわ……アンタが犯人になってくれないなら、まとめて殺せばいいだけだもの！」

自暴自棄になった二三子は包丁を両手で握り直し、頭上へと振り上げる。黒い悪魔は新鮮な狂気に吸い寄せられ、朱理の影からずるりと抜けて二三子の腕に巻き付いた。

「わたしはお金が欲しかっただけなのにッ！」

伊波は歩未を両手に抱えて這う。

「やめて……！　やめて、やめてっ、放して、お願い……！」

伊波の腕の中で歩未はもがいた。

「歩未が死ねばいいの……、お願いっ、パパ、が……死んじゃうよぉ……！」

くぐもった声を伊波は力強く包む。

「……大丈夫だよ、……守るから、……大丈夫だから……」

「黙れ――！」

悪魔の助力を得た剝き出しの殺意が、割り込んできた男のうなじに吸い込まれた。

「あ……」

驚愕と絶望が支配する血なまぐさい世界で、幼い子どもの目が見開いた。

死を覚悟した伊波の肩と背中にぱたぱたと生温かいものが降り注ぐ。

「――……え……」

伊波は固く閉じた目を開け、振り返る。

「イチノセ、さん……？」

父娘《おやこ》に影が落ちる。

朱理は己の左頸部《けいぶ》を押さえながら、愕然《がくぜん》と立ちすくむ二三子の手から包丁を取った。

鎖骨の下の歯車は糸一本ほど残っていた。……ぎりぎり間に合った。

「……俺の……勝ちだ――」――黒い悪魔《グラシャラボラス》。

金色の蝿が伊波の肩から飛び立つ。

ふっと後ろにぐらつく朱理に、二三子の意思を奪った黒い影が襲いかかる。

『ならばその残り僅かな生命――食らうまで……』

「触るな雑魚が」

二三子は見えないなにかの強い力で弾かれた。長椅子に背中をしたたかに打ち付けて意識を失い、黒い霧を全身から噴き出し倒れた。

金髪碧眼の青年が、執拗に纏わり付くそれから奪うように朱理を抱き留める。

「これは貴様ごときが食らってよい魂ではない」

朱理は懐かしい、あのざらついた黒い世界に身を落としていく。

「褒めてつかわそう一之瀬朱理。よくぞ我のもっともくだらぬ『悪欲』に気づいた」

うなじに刻まれていく黒い歯車。かちり、かちり、と、歯車の回転に呼応し、朱理の器にかりそめの魂が注がれて傷は癒えていった。切られたことも、刺されたことも、すべては永久に続く悪夢から覚めたように。

「我の玩具を返してもらうぞ」

ベルは朱理の鎖骨にほんの僅かに残った未練がましい黒い糸を、指の腹でさっと撫でて消し去った。

『あぁ、あぁ、あぁ……ッ――』

太陽は昇った。

「悪《あ》しき者は生に縋り、善き者こそ生きる苦しみから解放される」

薄暗い闇など相手にもならない。より濃い黒は、光の下で生まれる。

「約束とは一方的な誓いではない。互いに取り決めたことを将来的に破らないという、約定だ。貴様にその深い憎しみを満たす機会を与えてやる――だが――」

朱理は重い瞼を開ける。

「かりそめの魂をどう使うかは貴様の望むままに委ねよう」

ベルの腕を押し退《の》け、立ち上がる。歪む黒を金色の悪魔《ベル》とひとりの人間《朱理》は見据えた。

「我が名はベルゼブブ。死をもって『再契約』とする」

復讐のため、男は悪魔とともに地獄に堕ちると決めた。

「ベルゼブブ」

呼ばれたベルは満面の笑みでスッと右腕を前に突き出す。

その二本の指の先では、まもなく人間の記憶から消される「解釈」の悪魔が、差し込む七色の光から逃れようとしていた。

「ふははっ、やはり貴様はおもしろいな！　契約した直後、我の最大級の力を使って、我もろとも悪魔を殺す方法は確かにこれしかないなぁッ！」

「おまえ……知ってて俺に『善欲』と『悪欲』の話をしただろ」

朱理はベルとともに眼前に指を突き出す。

「よくて相討ちだと言ってたな」

「あぁだが、我が死ぬということは、貴様も死ぬということだぞ」

「俺はもうあの日に死んでいる」

「そういうことではないが……、まぁよかろう。我は概念、貴様は我を解釈した」

ベルは心から笑っていた。朱理の耳元に顔を近づけ、初めて諭すように囁く。

「我はいまとても気分がいい……貴様の望みをすべて叶えてやりたいくらいにな」

人間が望んだ契約ではなく、悪魔から望まれて人間はその魂を捧げた。悪魔は最上級の賞賛をもって人間の求める願いに応えなければならない。

「……俺の望みは」――朱理は呟く。

この悪魔たちが存在した五年を闇から闇へと葬り去ること。

『お、おやめなさいっ、貴方は、共に過ごしてきた人々の魂の記憶からも消えて無くなりたいのですか――……ッ！』

なにをいまさらと朱理は目を細めた。

「俺は欲望のままに人を殺しすぎた。だから――」

明日香。

真由。

これで終わりだ。

殺したら、……すぐに行く。


「ベルゼブブ……最期に俺と、最高に善いことをしよう」

パチン、とベルの指が鳴った。

廃教会を覆ったステンドグラスが内側から盛大に砕ける。

降りゆくガラスの破片が床一面に広がり、全員の記憶はそこで途絶えた。

ピピピピ、ピピピピ——……。

けたたましいスマートフォンの目覚ましアラームは、朱理の頭上で鳴り続いている。

「つぎに我が目覚めたとき、契約者が貴様とは限らんぞ」

ピピピピ、ピピピピ——……。

なぜか目は開けられないが、傍らに腰掛けているのは彼だとわかった。

「きっと俺なんだろ」

ピピピピ、ピピピピ——……。

「いままでもそうだったんなら」

味噌汁《みそしる》の匂いがしてきた。娘の不機嫌な声が扉越しに聞こえる。

日曜日なのに隣の部屋のアラームがうるさいと言われているようだ。

「……人間はすぐ忘れる。輪廻転生のたびに無かったことにされて、悪魔はなんやかんや人間たちに善いことも悪いことも付き合わされて、何千年と振り回されっぱなしなのである。あまりに薄情でつらくて泣けてくるぞ」

ベルはやれやれとため息をついた。

「お陰で我も、なにもかも、忘れっぽくなった」

ピピピピ、ピピピピ――……。

「本当におまえは忘れっぽくなったな」

「は……？」

「さっきはじめておまえの口からおまえの名前を聞いたぞ」

ピピピピ、ピピピピ――……。

ピピピピ、ピピピピ――……。

ピピピピ、ピピピピ――……。

寝室の扉をノックするのはおそらく妻だ。

ピピピピ、ピピピピ――……。

ピピピピ、ピピピピ――……。

ピピピピ、ピピピピ――……。

「最初の契約のとき、おまえは俺に名前を言わなかった」

布団の上から名残を惜しんで触れてきたのは、あの悪魔の手ではないと朱理は思う。

「だからつぎも俺なんだろ」

自分よりもずっとあたたかい体温を感じたからだ。

この姿でなければならないわけではない。
どの姿でも悪魔は所詮解釈による幻影だ。
対象の人間がもっとも恐怖と絶望を覚える姿ならば。

最終章

警視庁捜査一課の浅倉久志は、昨日まで期待に胸を躍らせていた。

新しい相棒《バディ》が女性警察官だと聞いていたからだ。

女性警察官は、とある事件の捜査方針に背き、怒りに任せて上司を背負い投げして前歯を二本折ったらしい。そんな問題児に退官を促す異動命令が下されるかと思いきや、豪胆かつ、その芯を曲げない正義感がなぜか評価されて、所轄からの栄転らしい。

浅倉の前ではいつも不機嫌な上席が、先週なぜか上機嫌で彼女を浅倉班に加えると言ってきた。だからよほどの美人なのではないかと予想していた。

……確かに胸はでかい。

化粧っけはないが、目鼻立ちは悪くない。

しなやかな黒髪を後ろでひとつに束ねた彼女は、段ボールを抱えてやってきた。たわわな胸を揺らし、それを浅倉の横のデスクにどかりと置くと一言——、

「臭い」

「あ？」

おはようと声をかけて、いざ握手しようと差し出した浅倉の手が固まる。

「最後にお風呂に入ったのはいつなの？　シャツくらい洗濯しなさいよ。あと髭剃《ひげそ》って、汚らしいわ」

「あぁん……？」

ぶちん、と堪忍袋の緒が切れる音が聞こえるようだった。

「おい女、てめぇ敬語も使えねぇのか」

「あなたもさっきタメ口だったでしょ。アタシは女じゃなくて鈴城恵美」

「おぉそうかよ恵美ちゃん。オレは捜査一課の浅倉久志だ、覚えとけ」

「あぁそう、やっぱり本店さんね。ふんぞり返るだけはご立派な捜査一課サマ」

いつの間にか互いに胸ぐらを掴み合っていた。

「なんだかあなたとは初対面な気がしないわね」

「おぉ上等だ、オレもなんとなくそう思ったぜ」

至近距離で睨み合うふたりの間にはばちばちと火花が散るようだった。

「もう仲良くなったのか。さすが同期だな」

上司の衝撃的な一言にふたりは「「えっ」」と同時に振り返った。

残念ながら同い年で階級もおなじらしい。浅倉が派手に舌打ちして手を離すと、恵美も鼻をふんと鳴らして襟を正しつつ自分の席についた。ノートパソコンを設置しつつ恵美は新しい相棒に「浅倉くんでいいわね？」と声をかけ、浅倉は始業のチャイムと同時に更新された共有データのフォルダを開きながら「おー」と適当に返事をした。

「……浅倉くん」

「早速なんだ」――カチカチとマウスをクリックする。

恵美は広い捜査一課のフロアの奥に、古い木製の扉を見つけた。

「あの扉はなぁに？」

「物置。なんもねぇよ。強いて言えば書類の山だな」

椅子の背もたれに仰け反り、浅倉はだらしなく脚を伸ばしながら座っている。

「ふーん……」

恵美は不思議と扉の奥に惹かれた。どうせ忙殺を理由に未解決事件の資料がデータ化されずに放置されているのだろう。そういうことは大概新人の仕事だが、慣例的にやるルールは設けていないのか。比較的小規模な目白署にいた恵美は、警視庁だから許されているのかと呆れた。

「で、あなたが担当の急ぎの仕事は？」

「あるっちゃあるが、ないといえばないな」

「どっちなのよ。……まぁ平和なのはいいことだけど」

浅倉は顎をしゃくらせて気だるそうに事件のデータをチェックする。最近は劇場型のような社会を揺るがす過激な殺人は減少傾向にあり、特に欲望に任せた連続殺人は抱え込まなくなった。防犯カメラの普及率の上昇とインターネットの監視下社会のお陰だ。

「異動してきた初日だが、オレは今日定時で上がるぜ」

「別にいいけど、なんでよ？」

「夜からカミさんの店の手伝いなんだよ。オレこれでも新婚なの」

浅倉の左薬指には指輪がはまっている。

「あなたみたいな汚らしい男でも結婚してもらえるのね。世の中には天使のような女性もいるものだわ。逃げられないように大事にしなさいな」

「……なんでオレとの結婚がボランティアみたいな言いかたすんだよ」

浅倉は昨年末に偶然にもふらっと立ち寄った焼肉店『天狼』で、高校時代の同級生と再会した。神宮寺二三子――いまは浅倉二三子と姓を変えた彼女は、バツイチであることを恥ずかしそうにしていたが、浅倉を「ひぃちゃん」と呼び、あのころから変わらず苦労性で人なつっこい性格だった。垂れ目の下のほくろがかわいらしい。

ふと浅倉が手を止めて隣を見やれば、ぎろりと睨まれる。

「やっぱりカミさんが世界で一番かわいいぜ」

「誰に向かって言ってんのよ」

恵美は苛々とノートパソコンを小突いた。

「早く仕事教えなさいよ。あなたいままで誰かと組まされたことないの？」

「あるに決まってんだろ、……えぇと」

言われてすぐに元相棒の名前が出てこなかった。

「今井《いまい》……鈴木《すずき》……渡辺《わたなべ》……あと――」

他にもいたはずだったが、記録上は浅倉が研修担当した新人はそれだけだった。

今年の東京の桜は四月の頭まで咲いていた。

寒い冬が長かったためだろうと天気予報士は言った。

娘の入学式になんとか休みをもぎとった伊波岳斗は、目覚まし時計が鳴る十五分前にはおろしたてのスーツを着ていた。

「パパすごーい！　その格好、かっこいいね！」

「そ、そう？」

おなじくピカピカの空色のランドセルを担いだ娘の歩未が、くるりと振り返って白い歯を見せた。いつも会社の作業着かスウェットしか着ていない伊波は、窮屈なスーツ姿がしっくりこなくて落ち着かなかった。

セットしても四方八方に跳ねる髪の毛をしつこく撫でつつ、アパートの扉を閉める。

「あ……忘れ物ないかな？」

「もうパパったら、大丈夫だよ！　歩未がちゃんとチェックしたもん」

「カメラどこやったかな……」

「ランドセルに入れたって言ってるじゃん。まったく〜仕方がないパパだね！」

歩未は駆け寄って、おろおろする父親の手を摑んで引っ張った。

横断歩道の白いラインを桜の花びらがなぞるように転がる。横断を示すために歩未はえいっと父親と手を繋いだままの腕を振り上げる。伊波は勢いでひっくり返りそうになった。

「車が多いから気をつけて」

「えへへ～ごめんなさい。いってきまぁす！」

笛を吹いて車を停めた警察官に、歩未は元気よく挨拶をした。

「入学式ですか？」

「あ、はい……、こっ……こら歩未、走るんじゃない」

伊波は会釈をして娘に引きずられるように道路を渡っていった。

警察官は父娘が向こうの歩道まで渡りきったことを確認してから旗を下ろした。停車していた車両が次々と走り出す。その流れで強い風が吹き、制帽がズレた。

「……いってらっしゃい」

彼は制帽を被り直して父娘の後ろ姿を見送った。

了

あとがき

先の物語はすべて創作であり、実在の事件、現行法、宗教および思想、人物・団体名、地域・駅・路線名、時事報道ネタ等とは関係ありません。著者の趣味趣向・価値観等の主張も一切含まない、フィクションとしてお楽しみいただけますと幸いです。

なぜこのようにあとがきに書くことにしたのかといいますと、わたしたちは作品を通じて主張したいこともなければ、誰かを傷つけるつもりも一切ないということを、お手に取ってくださった読者さんにお伝えするためです。『純黒の執行者』は今回で最終巻となります。前巻もあわせ、全編通して「家族」をテーマにした物語にしようということで、今回は女性が犯人の三章短編連作の構成で一冊書き下ろすことになりました。続巻の企画が通った段階からそれは最初から編集者さんに伝えていましたが、やはり懸念していた通り、わたしの原稿を読まれた段階で一部尖った表現を誤読されないかと不安に思ってらっしゃいました。では犯人を男性にしたらその不安は払拭できるのか……悩んだ末に、答えはノーだと思いました。そもそもこのタイトル『純黒の執行者』は「殺す側」が主人公であり「殺される側」は誰かを殺した過去を持つ人物たちです。そのため現実では嫌悪される価値観を登場人物たちに抱かせないと成立しない物語です。なので『純黒の執行者』のチームは、これを現実とリンクさせて作ってはいないと、読者さんに一番読んでいただけるであろうあとがきで著者本人が明言する必要があると思いました。

殺人を取り扱うフィクション作品には、つらくて悲しい表現がたくさんあります。現実では起きてほしくないと切に願いながら、人間の嫌な部分をあえて誇張して書いております。読んでいてつらければそこで読むのをやめていただいて問題ありません。表紙カバーだけでも、オビやあらすじだけでも構いません、手に取ってくださった読者さんがエンタメとして楽しめる部分だけ楽しんでいただければわたしたちは心からうれしく思います。

さて一之瀬朱理とベルは宿命のバディとうたわれて表に出たふたりです。ならば彼らにはその宿命と向き合ってもらい、この関係に納得のいく最後を用意しなければなりません。伏線をすべて回収するのはなかなか大変でしたが、本当に幸せな作業でした。

最後になりましたが、前巻から表紙を担当してくださったＡＫＫＥ《アッケ》先生の素晴らしいイラストがなければ『純黒の執行者』の世界観は表現できませんでした。お忙しい中、一之瀬朱理とベルのコンビを強く美しく描いてくださってありがとうございました。

初めて挑んだシリーズものの「完結」巻です。わたしの名が著者として表紙に出るのがおこがましいぐらい最高のチームで制作させていただきました。

皆様何卒《なにとぞ》あたたかく見届けてやってください。

<初出>

本書は書き下ろしです。

◇◇メディアワークス文庫

純黒《じゅんこく》の執行者《しっこうしゃ》
正《ただ》しい悪魔《あくま》の殺《ころ》しかた

青木《あおき》杏樹《あんじゅ》

2023年4月25日　初版発行

発行者　山下直久
発行　株式会社KADOKAWA
〒102-8177　東京都千代田区富士見2-13-3
0570-002-301（ナビダイヤル）
装丁者　渡辺宏一（有限会社ニイナナニイゴオ）
印刷　株式会社暁印刷
製本　株式会社暁印刷

●お問い合わせ
https://www.kadokawa.co.jp/（「お問い合わせ」へお進みください）
※内容によっては、お答えできない場合があります。
※サポートは日本国内のみとさせていただきます。
※Japanese text only

※定価はカバーに表示してあります。

Printed in Japan
ISBN978-4-04-914641-7 C0193

メディアワークス文庫　https://mwbunko.com/

本書に対するご意見、ご感想をお寄せください。

あて先
〒102-8177　東京都千代田区富士見2-13-3
メディアワークス文庫編集部
「青木杏樹先生」係

◇◇◇

「俺は邪悪な話術を使う、
悪魔なんだよ」
ヘルハウンド
犯罪者プロファイラー・犬飼秀樹
青木杏樹
ヘルハウンド 2
犯罪者プロファイラー・犬飼秀樹
青木杏樹
著／青木杏樹　イラスト／アオジマイコ
メディアワークス文庫